아
소
까
대
왕

3

일러두기

이 책에 나오는 인명·지명 등은 가급적 빠알리어(Pāli語) 한글 표기법에 따라 적되,
대중에게 친숙한 일부 단어의 경우 널리 통용되는 한글 표기를 사용하였습니다.

예) 빠딸리뿟다(빠알리어 한글 표기), 브라만(로마자 한글 표기)

정찬주 장편소설

아
소
까
대
왕

3

불광출판사

아소까왕은 피 묻은 칼을 칼집에 넣지 않고 호위대장에게 주었다.

아소까왕의 입에서 나온 소리는 도열해 있던 군사를 놀라게 했다.

"나의 군사들이여,

나는 오늘 애지중지하던 칼을 다야강에 버렸다.

칼은 결코 나에게 기쁨을 주지 못하기 때문이다.

나는 오늘 이후부터 칼 대신 담마로 세계를 정복할 것이니라.

담마는 우리 모두에게 기쁨을 주기 때문이다."

1장

젊은 왕비, 꾸날라에게 반하다

라다굽따는 정궁 안에서 경비대장이 아소까왕의 칼에 목이 베이는 것을 목격하고는 충격에 빠졌다. 며칠 동안 악몽에 가위눌려서 잠을 자지 못했다. 끝내는 저택에서 앓아누웠다. 아소까왕이 왕궁 의원을 보냈지만 소용없었다. 침대에서 악몽에 시달리다가 헛소리를 하거나 땀을 비 오듯 쏟았다. 그날도 아소까왕이 왕궁 의원과 꾸날라를 보냈지만 라다굽따는 잠시 침대에 앉았다가는 어지럽다며 다시 누워버렸다. 왕궁 의원이 돌아간 뒤 꾸날라가 말했다.

"수상님이 아니면 대왕님은 더 무서워질 겁니다. 그러니 일어나셔야 합니다."

"왕자님을 보니 눈물이 납니다."

라다굽따는 꾸날라를 보더니 눈물을 흘렸다. 꾸날라는 아소까왕의 첫째 부인 빠드마바띠가 낳은 아들이었다. 다행히 꾸날라는 빠드마바띠가 죽자 자애로운 아상디밋따의 손에 길러져 심성이 고왔다. 거기다가 악기를 잘 다루어 예술을 모르는 아버지 아소까왕과 전혀 다르게 성장했다. 라다굽따는 왕궁 의원이 놓고 간 약을 먹고는 조금 힘을 냈다. 침상에서 겨우 일어난 라다굽따는 꾸날라가 자신을 의지하고 있음을 알고는 또 눈물을 흘렸다.

"왕자님, 내일은 조금 나아질 것 같습니다."

"대왕님을 움직일 수 있는 분은 오직 수상님뿐입니다. 제발 예전의 아버지로 돌아가게 해주세요."

"왕자님 마음을 알겠습니다."

다음 날 새벽. 라다굽따는 강가강 왕실 가트로 나갔다. 제관 시절에는 수시로 나가 기도했지만 수상이 된 이후로는 처음이었다. 강물 위로 안개가 구름자락처럼 떠서 오락가락했다. 새벽 기도를 하러 나온 왕실 귀족들이 드문드문 보였다. 라다굽따는 무릎을 꿇고 두 손을 모았다. 오랜만에 하는 기도였지만 능숙한 자세가 나왔다. 라다굽따는 강가강의 시바 신에게 빌었다.

"신이시여, 대왕님에게 자비를 내려주소서."

라다굽따는 먼동이 틀 때까지 기도하는 자세를 풀지 않았다. 이윽고 아침 해가 붉은 놀을 뚫고 고개를 내밀었다. 순간 눈부신 햇살 하나가 라다굽따의 이마를 뚫고 지나가는 듯했다. 라다굽따는 번개를 맞은 듯한 느낌에 뒤로 넘어질 뻔했다. 그러나 아무 일도 일어나지 않았다. 다만 단전에서부터 강한 기운이 정수리로 뻗쳐올라 몸이 뜨거워졌다. 라다굽따는 다시 한번 기도했다.

"신이시여, 대왕님에게 자비를 내려주소서."

라다굽따는 자신도 모르게 강가강으로 들어가 두 손에 강물을 훔쳐 얼굴에 뿌렸다. 그때 강 건너 안개 숲에서 여인이 나타났다. 라다굽따는 자신의 눈을 의심하면서 다시 보았다. 그러자 여인은 안개 숲 너머로 사라져 버렸다. 라다굽따는 환영을 본 것인가 하고 의아해했다. 마치 꿈속에서 여인을 만났던 것처럼 허망했다. 라다굽따는 강물에 어른거리는 자신의 얼굴을 보면서 한참을 그대로 서 있었다. 햇살이 반사되어 눈을 부시게 했다. 라다굽따는 중얼거렸다.

'자비를 내려달라고 기도했는데 왜 여인이 나타난 것일까?'

강가강 모래밭으로 나온 라다굽따는 햇볕에 몸을 말렸다. 몸이 말라가는 동안 번쩍하는 빛처럼 한 생각이 머릿속을 스쳤다.

'대왕님이 새 왕비를 만나면 관심이 바뀔까? 더구나 대왕님에게는 왕자가 한 명뿐이 아닌가?'

라다굽따는 자신의 친족 중에서 왕비가 될 만한 미모의 여인들을 헤아려 보았다. 브라만 출신의 젊은 여인이면 더 바랄 게 없었다.

'그래, 내가 살던 마을에 아리따운 아가씨가 있지. 청년들이 구애하고 청혼했지만 그때마다 콧방귀를 뀌었던 아가씨 띠쉬아락시따가 있지.'

라다굽따는 시바 신에게 기도한 뒤 이상하게 기운이 솟구치는 것을 느꼈다. 라다굽따는 자신의 저택으로 돌아가 관복으로 바꿔 입고서 정궁으로 향했다. 정궁 집무실에 들어서자 아소까왕이 반색을 하며 맞았다.

"수상이여, 어디에서 오는 길이오?"

"참으로 오랜만에 강가강에 나가 기도를 했습니다."

"신의 응답이 있었소?"

"새벽기도를 하던 중에 대왕님의 새 왕비님 같은 여인을 보았습니다."

"정말이오? 그런 일도 있소?"

아소까왕이 뜻밖에 흥미를 보였다. 라다굽따는 사실대로 숨기지 않고 말했다.

"여인은 안개 저편으로 사라졌습니다. 그러나 그 대신 제가 사는 마을의 어떤 여인이 생각났습니다."

"그렇다면 지금 그 여인을 만나고 싶소."

"대왕님이시여, 참으로 지혜로우십니다."

"어째서 내가 지혜롭다는 것이오?"

"대왕님께는 단 한 분의 왕자님만 계십니다. 그러나 이 세상의 모든 대왕들은 수십 명의 왕자들을 두었습니다. 왕자들은 왕의 튼튼한 울타리이기 때문입니다."

"수상의 말이 맞소. 나는 꾸날라를 누구보다도 사랑하오. 하지만 꾸날라는 정치를 싫어하는 것 같소. 그러니 나에게는 또 다른 왕자가 필요한 것이오."

그때 꾸날라가 공후를 들고 왔다. 아소까왕은 기분이 좋은지 꾸날라에게 공후 연주를 시켰다.

"꾸날라야, 수상을 위해 공후를 연주해 주거라."

"예, 대왕님."

꾸날라가 공후를 가슴에 껴안고 연주를 시작했다. 그런데 꾸날라의 공후 연주 소리는 그날따라 구슬프게 들렸다. 젊은 여인이 흐느끼는 듯한 소리를 냈다가 바람이 숲을 스쳐 가는 스산한 소리를 냈다. 공후 연주가 끝나자, 갑자기 아소까왕이 꾸날라의 나이를 물었다.

"꾸날라야, 네 나이가 몇이더냐?"

"올해 열일곱 살입니다."

"내가 딱사쉴라로 반란을 진압하러 갔던 나이구나. 늘 어리게만 보았는데 적은 나이가 아니구나."

라다굽따는 자신의 의도대로 아소까왕이 움직여 주자 의기양양해했다. 두 손을 크게 휘두르며 정궁 집무실을 나왔다. 꾸날라가 라다굽따를 뒤따라와 물었다.

"수상님 의견이 받아들여진 것 같습니다."

"왕자님, 대왕님께서 예전으로 돌아갈 수 있는 방법을 기도 끝에 찾았습니다."

"그 방법이 무엇입니까?"

"새 왕비님을 맞이하는 것입니다."

"대왕님께서 허락하시던가요?"

"새 왕비님이 될 여인을 만나보고 싶다고 하셨습니다."

꾸날라가 잠시 침묵하더니 눈길을 허공에 던지며 혼잣말처럼 작은 목소리로 말했다.

"다르마 할머니께서 누군가를 사랑하면 너그러워진다고 했어요."

"그렇습니다. 대왕님께서는 자비를 되찾을 것입니다."

꾸날라가 자신도 동조한다는 표정으로 미소를 지었다. 그러다가 잠시 후에는 고개를 절레절레 흔들었다. 자신을 키워준 아상디밋따는 어떻게 될까 하는 회의가 솟구쳐 새 왕비를 맞아들인다는 것에 잠시 심사가 복잡해졌다. 그러나 꾸날라는 라다굽따를 믿었다. 다르마 대비와 아상디밋따 왕비, 그리고 꾸날라 자신이 원하는 것은 아소까왕이 예전처럼 차가운 판단과 따뜻한 마음을 되찾는 것이었다.

며칠 후. 라다굽따는 갓 스무 살이 된 띠쉬아락시따를 데리고 정궁 다실로 갔다. 아소까왕이 먼저 기다리고 있다가 띠쉬아락시따를 맞았다. 아소까왕은 띠쉬아락시따가 마음에 드는지 호의를 보였다.

"나는 그대를 소개하겠다는 수상의 제의를 허락했소."

"대왕님이시여, 저 띠쉬아락시따는 꿈을 꾸고 있는 것 같습니다."

"꿈이 아니오. 지금 내 앞에 있는 띠쉬아락시따는 젊고 아름답소."

그러자 띠쉬아락시따가 가는 허리를 비틀면서 황홀해했다. 라다굽따는 아소까왕의 표정을 보고는 안도했다. 그런데 젊은 띠쉬아락시따는 겁이 없었다. 아소까왕이 아름답다고 칭찬하자 라다굽따에게 감사하다는 듯 큰 눈을 찡긋했다. 아소까왕은 친위대장을 불러 즉시 지시했다.

"대장, 아상디밋따의 별궁에 살도록 조치하시오."

"아상디밋따 왕비님께서는 어디로 가야 합니까?"

"다르마 대비님 별궁으로 가면 되지 않겠소? 아마도 다르마 대비님이 좋아하실 것이오. 아상디밋따를 늘 딸처럼 여기셨으니까. 수상이여, 내 마음을 알아주어 고맙소. 나를 기쁘게 하는 신하는 수상뿐이오."

그러나 아소까왕의 태도는 이틀 만에 돌변했다. 젊은 띠쉬아락시따가 잔혹한 아소까왕의 행동을 보고 혼절할 정도로 바뀌었다. 아소까왕이 우두머리 궁녀를 길잡이 삼아 산책을 나갔다가 벌어진 큰 사건이었다. 우두머리 궁녀는 평소에 아소까왕의 환심을 사기 위해 애를 썼지만 무시를 당하기만 했다. 왕궁 정원 언덕에 올라 붉은 꽃을 본 아소까왕이 우두머리 궁녀에게 물었다.

"붉은 꽃이 핀 저 나무 이름이 무엇인가?"

"아소까나무입니다."

"내 이름과 같은 나무가 있다니 기쁘구나. 산책할 때마다 나는 이 나무를 보러 올 것이다."

우두머리 궁녀는 오전 산책이 끝난 뒤 궁녀들을 데리고 가서 붉은 꽃과 잎들을 모두 따 없애버렸다. 그런데 아소까왕은 오후 산책 때 왕비가 된 띠쉬아락시따에게도 아소까나무의 붉은 꽃을 보여주고 싶다며 우두머리 궁녀에게 길잡이를 시켰다. 우두머리 궁녀는 사색이 되어 그곳으로 걸어갔다. 아니나 다를까, 아소까왕이 불같이 화를 냈다. 붉은 꽃과 잎들이 모두 없어져 버린 채 나뭇가지만 앙상했기 때문이었다.

"오전까지만 해도 꽃과 잎들이 아름다웠는데 누가 이렇게 만들었는가!"

"죽을죄를 지었으니 죽여주십시오."

아소까왕은 용서하지 않았다. 친위대장을 불러 궁녀들을 여러 개의 대나무 상자 속에 넣은 뒤 즉시 불에 태워 죽이라고 명했다. 잠시 후 궁녀들이 대나무 상자 속에서 비명을 지르며 죽어갔다. 이를 본 띠쉬아락시따는 그 자리에서 비틀거리다가 도망치듯 그곳을 벗어났다. 그런 뒤 그녀는 궁녀의 도움을 받아 왕비 별궁으로 겨우 돌아올 수 있었다.

그날 밤. 아소까왕은 띠쉬아락시따를 위로하기 위해 꾸날라를 데리고 별궁으로 찾아갔다. 띠쉬아락시따는 아소까왕을 보자마자 두려워서 벌벌 떨었다. 궁녀들이 불 속에서 비명을 지르며 죽어가는 현장에서 허락 없이 이탈했기 때문에 질책하러 온 줄 알고는 그랬다. 그러나 아소까왕은 겁에 질린 띠쉬아락시따를 달래려고 왔을 뿐이었다. 띠쉬아락시따는 꾸날라가 뒤따라온 것을 알고는 조금은 안심했다. 꾸날라가 있으니 아소까왕이 자신에게 함부로 대하지 못할 것 같아서였다.

"놀라지 마시오. 꾸날라의 연주를 들으면 마음이 안정될 것이오.”

“대왕님 곁에 끝까지 있어야 했는데 그러지 못했습니다. 죄송합니다.”

“앞으로는 그러지 마시오. 신하들이 새 왕비 띠쉬아락시따를 주시하고 있소.”

“조심하겠습니다.”

“내가 좋아하는 나무를 궁녀들이 질투하다니 한심하오.”

마음이 금세 안정된 띠쉬아락시따가 하소연하듯 말했다.

“대왕님이시여, 여자들의 마음은 그러합니다.”

“내가 좋아하는 나무를 해칠 수 있다는 말이오?”

“나무가 자신을 무시했다고 생각하기 때문입니다.”

“고귀한 사랑이란 그런 것이 아니오. 그것은 비천한 시기심 같은 것이오.”

“대왕님이시여, 저도 그럴지 모릅니다. 대왕님께서 저를 사랑하지 않고 나무를 더 가까이하신다면 저도 모르게 그럴지 모릅니다.”

“허허허. 띠쉬아락시따는 나를 웃게 만드는 재주가 있소. 꾸날라야, 공후를 연주하거라.”

“예, 대왕님.”

꾸날라가 바로 공후를 연주하기 시작했다. 공후를 연주하는 동안 꾸날라는 가슴에 안은 공후만 쳐다보면서 연주했다. 꾸날라의 손가락이 춤을 추듯 줄을 튕겼다. 띠쉬아락시따는 꾸날

라의 공후 연주보다는 꾸날라의 눈에 매력을 느꼈다. 아소까왕
이 곁에 있다는 사실을 잠시 잊어버렸을 정도였다. 아소까왕의
눈은 칼날처럼 무서운 데 비해 꾸날라의 눈은 호수처럼 잔잔하
고 평화로웠다. 띠쉬아락시따는 꾸날라의 눈에 반해버렸다. 아
소까왕이 잠깐 졸고 있는 사이에 띠쉬아락시따는 꾸날라의 얼
굴을 훔쳐보기도 했다. 그러나 꾸날라는 띠쉬아락시따의 그런
마음을 눈치채지 못했다. 꾸날라는 고개를 숙인 채 공후 연주만
하고 있을 뿐이었다.

띠쉬아락시따의 유혹

아소까왕의 대관식이 한 달 후로 다가왔다. 그런데 아소까왕은 악몽 때문에 잠을 잘 이루지 못했다. 왕권을 장악한 지 4년 만에 치러지는 대관식이었다. 아소까왕은 잠부디빠에서 유일하게 '신들이 사랑하는 왕'이 된 것이었다. 빠딸리뿟따 내성과 외성 가릴 것 없이 대형 화분들이 놓이고 있었다. 붉고 흰 꽃들이 만개한 수만 개의 대형 화분들은 1년 전부터 외성의 성민들이 준비한 것들이었다. 외국 사신들이 머무를 저택들도 개보수를 마친 상태였다.

별궁의 침실 창턱에 달빛이 없었다. 아소까왕은 침대에서 일어나 창가에서 서성였다. 창 너머로 검푸르게 흐르는 강가강이 보였다. 아직 안개가 강가강을 점령하지 않은 자정 전이었다. 아소까왕이 잠을 이루지 못하는 것은 친위대 군사들에게 납치되어 죽은 이복형제와 신하들 때문이었다. 원로대신 칼라따까의 모사로 죽었다고는 하지만 아소까왕도 살해에 깊숙이 개입한 것은 사실이었다. 아소까왕이 명을 내렸거나 사후 보고를 받았으므로 직간접적으로 간여했다고 봐야 옳았다.

남은 왕자는 친동생 비가따소가 단 한 사람뿐이었다. 15세의 어린 비가따소까가 아소까왕의 정적이 될 수는 없었다. 눈엣가시 같은 사람들이 다 죽었으니 안심해도 될 법했지만 아소까왕의 마음은 그렇지 못했다. 아소까왕은 지독한 불면증으로 잠을 이루지 못했다. 잠을 잔다고 하더라도 악몽에 시달리곤 했다. 새롭게 맞아들인 젊은 왕비 띠쉬아락시따가 아소까왕의 마음을 알 리 없었다.

"대왕님이시여, 무슨 근심거리가 있습니까?"

"한 달 후면 기다리고 기다렸던 대관식을 치르는데 무슨 근심이 있겠소."

"마음이 격동되시어 그러십니까?"

"잘 모르겠소."

"마음을 안정시키는 차가 있습니다. 차를 한잔 드십시오."

"무슨 차를 내오겠다는 것이오?"

"따뜻한 짜이에 재스민차를 타서 가져오겠습니다."

짜이에 재스민차가 들어가면 수면을 유도하는 효과가 있다는 것을 띠쉬아락시따는 궁녀에게 들었던 것이다. 띠쉬아락시따는 다실로 들어가 궁녀를 깨워서 짜이와 재스민차를 만들어 섞게 했다. 띠쉬아락시따가 말했다.

"주전자만 찾아다오. 잔은 침실에 있으니까."

"너무 많이 드시지는 마세요. 오히려 잠을 방해할 수도 있답니다."

"알았어. 너는 모르는 게 없구나."

21

사실 아소까왕만 불면의 밤을 보내고 있는 것은 아니었다. 띠쉬아락시따도 아소까왕 옆에서 잠든 척했을 뿐이지 잠을 잘 자지 못했다. 띠쉬아락시따는 눈만 감으면 꾸날라가 떠올랐다. 꾸날라의 눈이 그녀를 잠들지 못하게 했다. 그녀는 꾸날라의 호수 같은 눈에 빠져 헤어나지 못했다. 아소까왕의 품 안에서 잠들었는데 꿈에서 꾸날라를 본 적도 있었다.

　　며칠 후. 띠쉬아락시따는 참지 못하고 일몰 무렵에 꾸날라를 자신의 별궁으로 불렀다. 그녀는 몸 구석구석에 향수를 바르고 붉은 비단 사리를 입고서 꾸날라를 맞이했다. 꾸날라는 별궁 다실로 그녀를 뒤따라 들어갔다. 띠쉬아락시따가 의자에 앉자마자 짜이를 마시기도 전에 말했다.

　　"대왕님은 갑자기 일이 생기어 오시지 못해요."

　　"아버지가 오신 줄 알고 공후를 가져왔습니다. 아버지는 공후 연주 소리를 좋아하시거든요."

　　아소까가 온다는 것은 꾸날라를 부르기 위해 꾸며낸 그녀의 거짓말이었다. 그녀가 천연덕스럽게 말했다.

　　"나도 좋아하니 연주해 줘요."

　　"어렵지 않은 일입니다."

　　꾸날라는 공후를 만지작거리고 있다가 그제야 짜이를 마셨다. 짜이는 달콤하고 따뜻했다. 띠쉬아락시따가 궁녀에게 눈짓으로 지시하자 밖에 대기하고 있던 궁녀들이 준비해 둔 음식들을 순식간에 날랐다. 커리 그릇이 다섯 개나 되었다. 그릇에는 달고 맵고 시고 짜고 떫은맛을 내는 색색의 커리가 담겨 있었다. 술이 담긴 은제 주전자도 나왔다.

"자, 시장할 테니 저녁 식사부터 해요."

"예, 왕비님."

꾸날라는 마침 시장했으므로 허둥지둥 먹었다.

"너무 빨리 먹지 말아요. 자, 술도 한잔해요. 소화가 잘될 테니까요."

술은 독주였지만 목구멍을 넘어갈 때는 포도주처럼 부드러웠다. 꾸날라는 술을 마신 뒤에도 공후를 연주한 적이 있었으므로 그녀가 주는 대로 잔을 받았다. 그러나 식사가 끝나가는 초저녁 무렵이었다. 꾸날라는 독주를 여남은 잔 마신 뒤부터 정신을 잃었다. "아!" 하는 외마디 소리를 지르고는 의자에 앉은 채 옆으로 쓰러져 버렸다. 띠쉬아락시따가 궁녀들에게 말했다.

"술이 몹시 약하시구나. 이대로 가실 수 없으니 내 침실 옆방으로 모시거라."

왕비 침실 옆방은 그녀의 부모나 친척이 오면 잠시 머무는 곳이었다. 꾸날라는 곧 그곳으로 옮겨졌고, 띠쉬아락시따는 자신의 침실에 붙어 있는 목욕탕으로 갔다. 그녀는 옷을 다 벗고 욕조의 물속에 몸을 담갔다. 전단향나무 향기가 그녀의 얼굴을 감쌌다. 욕조의 물은 뜨겁지도 차지도 않았다. 궁녀들은 그녀가 목욕하기 좋아하는 물의 온도를 잘 알고 있었다. 그녀는 물이 너무 뜨겁거나 차가우면 궁녀들을 불러놓고 야단을 쳤던 것이다.

잠시 후 띠쉬아락시따는 자신의 방으로 가지 않고 꾸날라가 정신을 잃고 누워 있는 방으로 갔다. 그녀는 독주에 취해서 정신을 차리지 못하는 꾸날라의 옷을 벗겼다. 이윽고 꾸날라가 알몸이 되자 자신도 옷을 벗고 옆에 누웠다. 꾸날라는 꿈을 꾸듯 그녀가 하는 대로 허우적댔다. 그녀는 혀로 꾸날라의 몸 이곳저곳을 마음껏 애무한 뒤에야 깊은 잠에 곯아떨어졌다.

먼저 눈을 뜬 사람은 꾸날라였다. 꾸날라는 자신이 알몸이 되어 있는 것을 알고는 깜짝 놀랐다. 옆에는 띠쉬아락시따가 실오라기 하나 걸치지 않은 채 잠들어 있었다. 꾸날라는 자신도 모르게 소리쳤다.

"이 무슨 해괴한 짓입니까?"

눈을 뜬 띠쉬아락시따가 꾸날라의 손을 잡아끌며 말했다.

"나는 꾸날라를 사랑하지 않을 수 없어."

"대왕님께 고해바칠 것입니다."

꾸날라가 침대에서 내려와 저주하듯 소리쳤다. 그러자 그녀가 꾸날라를 측은하게 쳐다보며 말했다.

"너는 그렇게 하지 못해. 나만 죽는 것이 아니라 너도 죽게 될 테니까."

띠쉬아락시따도 침대에서 내려와 꾸날라를 뒤에서 껴안으며 말했다. 그녀의 뜨거운 입김이 꾸날라의 귓불에 닿았다.

"나는 꾸날라 왕자님이 딱사쉴라로 가고 싶어 하는 줄 알고 있어요. 이 일만 비밀로 해주면 반드시 딱사쉴라로 보내주겠어."

"당신은 천박한 사람이오!"

꾸날라는 그녀의 손을 뿌리치고 별궁을 도망치듯 나와버렸다. 꾸날라는 자신이 어디로 가는지도 모른 채 공후를 꼭 안고 뛰었다. 안개가 끈질기게 꾸날라를 에워쌌다. 그러나 꾸날라는 띠쉬아락시따에게 붙잡힐까 봐 강가강 쪽으로 뛰었다. 잡목이 우거진 언덕 내리막길에서는 미끄러져 한 바퀴 뒹굴기도 했다. 강가강 모래밭에 이르러서야 걸음을 멈추었다. 가시덩굴에 찢긴 얼굴에서는 피가 흐르고 있었다. 꾸날라는 모래밭에서 들짐승처럼 웅크리고 앉아 새벽을 기다렸다.

띠쉬아락시따는 궁녀를 불러놓고 꾸날라가 자신을 무시했다며 분개했다.

"꾸날라가 나를 천박하다고 했어. 나를 모욕한 결과가 어떤지를 보여주고 말겠다!"

"왕비님, 진정하세요."

"호의를 베풀었는데도 나에게 저주를 하다니!"

"왕비님, 왕자님보다 먼저 대왕님을 만나셔야 합니다."

"나도 그렇게 생각해."

띠쉬아락시따는 궁녀를 앞세우고 아소까왕 침전으로 갔다. 아소까왕이 그녀를 별궁 다실에서 맞이했다. 아소까왕은 대관식을 앞두고 신경이 예민해져 있었다.

"무슨 일이오?"

"제가 도와드릴 일이 없을까 하고 왔습니다."

"오, 그대는 젊고 마음이 아름답소."

"대왕님께서 칭찬해 주시니 저는 행복하기만 합니다."

"아침 일찍 온 것을 보니 내게 하고 싶은 말이 있는 것 같소."

"간밤 내내 생각한 것입니다. 꾸날라 왕자님이 딱사쉴라로 가고 싶어 합니다."

"그건 나도 알고 있소. 꾸날라에게 다시 한번 의향을 묻고 결정하겠소."

아소까왕은 딱사쉴라를 그리워하는 꾸날라의 마음을 잘 알고 있었다. 왕자들과 신하들이 죽어가는 왕궁을 진즉부터 떠나고 싶어 했던 것이다.

"대왕님께서 꾸날라 왕자님을 진정 사랑하신다면 대관식 전에 딱사쉴라 부왕으로 보내는 것이 좋을 것입니다. 꾸날라 왕자님은 대왕님께 더 이상 보내달라고 말을 못 할 것입니다. 꾸날라 왕자님이 그렇게 하는 것은 자신을 부왕으로 보내달라고 하는 말과 같기 때문입니다."

"맞소. 꾸날라는 야망이 없는 아들이오. 그게 걱정이오. 그런데 그대가 나서서 보내달라고 하니 고마운 생각이 드오. 아들이 나를 지키는 울타리가 되려면 공후 연주가 아니라 딱사쉴라로 가서 야망을 키워야 하오. 이젠 여인도 만나야 하고."

"대왕님, 잘됐습니다."

"꾸날라를 불러 확인한 뒤 대관식 전이라도 바로 딱사쉴라 부왕으로 보내겠소."

그래도 띠쉬아락시따는 초조했다. 아소까왕이 꾸날라를 대면하게 되면 무슨 말이 오갈지 모르기 때문이었다. 그때 라다굽따가 급히 보고할 일이 있다며 별궁 다실로 들어왔다. 그녀는 꾸날라의 일로 온 것이 아닌가 하며 불안해했다. 라다굽따가 선 채로 보고했다.

"대왕님이시여, 벌써 도착한 축하사절이 있습니다. 그들이 묵을 숙소는 정해져 있습니다만, 대왕님께서 환영한다는 말씀을 주셔야 할 것 같습니다. 말씀을 주시면 제가 축하사절단장을 만나 전하겠습니다."

"수상, 그런 인사말은 수상께서 알아서 하시오."

"아닙니다. 그들은 대왕님께서 주시는 말씀을 기록해 두었다가 자국의 왕에게 보고할 것입니다. 그러니 친히 말씀을 주셔야 합니다."

"알겠소."

아소까왕이 라다굽따에게 전한 인사말은 '축하사절단을 환영합니다. 나는 나의 대관식을 통해서 그대의 나라와 친구가 되기를 기대합니다'였다. 라다굽따가 일어서서 나가려고 하자 아소까왕이 말했다.

"수상, 꾸날라에게 왕명을 전하시오. 꾸날라를 딱사쉴라 부왕으로 임명하니 즉시 떠나라고 전하시오."

"대왕님, 대관식에 참석한 뒤 떠나도 되지 않겠습니까?"

"나는 나의 영광스러운 대관식을 치른 뒤에 사랑하는 꾸날라와 헤어지고 싶지 않소. 그래서 마음이 아프지만 대관식 전에 보내고자 하는 것이오."

"대왕님의 마음을 미처 살피지 못했습니다. 지금 당장 꾸날라 왕자님을 만나러 가겠습니다."

띠쉬아락시따는 꾸날라에게 복수를 한 것 같아 마음속으로 고소해했다. 아소까왕이 꾸날라를 만나지 않겠다는 것도 참으로 다행한 일이라고 생각했다. 띠쉬아락시따가 말했다.

"대왕님, 꾸날라 왕자님은 대왕님께 고마워할 것입니다. 가고 싶어 했던 딱사쉴라로 떠나게 됐으니 그러지 않겠습니까?"

"그대가 나를 옆에서 돕고 있으니 든든하오. 대관식 날 나는 그대를 내 옆에 앉혀 기쁨을 함께 누리도록 하겠소."

띠쉬아락시따는 자신이 원했던 바를 다 이룬 것 같은 성취감에 눈물을 흘렸다. 아소까왕은 그녀가 흘리는 눈물을 보고는 '그대는 순수하고 마음이 여리군!' 하고 중얼거렸다.

지옥궁전의 옥주, 짠달라기리까

아소까왕의 화려한 대관식은 거대한 축제 같았다. 가장 먼저 온 축하사절단은 땅바빵니(스리랑카) 사신들이었다. 그리고 가장 먼 곳에서 온 축하사절단은 로마 사신들이었다. 이집트, 시리아, 페르시아, 그리스, 남쪽 잠부디빠의 깔링가와 쪼다 그리고 빤디야, 끼라타(네팔), 티베트, 뿐드라(방글라데시), 뷔족(미얀마) 축하사절단은 대관식 며칠 전에 들어와 으리으리한 빠딸리뿟따 왕궁과 바다처럼 넓은 강가강 강변을 유람하듯 몰려다니기에 바빴다.

왕궁 악대의 연주 소리가 왕성에 울려 퍼졌다. 대연회장 식탁에는 공작새 1만 마리와 염소 수백 마리 분의 고기가 올랐다. 빵은 산처럼 쌓였고 커리는 수십 개의 구리 통에 담겨 나왔다. 대관식에 참석한 수십만 명의 성민들은 배불리 먹고 양껏 포도주를 마셨다. 수행자들도 내성의 왕궁 정원 숲 그늘에서 특별한 공양을 받았다. 브라만교, 불교, 자이나교 수행자는 누구나 다 조용히 앉아 차례를 기다리기만 하면 되었다. 궁녀들이 공양을 날랐는데, 수행자들의 숫자는 무려 6만 명이 넘었다.

대관식의 정점은 강가강과 히말라야의 호수 아노땃따에서 가져온 물을 금태를 두른 소라고둥에 담아 *끄샤뜨리야* 계급의 숫처녀가 아소까왕의 머리에 뿌리는 것이었다. 이어서 브라만 사제가 은태를 두른 소라고둥에, 다음에는 바이샤 계급의 평민이 치장하지 않은 소라고둥에 담긴 물을 뿌렸다. 그들은 정해진 순서대로 물을 뿌리면서 각자 자신의 계급을 보호하고 바른 정치를 해주십시오, 라고 말했다. 대관식의 마지막 일정은 마차 경주와 가면놀이였는데, 이 행사에는 끄샤뜨리야나 브라만 등 귀족들이 참여했다. 각국의 축하사절단이 참석한 대연회장의 축하연은 밤새 계속되었다. 축하연 도중에 대연회장을 나온 아소까왕은 라다굽따와 함께 왕궁 다실에서 차를 마시며 담소했다.

"대왕님께서 오늘 대관식을 하셨으니 마우리야왕국의 미래는 융성하고 영원할 것입니다."

"수상이 항상 곁에 계시니 든든하오."

"6만 명의 수행자들이 공양했다는 보고를 받았습니다. 수많은 수행자들이 대왕님의 대관식을 축하하러 왔습니다. 저는 이 사실을 잊지 못할 것입니다."

"축하사절이야 당연하지만 수상의 말대로 6만 명의 수행자들이 나를 위해 왔다는 것은 놀라운 일이오. 나는 6만 명의 수행자들에게 오늘뿐만이 아니라 앞으로도 날마다 공양을 올려야겠소. 수행자들에게 알리시오."

"수행자를 예우함은 대왕님의 선정을 알리는 데 가장 좋은 방법일 것입니다."

"그동안 내 손으로 사람들을 많이 죽였으니 내 평판이 더 나

빠져서는 안 될 것 같소. 그렇지 않소?"

"대왕님이시여, 그렇습니다. 여러 나라의 축하사절단 앞에서 대관식을 치르셨으니 이제부터는 허리에 차신 칼을 꺼내서는 안 됩니다."

"나를 대신해서 칼을 휘두를 신하가 있겠소?"

"감옥 책임자인 옥주에게 맡기시면 됩니다."

아소까왕은 라다굽따의 조언에 미소를 지었다.

"감옥이라고 하지 말고 지옥궁전이라고 하시오. 지옥궁전의 옥주를 선발해 보고하시오."

"출중한 인물을 찾아보겠습니다."

왕궁 다실을 나온 라다굽따는 친위대장을 찾았다. 친위대장도 대연회장을 떠난 듯 보이지 않았다. 대연회장은 파장 분위기로 어수선했다. 그러나 강가강 강변은 여기저기 켜진 횃불로 대낮처럼 훤했다. 왕궁 악단은 강변으로 자리를 옮겨 연주를 계속하고 있었다. 구름이 많이 낀 탓에 달빛은 밝지 못했다. 뱃놀이를 하는 사람들은 조그만 유등을 강물에 띄워 보내고 있었다. 수많은 유등들이 반딧불처럼 검푸른 강물에 점점이 떠내려갔다. 그때 친위대 조장이 라다굽따에게 다가왔다.

"친위대 대부분의 군사가 강가강으로 나갔습니다."

"친위대장도?"

"예, 저만 대연회장에 남아서 정리하고 있습니다."

"친위대장을 불러오게. 급히 대왕님의 명을 전해야겠네."

라다굽따는 대연회장 한쪽에 앉아서 자작으로 술을 마셨다. 술에 취해 쓰러진 사람들이 군데군데 보였다. 군사들이 부축해서 밖으로 안내하고 있었지만 역부족이었다. 그리스 축하사절단장도 인사불성 상태였다. 라다굽따는 그의 얼굴을 기억하고 있었다. 그가 빠딸리뿟따 내성에 입성했을 때 라다굽따는 그를 찾아가 아소까왕의 구두 환영 인사말을 전달했던 것이다. 친위대 조장이 라다굽따에게 와서 보고했다.

"마침 대장님이 이쪽으로 오고 계십니다."

"알았네. 조장도 한잔하시게."

"아닙니다. 연회장 정리가 아직 끝나지 않았습니다."

"연회장 정리가 끝나면 여기서 수고한 군사들에게 내 이름으로 한잔 내겠네."

"고맙습니다."

그때 친위대장이 잰걸음으로 왔다. 라다굽따가 일어나 친위대장을 맞았다.

"오늘 대관식은 화려하고 웅장했소. 수고했소."

"아무런 사고 없이 지나갔습니다. 이제야 긴장이 풀리는 느낌입니다."

"나 역시 평생 동안 이렇게 큰 행사는 처음이오. 대왕님의 권위가 여러 나라의 축하사절단과 백성들에게 알려진 것 같소."

친위대장은 라다굽따가 따라주는 술을 마셨다. 아침부터 지금까지 처음 마셔보는 술이었다. 아소까왕을 경호하고 경비

순시를 하느라 한 치의 여유도 없었던 것이다. 친위대장은 원래 칼라따까의 사람이었지만 이제는 라다굽따에게 기울어져 있었다. 라다굽따 역시 그를 믿었다. 아소까왕과 비밀스럽게 나누었던 이야기도 그에게 들려주었던 것이다.

"대왕님께서 무슨 말씀이 있었습니까?"

"대왕님께서는 이제부터 함부로 사람을 죽이지 않겠다고 하셨소."

"그렇다고 칼 없이 통치하실 수는 없을 것입니다."

"누군가가 대왕님 대신 손에 피를 묻혀야 하오."

"저에게 왕명을 내리신 것입니까?"

"그건 아니오. 감옥의 우두머리를 찾아오라고 명하셨소. 감옥의 이름을 대왕님께서는 지옥궁전이라고 했소. 그러니 앞으로 감옥의 우두머리는 대신급이 될 것이오."

"대왕님 명대로 즉시 지옥궁전의 옥주를 찾아보겠습니다."

두 사람은 텅 빈 대연회장에서 대취했다. 라다굽따는 친위대 군사의 도움을 받아 저택으로 돌아왔다. 라다굽따는 침대에 올라 누우면서 흡족해했다. 아소까왕이 빈두사라왕 때처럼 아침마다 수행자들을 공양하기로 했고, 직접 사람을 죽이지 않겠다고 했기 때문이었다.

며칠 뒤 친위대장이 라다굽따가 상근하는 왕궁의 수상 집무실로 찾아왔다. 수상 집무실에도 따로 다실이 하나 있었다. 친위대장이 말했다.

"수상님, 지옥궁전 옥주 후보를 물색했습니다."

"어떤 인물이오?"

"옛 마가다국 땅 사람인데, 그곳의 사형수들을 도맡아서 도살자처럼 잔인한 방법으로 죽여왔던 사람입니다."

그는 옛 마가다국 사람들에게 짠달라기리까(旃陀耆利柯)라고 불렸다. 짠달라기리까는 '공포의 산'을 연상케 했다.

"지옥궁전에 들어올 생각은 있어 보였소?"

"불러만 준다면 영광이라고 했습니다."

"지금 그는 어디 있소?"

"외성에 와 있습니다. 수상님께서 허락하신다면 대왕님께 알현시키려고 합니다."

"지금 데리고 오시오. 내가 먼저 그를 보겠소."

"친위대 군사를 시켜서 즉시 그를 데리고 오겠습니다."

외성에 대기하고 있던 짠달라기리까가 친위대 군사와 함께 말을 타고 왔다. 라다굽따는 그를 보고는 자신의 눈을 의심했다. 체격이 크고 얼굴이 험상궂게 생겼을 것이라고 생각했는데 그게 아니었다. 왜소한 체격에 얼굴은 백지장처럼 창백했다. 외모는 학자풍으로 밤하늘의 별자리를 보고 점을 치는 점성가 같았다. 라다굽따는 어떻게 저런 사람이 지옥궁전의 옥주가 될 수 있지, 하고 의아해했다. 그러자 친위대장이 라다굽따의 표정을 보고는 말했다.

"수상님, 보기와는 전혀 다릅니다. 제가 한번 시험해 보겠습니다."

"그래보시오."

라다굽따가 고개를 절레절레 흔들면서 말했다. 그러자 친위대장이 무표정한 짠달라기리까에게 물었다.

"대왕님께서 천하를 다스리는 데 반대하는 사람이 있네. 어떻게 할 것인가?"

"대왕님을 위해서 그자를 죽이겠습니다."

"빠딸리뿟따 성민들이 다 그렇다면?"

"모든 방법을 동원해서 성민들을 몰살시켜 버리겠습니다."

짠달라기리까는 허약한 외모와 달리 말할 때마다 날카로운 송곳니를 드러냈다. 라다굽따는 그에게서 차가운 살기를 느꼈다. 옛 마가다국 사람들이 왜 그를 짠달라기리까라고 불렀는지 이해가 되었다. 이윽고 라다굽따는 짠달라기리까를 데리고 정궁 접견실로 향했다. 짠달라기리까는 왕이 사람들을 맞이하는 접견실로 가는데도 조금의 동요가 없었다. 시종 무표정한 얼굴로 라다굽따를 뒤따라갔다. 아소까왕이 짠달라기리까를 보더니 조금은 실망한 표정을 지었다. 아소까왕이 물었다.

"그대는 지옥궁전 옥주가 될 자격이 있다고 생각하는가?"

"대왕님, 자격은 나중에 판단하십시오. 저는 지옥궁전을 어떻게 꾸밀지 생각하고 왔습니다."

"오호, 그렇다면 한번 말해보라."

"죄를 지어 지옥궁전에 들어오면 절대로 나가지 못하게 하겠습니다. 그런 권한을 저에게 주십시오. 사람들이 지옥궁전이란 말만 들어도 공포에 떨 것입니다. 공포는 사람들이 죄를 짓지 않게 하는 가장 좋은 무기입니다. 또 한 가지 청이 있다면, 지옥궁전을 화려하고 장엄하게 만들어주십시오. 처형장까지 아름답게 만들어주십시오. 그렇게 된다면 죄인들은 순간적이나마 아름다움에 취해 죽는 두려움을 잊어버릴 것입니다."

짠달라기리까의 말에 아소까왕은 기묘한 매력을 느꼈다. 악마가 손짓하는 것 같은 느낌이 들었다. 아소까왕이 말했다.

"그대가 원하는 대로 해주겠다. 또 원하는 것이 있는가?"

"옛 마가다국 땅에는 불교 사원이 많습니다. 어느 날 불교 사원을 지나다가 지옥에 대한 경을 외는 것을 들었습니다. 그 경대로 지옥궁전을 꾸미도록 허락해 주십시오."

"그런 생각을 하다니 대단하구나."

아소까왕은 짠달라기리까에게 지옥궁전을 조성하는 데 있어서 전권을 주었다. 라다굽따에게 지원해 주라는 당부도 잊지 않았다.

"수상, 짠달라기리까가 요구하는 것들을 다 들어주시오."

"대왕님, 지옥궁전의 옥주를 임명하셨으니 앞으로는 대왕님 뜻대로 통치하실 수 있을 것 같습니다."

아소까왕의 접견실을 나온 라다굽따가 짠달라기리까에게 물었다.

"경에는 지옥이 어떤 모습으로 나와 있소?"

"서너 개의 지옥은 똑같이 만드는 것이 불가능합니다. 그러나 최대한 비슷하게 만들겠습니다."

짠달라기리까는 라다굽따에게 자신이 불교 사원에서 들었던 경 속의 열 개 지옥들을 하나하나 열거했는데, 다음과 같았다.

도산지옥: 칼날이 뾰족뾰족 튀어나온 산길을 걸을 때마다 칼에 찔리는 지옥.

화탕지옥: 펄펄 끓는 무쇠솥에 빠져서 허우적거리다가 죽는 지옥.

검수지옥: 칼날이 숲처럼 우거져 걸어갈 때마다 살이 한 점씩 떨어지는 지옥.

발설지옥: 집게로 혀를 길게 뽑아 소가 밭을 갈듯 쟁기로 갈아버리는 지옥.

독사지옥: 독사들에게 온몸이 감긴 채로 물어뜯기는 지옥.

거해지옥: 톱으로 뼈를 썰고 몸을 산채로 토막토막 자르는 지옥.

철상지옥: 쇠절구에서 짓찧고 나서 쇠못들이 박힌 침상에 눕혀놓는 지옥.

풍도지옥: 몸이 갈기갈기 찢어질 때까지 차디찬 강풍에 고통받는 지옥.

흑암지옥: 밤낮이 없으며 아무것도 보이지 않는 깜깜한 곳에 갇히는 지옥.

라다굽따는 짠달라기리까의 지옥 이야기에 몸서리쳤다. 그러나 그가 있기 때문에 아소까왕이 손에 피를 적게 묻힐 것 같은 예감이 들어서 다행이라고 생각했다. 그것은 아소까왕의 어머니 다르마 대비의 소원이기도 했다.

젊은 왕비의 악행

수시마 부왕비가 몰래 숨어 사는 짠달라 천민촌에 경사가 났다. 도비왈라 집에 안개가 짙은 이른 아침부터 달리뜨들이 모여들었다. 수시마 부왕비 아들 니그로다가 마하와루나에게 머리를 깎고 출가하는 날이었다. 짠달라 천민촌이 생긴 이래 처음 있는 경사였다. 아녀자들은 움막 한쪽에서 짜빠띠를 굽고 짜이를 끓였다. 모든 경비는 도비왈라가 부담했다. 달리뜨들은 도비왈라 집에 들어와 먼저 마하와루나 발밑에 입을 맞추었다. 그러면 마하와루나는 그들 머리에 손을 얹고 축원해 주었다.

"부처님의 가피로 달리뜨에서 해탈하소서."

마하와루나에게 축원을 받은 달리뜨들은 죽은 뒤에는 불가촉천민이 아닌 다른 신분으로 태어날 것이라고 믿었다. 축원을 받고 난 달리뜨들은 임시 식당이 된 움막으로 가서 짜이와 짜빠띠를 받아 아침 식사를 했다. 니그로다 삭발식은 해가 뜨면 하기로 예정돼 있었다. 일곱 살이 된 니그로다는 어머니 수시마 부왕비와 도비왈라 집 뒤쪽 띳집에서 마지막 시간을 보내고 있었다. 니그로다가 어머니 수시마 부왕비를 위로했다.

"어머니, 출가하더라도 목갈라나 존자님처럼 어머니를 잊지 않을 거예요."

"니그로다야, 고맙기는 하지만 출가하면 이곳은 잊어버리고 수행을 잘하여 마하와루나 같은 아라한이 되어야 해."

수시마 부왕비는 진정으로 니그로다가 아라한이 되기를 바랐다. 니그로다가 네 살이 될 때까지는 왕세자로서 마우리야왕국의 왕이 될지도 모른다는 꿈을 가지고 있었으나 아소까왕이 대관식을 치르자 포기해 버렸던 것이다. 또 하나의 이유가 더 있다면 니그로다가 마하와루나를 유난히 따랐다는 점이었다. 니그로다는 마하와루나가 띳집으로 와서 설법하는 날은 마을의 또래들을 만나지 않고 꼼짝을 안 했다. 마하와루나의 설법을 듣고서는 다 외워버리기까지 했다. 그것도 부족해서 어떤 날은 마하와루나가 수행하는 강가강 강변의 동굴까지 따라가 살다가 오기도 했다. 니그로다에게는 행운이었다. 니그로다는 마하와루나에게 경으로 산스끄리뜨어를 배웠기 때문이다. 니그로다는 《숫따니빠따》 같은 경집(經集)을 거의 암송해 버릴 정도여서 마하와루나를 놀라게 했다. 마침내 마하와루나는 수시마 부왕비에게 니그로다의 진로를 조언하기에 이르렀다.

"부왕비님, 니그로다를 출가시키십시오. 니그로다는 전생에 수행자였던 것이 분명합니다."

"사문님, 어째서 그렇습니까?"

"경을 한 번 들으면 다 외워버립니다. 이는 전생에 닦지 않고서는 불가능한 일입니다."

"살벌한 왕궁에 들어가자니 위험하고, 차라리 출가하는 것이 니그로다에게는 나을지 모르겠습니다."

"니그로다는 비록 나이는 어리지만 아소까왕을 움직일 수 있는 유일한 사람입니다."

"잔인한 아소까왕을 어떻게 움직인다는 말입니까?"

"니그로다에게는 그런 힘이 있습니다. 니그로다로 인해 아소까왕이 자비로워진다면 이보다 더 기쁜 일이 어디 있겠습니까? 지금 왕궁에는 지옥궁전이 만들어져 모든 사람들이 공포에 떨고 있습니다. 니그로다만이 지옥궁전을 평화로운 정원으로 바꿀 힘이 있습니다."

"그렇게만 된다면 저는 아소까왕에게 품은 원한을 버리겠습니다."

"훌륭하십니다. 붓다께서는 원한은 원한을 낳는다고 했습니다. 원한을 버릴 때만 원한이 사라집니다. 따라서 니그로다가 출가하려면 지금이 적기입니다."

마하와루나는 니그로다가 일곱 살이 되자 출가의 적기로 보았다. 붓다의 가르침에 대한 이해가 더없이 깊어졌고, 특히 아소까왕이 날마다 6만 명의 수행자들에게 공양을 올리는 등 어느 때보다도 수행자에 대해서만큼은 호의를 베풀고 있기 때문이었다.

도비왈라 집 마당에 달리뜨들이 북적거렸다. 마당 한쪽에 마하와루나 법석용으로 조그만 단이 마련되었다. 이윽고 마하와루나가 단 위에 올라섰다. 니그로다는 단 앞에 무릎을 꿇고 앉아 있었다. 마하와루나가 달리뜨들이 보는 앞에서 니그로다의 머리를 다 깎고 난 뒤 함께 단 위로 올라갔다. 이윽고 마하와루나가 말했다.

"여러분, 자비로운 아침입니다. 마우리야왕국에 자비가 충만하게 될 것입니다. 특히 여러분에게 축복처럼 자비의 햇살이 비출 것입니다. 왜냐하면 여러분의 마을에 살던 니그로다가 출가를 하기 때문입니다. 니그로다의 출가는 단순한 출가가 아닙니다. 니그로다는 이미 수행을 마친 사문이기 때문입니다. 나는 오늘 선언합니다. 니그로다 사문은 아라한으로서 나의 도반입니다. 붓다께서 태어나실 때 말씀하셨던 것처럼 하늘 위 하늘 아래 오직 존귀한 분입니다. 니그로다는 여러분의 고통을 없애주고 삶을 편안하게 해줄 것입니다."

달리뜨들이 니그로다를 주시했다. 그러고 보니 니그로다는 어제의 니그로다가 아니었다. 얼굴에는 맑은 기운이 감돌았고, 가사를 걸친 몸에서는 함부로 범접할 수 없는 위의가 풍겨 나왔다. 수시마 부왕비조차도 니그로다 사문을 바로 응시하지 못했다. 수시마 부왕비는 눈물을 흘렸다. 그러나 자신의 얼굴을 적시는 것이 기쁨의 눈물인지 슬픔의 눈물인지는 분간하지 못했다.

니그로다의 삭발 의식과 마하와루나의 법문이 끝나고 나서도 도비왈라 집 마당에는 달리뜨들이 남아 축제를 벌이듯 짜이를 몇 잔씩 마시면서 떠들고 춤을 추었다. 마을에서 아라한이 나왔으니 기쁘지 않을 수 없었다.

한편 띠쉬아락시따 왕비 별궁에서는 사악한 음모가 꾸며지고 있었다. 띠쉬아락시따는 꾸날라를 딱사쉴라로 보냈지만 만족하지 못했다. 꾸날라가 자신을 모욕했다고 여겼던 것이다. 띠쉬아락시따는 꾸날라의 아름다운 눈이 화근이었다고 생각했다. 꾸날라의 눈이 아니었더라면 자신이 반했을 리 없었을 것이라고 믿었다. 띠쉬아락시따는 무슨 수를 써서라도 꾸날라의 눈을 없애버린다면 그를 잊을 수 있을 것 같았다. 띠쉬아락시따는 궁리 끝에 심복 궁녀를 불렀다.

"딱사쉴라에서 들려오는 소식을 들었느냐?"

"꾸날라 부왕님께서 잘 통치하시어 대왕님께서 칭찬하셨다고 합니다."

"나도 그 얘기는 직접 들었어. 대왕님께서는 격려 차원에서 특사를 보내신다고 했어."

"왕비님께서 보내신 것인데 다들 모르고 있더군요."

"누구한테도 그 얘기를 하면 안 돼."

"왕비님, 걱정 마셔요. 제가 빠딸리뿟따 왕궁에서 사는 것도 다 왕비님 덕분인데요. 저는 은혜를 꼭 갚을 거예요."

"그래?"

띠쉬아락시따가 은혜를 갚는다는 말에 입을 다물었다. 당장 하고 싶은 말이 있었지만 참았다. 그러자 심복 궁녀는 띠쉬아락시따가 무슨 생각을 하는지 궁금했다. 그녀가 띠쉬아락시따에게 은혜를 갚을 만한 이유는 많았다. 그녀는 띠쉬아락시따 본가에서 허드렛일을 하는 수십 명의 시녀들 가운데 유일하게 뽑혀서 왕비 별궁까지 따라왔기 때문이었다. 부잣집의 시녀와 왕비 별궁의 궁녀는 계급이 달랐다. 그녀는 왕비 별궁의 신임을 받는 궁녀가 됐기 때문에 크게 성공한 셈이었고, 허드렛일을 하는 일반 궁녀들에게 부러움을 샀다.

"대왕님 침실로 보내주고 싶은데 어때? 대왕님께 말씀드린 적이 있어서 언제든 가능해."

"왕비님, 그곳으로 가면 일반 궁녀가 되는 것이죠?"

"거기서는 우두머리 궁녀가 돼야지. 그렇지 않다면 내가 어떻게 보내겠어."

"어머나! 왕비님, 고맙습니다."

띠쉬아락시따는 아소까왕에게 미리 심복 궁녀를 부탁해 놓은 바 있었다. 아소까왕이 침실의 우두머리 궁녀가 게으르다고 불평했을 때 그 순간을 놓치지 않고 부탁했던 것이다.

"대왕님 침실은 정말로 아주 중요한 곳이야. 침실에 있는 상자에 국새가 들어 있거든. 그러니 침실 청소를 담당하는 우두머리 궁녀란 왕궁의 모든 궁녀들 가운데 으뜸인 것이야."

"정말로 제가 우두머리 궁녀가 되는 거예요?"

"너를 그곳으로 보내는 이유가 있어."

띠쉬아락시따의 심복 궁녀는 꿈을 꾸듯 황홀해했다.

"왕비님, 이유를 알고 싶어요."

"그렇지. 너는 내 분신이나 다름없거든."

"왕비님, 은혜를 갚는다면 무슨 일이라도 하겠어요."

"쉬운 일은 아니야."

"아무리 어려운 일이라도 저는 해내겠어요. 쉬운 일이라면 누군들 못하겠어요."

"내가 너를 처음부터 잘 보았어. 본가에서 너를 본 순간 마음에 들었거든."

"저도 왕비님을 따라가고 싶어 기도했어요. 날마다 강가강으로 나가 시바 신께 기도를 했더니 들어주셨어요."

띠쉬아락시따가 심복 궁녀에게 조언을 구했다.

"꾸날라가 나를 무시한 일이 있어."

"저도 알고 있죠. 그때 제가 왕비님을 위로해 드렸으니까요."

"나를 무시했으니 무슨 방법으로 혼을 내줄까?"

"가장 좋은 방법은 잊어버리는 거예요. 저는 수모를 당할 때 잊어버리려고 노력해요. 그러다 보면 정말로 잊어버리게 되죠."

"난 절대로 잊을 수가 없어. 내 진심과 호의를 걷어찼으니까. 그런 모욕은 난생처음이었어."

그제야 심복 궁녀가 눈치를 채고 말했다.

"왕비님, 혹시 꾸날라 부왕님을 사랑하시는 거예요?"

"대왕님이 계신데 어찌 꾸날라를 사랑하겠어. 가끔 꾸날라를 불러 함께 있고 싶었을 뿐이지.”

“꾸날라 부왕님의 어디가 마음에 드시는지요?”

“꾸날라의 큰 눈, 그 눈을 보고 나는 반했어. 아니 그 눈이 나를 유혹했어.”

“그래도 왕비님은 꾸날라 부왕님의 눈을 결코 차지할 수 없어요. 그래서 모욕당했다고 분해하시는 거예요.”

“무슨 방법이 없을까?”

“꾸날라 부왕님의 눈을 없애버리면 되죠. 꾸날라 부왕님에게 눈이 없다면 다시는 생각나지 않을 것이고 모욕받았다는 생각도 차츰 사라질 거예요.”

“오, 너는 어찌 그렇게 내 마음을 꿰뚫어 보는지 놀랍기만 하구나.”

“돌아가신 아버지께서 화근은 빨리 없애버리는 것이 좋다고 하셨어요. 그것이 행복해지는 길이래요. 화근은 시간이 지날수록 불행을 키운다고도 했어요.”

“훌륭한 아버지군. 절대로 그 말을 잊지 않겠어.”

“왕비님, 그러셔야 해요. 제가 도와드릴게요.”

“내가 거짓 왕명을 만들어줄 테니 대왕님 침실 우두머리 궁녀로 가서 국새만 찍어주면 돼.”

“대왕님 몰래 찍는 거군요. 저는 왕비님의 은혜를 갚기 위해 그렇게 하겠어요.”

“고마워.”

띠쉬아락시따는 심복 궁녀를 즉시 아소까왕 침실 우두머리 궁녀로 보냈다. 이미 흰 비단 조각으로 만들어놓은 아소까왕의 명령서를 그녀에게 쥐여주는 것도 잊지 않았다. 아소까왕의 명령서에는 다음과 쓰여 있었다.

꾸날라는 띠쉬아락시따 왕비를 유혹한 죄를 저질렀다. 나는 너를 한때 사랑했으므로 죽이지는 아니하되 두 눈동자를 뽑아 다시는 왕비를 유혹하는 일이 없도록 하겠다. 너를 즉시 딱사쉴라에서 추방하노라.

아소까왕이 드나드는 침실의 우두머리 궁녀가 된 그녀는 사흘 만에 띠쉬아락시따가 위조한 왕의 명령서에 국새를 찍어 가져왔다. 그녀의 민첩한 행동에 띠쉬아락시따는 감탄했다.

"화근은 빨리 없애버리는 것이 좋다는 네 말이 정말로 위로가 되었어."

"잘하셨어요, 왕비님."

띠쉬아락시따는 그녀의 두 손을 잡고 고마움을 표했다. 그녀가 나가자 이번에는 딱사쉴라 특사 일원으로 가는 친위대 조장을 불렀다. 친위대 조장은 왕궁 중에서 특히 띠쉬아락시따 왕비 별궁의 경비를 감독하는 책임자였다. 아소까왕의 명에 의한 일이지만 친위대 조장이 왕비 별궁의 경비를 감독하는 것은 아주 이례적인 일이었다. 띠쉬아락시따는 친위대 조장을 자주 불러 선물을 주었다. 그런 이유로 친위대 조장은 어느새 그녀의 사람이 되어 있었다.

"조장님, 이 밀봉한 봉투에는 왕명이 들어 있습니다. 대왕님께서 무슨 까닭인지 특사 일행이 딱사쉴라를 떠날 때 꾸날라 부왕에게 전하라고 하였습니다. 부왕을 격려하는 취지로 가는 특사이기 때문에 그런 것 같습니다."

"알겠습니다, 왕비님."

띠쉬아락시따가 친위대 조장에게 금으로 만든 코끼리상을 또 선물했다. 그러자 친위대 조장은 황공해하면서도 스스럼없이 선물을 받았다. 친위대 조장의 표정을 살펴본 띠쉬아락시따는 밀봉한 봉투가 꾸날라 부왕에게 잘 전달될 것이라고 확신하면서 안도했다.

어린 니그로다 사문

황색 가사를 입은 불교 수행자들이 아침마다 빠딸리뿟따 내성으로 들어와 공양을 했다. 조용히 공양하고 있는 모습은 깃을 접은 홍학 떼처럼 아름답기 짝이 없었다. 불교 사문들이 공양하고 있으면 원숭이 몇 마리가 나타나 끽끽 소리치며 나무를 오르내렸다. 사문들이 음식을 주면 그제야 내성 밖으로 조용히 물러갔다. 사문들이 원숭이에게 주는 음식을 헌식(獻食)이라고 했다.

숲 저쪽 꾹꾸따라마 터에는 왕궁처럼 큰 사원이 조성되고 있었다. 아소까왕의 이름을 딴 사원이었다. 수만 명의 수행자들이 상주하며 수행할 수 있는 아소까라마였다. 수행자들은 아소까라마가 완공되기만을 기다렸다. 아소까라마에 들어가게 된다면 밤새 반얀나무나 삣팔라나무 아래서 웅크리고 자지 않아도 되며, 아침마다 음식을 구하기 위해 탁발할 필요가 없을 터였다. 아소까왕의 특명으로 짓고 있으므로 다른 전통 사원들과 달리 수행자들의 의식주는 물론 약(藥)까지 불편함 없이 해결해 줄 것이기 때문이었다.

그런데 아소까왕은 그날 아침에 우연히 노란색 옷을 입은 브라만교 수행자들이 공양하는 모습을 보고 크게 실망했다. 사자 문양이 새겨진 발코니에 서서 우연히 보게 된 공양 풍경이었다. 수행자들은 게걸스럽게 공양을 했다. 천박할 뿐 절제된 모습이라고는 하나도 보이지 않았다. 진리를 추구하는 고행의 수행자라고 도저히 믿을 수 없었다. 아소까왕은 발코니에 선 채 중얼거렸다.

'이런 천박한 수행자들에게 공양을 올리느니 차라리 없애는 것이 낫겠다.'

아소까왕은 라다굽따 수상에게 지시했다.

"공양받을 만한 수행자는 없는 것이오? 가서 공양을 받을 만한 자들을 데려오시오. 나는 앞으로 그들을 우대할 것이오."

"대왕님이시여, 옳으신 말씀입니다. 모든 수행자가 저런 것은 아닙니다. 저자들 말고 공양받을 만한 수행자들이 있습니다."

아소까왕은 고행자들을 시험하기 위해 왕궁 정원에 크고 작은 식탁을 높고 낮은 곳에 배치하도록 지시했다. 흰색의 일산을 편 식탁도 마련하도록 명했다. 그사이에 라다굽따는 수행자들이 공양하는 장소로 가서 빤다랑가, 아지비까, 자이나교 등의 고행자 중에서 장로들을 데려왔다. 라다굽따가 말했다.

"대왕님이시여, 이들이야말로 공양받을 만한 고행자 장로들입니다."

"어서 들어오시오. 자리를 마련해 놓았으니 그대들은 적당한 곳에 앉으시오."

장로 고행자들은 자신에게 합당하다고 생각하는 자리를 찾아가 앉았다. 그런데 서로가 일산이 펴진 자리와 높은 자리로 가려고 행동했다. 아소까왕은 또다시 실망했다.

'겸손함뿐만 아니라 머리에 든 것이 전혀 없군.'

아소까왕은 장로 고행자들에게 음식과 마실 것을 대접한 뒤 설법을 듣지 않고 그대로 보내버렸다. 장로 고행자답게 자신의 행동을 절제하지 못하고, 또한 언행이 우아하지도 당당하지도 않았던 것이다. 그로부터 며칠 뒤였다. 장로 고행자들에게 몹시 실망한 아소까왕은 별다른 생각 없이 발코니 의자에 앉아 있었다. 때마침 어린 니그로다 사문이 공양 전에 왕궁 쪽으로 걸어오고 있었다. 그가 왕궁으로 나 있는 길을 걸어보기는 처음이었다. 평소에는 공양 장소에서 조용히 앉아 있다가 공양이 끝나면 즉시 강가강 동굴로 가서 스승 마하와루나를 시봉했던 것이다. 마하와루나는 늙고 병들어 짠달라 천민촌으로 가서 설법하지 못했다. 동굴 속 대나무 침상에 눕거나 앉아서 주로 경을 암송하면서 소일했다.

왕궁으로 가는 길가에는 붉고 노란 양귀비꽃들이 만개해 있었다. 니그로다는 양귀비꽃들을 보면서 자신도 모르게 왕궁의 정궁 발코니 가까이 다가갔다. 그때 정궁 발코니에 앉아 있던 아소까왕이 어린 사문 니그로다를 보았다. 니그로다는 아소까왕의 눈길을 사로잡았다. 어린 니그로다의 용모는 우아했다. 삭발한 머리는 아침 햇살에 반짝거렸고 주황색 가사는 더없이 정갈했다. 니그로다는 천천히 걷고 있었다. 아소까왕이 중얼거렸다.

'백성들 대부분은 뿔뿔이 흩어지는 사슴 떼처럼 마음이 산란한데, 저 어린 사문은 마음을 한데 모아 걷고 있구나. 마차의 멍에 길이만큼 시선을 앞쪽에 고정해 두고 걷는 걸음걸이는 가볍지도 무겁지도 않구나.'

아소까왕은 친위대장을 불러 말했다.

"대장, 저 어린 사문을 보니 애정이 일고 존경하는 마음이 드오. 모셔 오도록 하시오."

"예, 대왕님."

친위대장은 급히 정궁을 나와 왕궁을 둘러보고 있는 니그로다에게 다가가 말했다.

"사문이여, 대왕님께서 부르십니다."

"저를 말이오? 이유가 무엇이오?"

"대왕님을 알현하시면 알게 될 것입니다."

"알겠소."

니그로다는 망설이지 않고 친위대장을 따라갔다. 아소까왕이 발코니 의자에 앉아서 니그로다를 맞이했다.

"나는 불교 신자는 아니오. 그러나 백성들을 바른길로 제도하는 불교에 관심이 많소. 나는 꾹꾸따라마 터에 아소까라마를 짓고 있소."

"대왕이시여, 훌륭하십니다."

"자, 어느 자리로 가서 공양하겠소? 어느 자리라도 내가 허락하겠소."

니그로다는 왕궁 정원을 둘러보았다. 공양할 자리가 마련된 정원에는 수행자가 단 한 사람도 없었다. 니그로다는 마음 가는 대로 흰 일산이 펴져 있는 식탁으로 갔다. 그러자 아소까왕이 생각했다.

'어린 사문이 오늘 이 순간만큼은 왕궁 정원의 주인이군.'

잠시 후 니그로다는 궁녀들이 가져온 공양을 기꺼이 받았다. 공양물은 짜빠띠 한 장과 짜이 한 잔, 그리고 바나나 한 개와 포도 한 송이가 전부였다. 니그로다는 짜빠띠 한 장과 짜이만 마셨다. 니그로다가 공양을 마치자마자 아소까왕이 말했다.

"사문이 기억하는 담마를 나에게 설해줄 수 있소?"

"대왕이시여, 소승은 스승 마하와루나 아라한님에게 들은 존귀한 붓다의 담마를 기억합니다."

"사문이여, 그것을 나에게 말해주시오."

니그로다는 《담마빠다(법구경)》의 한 구절을 외웠다.

방일하지 않음이 불사의 길이고
방일하는 것은 죽음의 길이니
방일하지 않은 사람은 죽지 않으나
방일한 사람은 죽은 자와 같다.

아소까왕이 말했다.

"사문은 내가 미처 모르던 것을 일깨워 주었소. 나태한 자도 죽은 자와 다를 바 없다는 것을 알았소."

"대왕이시여, 이 담마가 전능한 붓다가 남긴 모든 설법의 뿌리이옵니다."

"내게 붓다가 남긴 설법의 근본을 알려주다니 경의를 표하고 싶소. 나는 설법을 들은 대가로 왕궁 정원에서 불교 장로 여덟 분에게 항상 공양 올리겠소."

수행자들이 공양하는 일반 장소가 아닌 넓은 왕궁 정원에서 니그로다가 추천하는 여덟 명의 장로에게 공양을 올리겠다는 말이었다. 아소까왕이 물었다.

"사문은 어느 사원에서 왔소?"

"스승님을 모시고 있는 곳은 강가강 언덕의 동굴이옵니다."

"스승은 백성을 위해서 무슨 일을 하고 있소?"

"지금은 늙고 병들어 동굴에 주로 계시지만 평생 동안 짠달라 천민촌에서 설법을 하셨습니다."

"천민촌이 아닌 큰 도시에서 설법했다면 많은 백성들에게 도움을 주었을 것이오."

"대왕이시여, 천민도 백성이옵니다. 저는 천민촌에서 성장했습니다. 그 덕분에 마하와루나 아라한님을 만나 사문이 되었습니다. 그러니 마하와루나 아라한님은 어디에서 설법했든 백성들에게 이익을 주신 분입니다."

"사문이여, 그대의 이름은 무엇이오?"

아소까왕이 니그로다의 논리정연한 말에 탄복하여 이름을

물었다.

"소승의 이름은 니그로다입니다."

아소까왕이 깜짝 놀랐다.

"니그로다!"

"대왕이시여, 왜 놀라십니까?"

"수시마 형님이 사문의 아버지란 말이오?"

"그렇습니다. 그러나 놀랄 일이 아닙니다. 인연이란 강가강과 같은 것입니다. 온갖 사연이 한 몸으로 섞이기도 하고 산산이 부서져 흩어지는 물방울 같기도 하기 때문입니다. 소승은 인연을 따라 살 뿐 지나간 일로 누구를 원망하거나 과거를 생각하며 회한에 잠긴 일은 없습니다."

"오! 사문이여."

아소까왕은 한동안 말을 못 했다. 니그로다의 짧지만 아름다운 설법에 입을 열 수가 없었다. 그러나 자신과 권력투쟁 중에 죽은 이복형 수시마가 떠올라 마음이 순식간에 심란해졌다. 괴로운 감정이 니그로다를 바로 쳐다보지 못할 만큼 솟구쳐 올랐다. 아소까왕이 한참 만에 입을 열었다.

"내 앞에 수시마 형님의 아들이 있다는 사실에 놀라지 않을 수 없소."

"소승은 과거에 매달려 살지 않습니다. 과거는 이미 지나가 버린 것입니다. 현재는 소승 니그로다만 여기 있을 뿐 아무것도 없습니다."

"형수님은 어디에 있소?"

"짠달라 천민촌에 계십니다. 마하와루나 아라한님께 귀의한 뒤부터 마음 편히 살고 계십니다."

"브라만 왕족이 어찌 천민촌에서 산단 말이오? 나는 왕궁으로 형수님을 불러 아무런 부족함이 없도록 사시게 할 것이오."

니그로다가 미소 띤 얼굴로 말했다.

"어머니는 절대로 왕궁에 오시지 않을 것입니다. 왕궁은 어머니에게 지옥이었기 때문입니다. 어머니의 낙원은 짠달라 천민촌입니다. 지옥과 낙원은 눈 밖에 있는 것이 아니라 마음 안에 있는 것입니다. 그러니 대왕님께서는 어머니를 그대로 두셔야 할 것입니다."

아소까왕은 니그로다가 어린 나이의 조카라기보다는 누군가를 위로하고 설법하는 사문임을 실감했다. 니그로다는 이제 조카가 아니라 세속을 버리고 출가한 사문이었다. 그런 생각이 들자 아소까왕은 니그로다를 제관처럼 자신의 곁에 두고 싶었다.

"니그로다여, 아소까라마를 맡아주시오."

"대왕이시여, 소승은 짠달라 천민촌으로 돌아가야 합니다. 스승 마하와루나 아라한님이 했던 일을 제가 이어받아야 합니다. 그들도 마우리야왕국의 백성입니다."

아소까왕은 니그로다에게 더 이상 청하지 않았다. 명령할 생각도 없었다. 천민인 달리뜨들과 동고동락하겠다는 그의 사문다운 태도를 존중했다. 니그로다는 아소까왕이 아직도 자신을 조카라고 생각하고 있으며, 왕이 아닌 삼촌으로서 무언가 특혜를 주고 싶어 한다고 느꼈다. 아소까왕이 아쉬워하면서 말했다.

"그렇다면 아소까라마를 맡아줄 수 있는 사문을 추천해 주시오."

"최고의 율사가 계십니다."

"그 율사는 어떤 사문이고 어디에 살고 있소?"

"강가강 언덕의 동굴에 살고 계십니다. 목갈리뿟따띳사 장로님입니다."

아소까왕은 목갈리뿟따띳사를 기억해 냈다. 어린 시절 붓다의 진리와 산스끄리뜨어를 가르쳐주었던 스승이 바로 목갈리뿟따띳사였던 것이다. 목갈리뿟따띳사가 스승이 된 까닭은 아버지 빈두사라왕의 지시가 있었기 때문이었다. 빈두사라왕은 어린 아소까에게 브라만교는 물론 다양한 종교관을 심어주기 위해 대신들에게 불교 사문을 추천하라고 명했던 것이다. 이에 제관 칼라따까가 목갈리뿟따띳사를 왕궁으로 데리고 왔는데, 어느 날 어린 아소까가 새총으로 까마귀를 죽이려고 하자 목갈리뿟따띳사가 불살생 계율을 들어 만류하다가 실망하여 미련 없이 왕궁을 떠나버렸던 것이다.

아소까왕은 어린 시절이 그리웠다. 뿐만 아니라 목갈리뿟따띳사에게 함부로 굴었던 행동이 미안하기도 하여 그를 불러들여 최상의 예우를 하고 싶었다. 그가 원하는 바가 있다면 왕으로서 모든 것을 다 들어주리라고 작정했다.

목갈리뺏따띳사의 설법

아소까왕은 니그로다를 만난 뒤부터 미묘하게 변했다. 니그로다가 속한 승단을 도와주고 싶다는 마음이 생겼다. 그 이유는 알 수 없었지만 그런 마음을 낼 때면 마치 오래된 빚을 갚은 것 같은 기분이 들었다. 라다굽따는 아소까왕의 그런 마음을 이해할 수 있었다. 아소까왕은 수시마 형에 대한 죄의식을 조카 니그로다에게 호의를 베푸는 방식으로 속죄하는 듯했던 것이다.

그러나 니그로다는 빠딸리뺏따성으로 들어와 아소까왕의 호의를 받아들일 생각이 없었다. 짠달라 천민촌에서 스승 마하와루나 뒤를 이어 천민 달리뜨들과 함께 살기로 발원한 까닭이었다. 대신 니그로다는 아소까라마 책임자로 율사 목갈리뺏따띳사 장로를 추천했다. 아소까왕은 즉시 니그로다의 추천을 받아들였다. 아소까왕이 어린 왕자였을 때 목갈리뺏따띳사가 스승으로서 불법과 산스끄리뜨어를 가르친 인연이 있기도 해서였다. 아소까왕이 친위대장에게 말했다.

"목갈리뺏따띳사 장로는 언제 성으로 들어오는 것이오?"

"소장이 강가강 동굴로 찾아가 대왕님의 명을 전했을 때 바로 오늘 들어올 것이라고 했습니다."

"성문에서 기다리다가 정중하게 데려오시오."

"예, 대왕님."

아소까왕은 친위대장이 나가자 라다굽따를 불렀다.

"나를 실망시킨 브라만교 수행자들을 아침 공양에서 줄이고 있소?"

"대왕님 지시대로 브라만교 수행자들을 줄이면서 불교 사문들을 늘리고 있습니다."

"선왕 때의 공양 전통이니 6만 명의 숫자는 그대로 유지하시오."

"공양 장소를 아소까라마로 옮기었을 뿐 6만 명이 아침마다 공양하고 있습니다."

꾹꾸따라마 터에 아소까라마가 건립되었다고는 하지만 사실은 꾹꾸따라마의 낡은 건물들을 중건하고 보수한 것에 불과했다. 그렇지 않다면 거대한 규모의 아소까라마를 3년 만에 조성한다는 것은 불가능했다.

이윽고 정오 무렵에 친위대장이 목갈리뿟따띳사를 데리고 정궁 접견실로 왔다. 아소까왕은 의자에서 일어나 목갈리뿟따띳사를 맞이했다. 25년 만의 재회였다. 마른 과일 같은 목갈리뿟따띳사의 얼굴에는 잔주름살이 가득했고 다리는 지팡이처럼 가늘었다. 아소까왕이 아홉 살 때였다. 새총으로 까마귀를 죽이려는 어린 아소까에게 살생하지 말라고 만류하다가 말을 듣지 않자 미련 없이 그가 수행했던 웨살리 동굴로 돌아가 버렸던 것이다. 아소까왕은 철없던 어린 시절이 떠올라 목갈리빳따띳사에게 최대한 예우를 하고 싶었다.

"장로시여, 어서 오시오. 이게 얼마 만이오?"

"소승을 잊지 않고 불러주시니 감개무량합니다. 친위대장님이 소승의 동굴로 오시어 대왕님께서 저를 찾는다는 얘기를 듣고 처음에는 믿지 못했습니다."

"아소까라마의 주인을 찾고 있었소. 장로야말로 주인이라는 생각이 들어 불렀다오."

"저는 능력이 모자랍니다. 마투라에 은거하고 있는 우빠굽따 장로를 만나십시오."

"장로는 어린 시절 나의 스승이었소. 그런 인연이 있으니 내 옆에서 나를 도와주어야 하오."

"대왕이시여, 그렇다면 우빠굽따 장로가 올 때까지만 맡겠습니다."

그제야 아소까왕은 우빠굽따를 만났던 일을 떠올렸다. 옛 아완띠국 부왕으로 가는 도중 꼬삼비에서 만나 짧은 법문을 들었는데, 마투라 출신의 우빠굽따는 아난다의 가풍을 흠모하는 사문으로서 붓다가 머물렀던 성지를 순례하고 있는 중이었다.

"어린 시절 장로께 무례한 줄도 모르고 고집만 피우던 일이 생각나오."

"그때 웨살리로 떠났다가 강가강 동굴로 돌아왔습니다."

"장로께서 아소까라마를 맡아주시겠다고 하니 안심이오. 나는 장로께서 원하시는 것이 있다면 가능한 한 들어줄 터이니 언제든 말씀해 주시오. 나는 승가가 원하는 것 이상으로 보시를 하겠소."

아소까왕은 옆에 있는 라다굽따에게 지시했다.

"당장 아소까라마에 공양하러 오는 불교 사문들에게 가사를 한 벌씩 보시하시오."

"대왕님이시여, 며칠만 날을 주시면 그렇게 하겠습니다."

"좋소. 빠른 시일 안에 보시를 하시오."

아소까왕이 다시 목갈리뿟따띳사를 쳐다보며 말했다.

"아소까라마에 오시어 나의 이름으로 가사를 직접 나누어 주신다면 사문들이 장로를 더욱 존경할 것이오."

"대왕이시여, 고맙습니다."

"장로시여, 지금 이 자리에서 나를 위해 심오한 가르침을 줄 수 없겠소?"

"누구나 지혜롭게 자신의 마음을 잘 다스려야 합니다. 고따마 붓다께서 다음과 같은 말씀을 하셨습니다."

물을 다스리는 이는 물길을 다루고
화살을 만드는 이는 화살을 다루고
나무 다듬는 목수는 나무를 다루고
현명한 이는 자기 마음을 잘 다룬다.

"대왕이시여, 붓다의 이 말씀이 나오게 된 인연담은 이렇습니다."

목갈리뿟따띳사는 《담마빠다》에 나오는 인연담을 설하기 시작했다. 붓다께서 사왓티 제따 숲에 계실 때였다. 한 상인의 아내가 아기를 잉태했을 때 어리석고, 눈멀고, 귀먹은 집안 사람들이 놀랍게도 모두 현명해졌다. 축복이 내린 경사였다. 그래서 아기가 태어나자 이름을 빤디따라고 지었다. 상인의 아내는 아기가 성인 같은 느낌이 들어 "내 아이가 성장하면서 무엇이 되고 싶어 하든 간섭하지 않겠다"고 맹세했다. 아이는 일곱 살이 되자 어머니에게 "장로 밑에서 수행승이 되고 싶습니다"라고 말했다. 그래서 상인의 아내는 아이를 사리뿟따 장로에게 출가시켰다. 사리뿟따가 어린 빤디따의 출가를 허락하자 그의 부모는 7일간 사원에 남아서 수행승들에게 공양을 올렸다. 8일째 되는 날, 사리뿟따는 빤디따에게 가사를 수한 뒤 발우를 들게 하고 마을로 갔다. 사리뿟따는 길을 걷는 동안 빤디따에게 수행자로서 동작 하나하나의 위의를 가르쳤다.

아소까왕은 목갈리뿟따띳사의 설법을 흥미롭게 들었다. 수행자는 나이와 상관없이 당당한 위의가 있다는 사실을 알았다. 일곱 살의 빤디따는 조카 니그로다를 연상시키어 더욱 귀를 기울이게 했다.

빤디따는 사리뿟따를 따라가면서 길가의 도랑을 보자 물었다.

"존자여, 이것은 무엇입니까?"

"밭을 개간하기 위해 물을 이리저리 이끄는 물길이라오."

그러자 빤디따가 다시 물었다.

"존자여, 물은 마음이 있습니까?"

"벗이여, 없지요."

사리뿟따는 빤디따가 어렸지만 출가했으므로 벗이라고 불렀다. 빤디따도 이제는 나이를 떠나서 같은 길을 가는 도반인 것이었다.

"존자여, 마음이 없는 물이라도 원하는 곳으로 끌어댈 수 있습니까?"

"벗이여, 그렇다오."

빤디따는 사리뿟따의 대답을 들은 뒤 혼자서 생각했다.

'마음이 없는 물을 원하는 곳으로 끌어대는데, 왜 마음이 있는 사람들은 자기 마음을 스스로 닦는 수행자의 삶을 살지 못할까?'

빤디따는 또 길을 가다가 화살을 만드는 사람이 화살 재료를 불에 구워 눈썰미로 바로잡는 것을 보았다. 빤디따는 또 사리뿟따에게 물었다.

"존자여, 화살에 마음이 있습니까?"

"벗이여, 없지요."

빤디따는 또 생각했다.

'마음이 없는 화살을 불로써 바로잡는데, 왜 마음이 있는 사람들은 자기 마음을 스스로 닦는 수행자의 삶을 살지 못할까?'

빤디따는 또 길을 가다가 나무토막으로 수레바퀴를 만드는 목수를 만났다. 빤디따는 또 사리뿟따에게 물었다.

"존자여, 나무토막에 마음이 있습니까?"

"벗이여, 없다오."

빤디따는 또 생각했다.

'마음이 없는 나무토막으로 수레바퀴를 만드는데, 왜 마음이 있는 사람들은 자기 마음을 스스로 닦는 수행자의 삶을 살지 못할까?'

이윽고 빤디따는 길에서 사리뿟따에게 가사와 발우를 맡기고 수행에만 전념하려고 결심했다. 사리뿟따는 그 자리에서 수행하는 것은 위험하다고 판단하여 자신의 방으로 들어가 수행하도록 당부했다. 빤디따는 즉시 사리뿟따의 방으로 돌아가서 자신의 몸을 살펴보았다. 그가 정진하는 동안 제석천의 보좌가 뜨거워졌다. 제석천은 '무슨 일인가?' 하고 의아해하다가 빤디따가 수행하고 있다는 사실을 알았다. 제석천은 하늘의 신들에게 빤디따가 있는 사원을 보호하게 했다. 사리뿟따는 빤디따가 먹을 음식을 탁발해 왔다. 붓다는 빤디따가 곧 거룩한 경지를 성취할 것이라고 판단했다. 붓다가 사리뿟따를 불러 말했다.

"사리뿟따여, 무엇을 가져왔는가?"

"붓다시여, 음식입니다."

"음식은 무엇을 주는가?"

"느낌입니다."

"느낌은 무엇을 알게 하는가?"

"몸입니다."

"몸은 무엇을 알게 하는가?"

"접촉입니다."

붓다와 사리뿟따의 대화 요지는, 예를 들자면 이런 것이었다. 굶주린 이가 음식을 먹으면 허기가 사라져 즐거운 느낌을 받는다. 즐거운 느낌의 결과는 몸에 생기를 준다. 몸에 생기가 생기면 만족과 기쁨을 얻는다. 그제야 정신적으로 '나는 이제 행복하다' 하는 생각으로 몸이 활동한다. 즉 대상들과 접촉한다. 마침내 붓다와 사리뿟따가 대화하는 사이에 빤디따는 거룩한 경지를 얻었다. 붓다는 사리뿟따에게 말했다.

"사리뿟따여, 빤디따에게 가서 음식을 주어라."

사리뿟따는 빤디따가 정진하는 거처 앞으로 가서 방문을 두드렸다. 그러자 빤디따가 문을 열고 나와 사리뿟따가 주는 음식을 받아 한쪽에 놓았다. 그런 뒤 사리뿟따에게 천천히 부채를 부쳐주었다. 사리뿟따가 말했다.

"빤디따여, 아침을 들라."

"존자여, 당신은?"

"나는 아침을 먹었다오."

이렇게 해서 8세의 빤디따는 연못에 활짝 핀 수련처럼 자신의 성찰을 통해서 거룩한 경지를 얻고는 사리뿟따가 탁발한 음식을 먹었다. 이윽고 붓다가 수행승들에게 말했다.

　"수행승들이여, 빤디따가 거룩한 경지를 얻기 위해 정진하는 동안 하늘사람 짠다가 월륜(月輪)을, 하늘사람 수리야가 일륜(日輪)을 끌어다 놓고, 네 하늘나라의 왕들이 사방을 보호하고, 신들의 제왕 제석천이 문고리를 수호했다. 나도 앉아 있지 않고 사리뿟따의 거처 문지방으로 가서 나의 아들 빤디따를 살펴보았다."

　목갈리뿟따띳사가 감격에 겨운 목소리로 말했다.

　"고따마 붓다께서는 위와 같이 말씀하시고는 '물을 다스리는 이는 물길을 다루고, 화살을 만드는 이는 화살을 다루고, 나무 다듬는 목수는 나무를 다루고, 현명한 이는 자기 마음을 잘 다룬다'는 말씀을 읊조린 것입니다."

　"장로시여, 빤디따는 내 조카 니그로다를 연상시키는구려. 어린 니그로다를 보고 내가 왜 위의를 느꼈는지 이제야 알겠소. 오, 나 혼자만 붓다의 담마를 듣기보다는 마우리야왕국의 모든 백성들이 붓다의 담마를 듣고 행복하기를 바라오. 무슨 방법이 없겠소?"

　"대왕이시여, 오늘 이 자리에서 붓다의 담마를 다 설할 수는 없습니다. 8만 4천의 담마가 있기 때문입니다."

아소까왕은 감동하여 말했다.

"백성들이 붓다의 담마를 하나씩만 외우고 실천해도 더없이 행복할 것이오. 나는 8만 4천 개의 사원을 지어 사문들이 각 사원에서 담마를 한 개씩 설하도록 하겠소."

"대왕이시여, 잠부디빠에는 8만 4천 개의 도시가 있으니 각 도성에 하나씩 사원을 건립하는 것이 좋겠습니다."

"장로시여, 나는 약속하겠소. 3년 안에 8만 4천 개의 도시에 하나씩 사원을 건립하겠소."

그런데 라다굽따의 얼굴은 점점 어두워졌다. 목갈리뿟따띳사는 감격스러워했고 아소까왕은 감동했지만 라다굽따는 하나도 기쁘지 않았다. 잠부디빠 전 도시에 8만 4천 개의 사원을 건립하려면 엄청난 재원이 필요할 것이고, 따라서 나라의 재정이 바닥날 수도 있기 때문이었다.

아소까의 동생, 비가따소까

아소까왕은 딱사쉴라로 떠나는 특사단장을 정궁 집무실로 불러
들였다. 이번 특사단의 임무는 딱사쉴라 부왕 꾸날라를 위로하
는 일이었다. 아소까왕은 사랑하는 아들 꾸날라를 재위 동안 단
한 번뿐인 대관식에 참석시키지 못한 것을 뒤늦게 아쉬워했고
후회했던 것이다. 어차피 딱사쉴라로 떠나야 할 꾸날라라면 하
루라도 빨리 보내야만 마음이 편할 줄 알았는데 그게 아니었다.
대관식 때 왕자의 자리에 꾸날라가 보이지 않아서 마음이 허전
했고, 꾸날라를 딱사쉴라로 보내자고 말한 왕비 띠쉬아락시따
가 야속하지 않을 수 없었다. 아소까왕이 특사단장에게 말했다.

"준비는 다 했소?"

"대왕님께서 딱사쉴라 부왕님께 하사하실 물품은 제가 직
접 점검했습니다. 특사 일행을 호위할 기마군사는 외성에 대기
중입니다. 친위대 조장이 선발한 군사들입니다."

"꾸날라 부왕에게 대관식에 참석하지 못한 것을 내가 애석
하게 생각한다고 전하시오. 부왕이 나를 위해 연주해 주었던 공
후 소리가 가끔 그립다고도 전해주시오."

"딱사쉴라 부왕님을 얼마나 사랑하시는지 대왕님의 마음을

알 것 같습니다."

"내가 보내는 하사품들이 부왕을 조금이라도 기쁘게 했으면 좋겠소."

아소까왕이 가장 신경을 쓴 하사품은 공후였다. 왕궁 악단 악장(樂長)에게 지시하여 옛 앙가국 짬빠성의 명장을 찾아가서 신비로운 소리를 내는 공후를 구해 오게 했던 것이다. 짬빠성의 공후는 어디에서도 구할 수 없는 명기이므로 꾸날라에게는 보배 같은 선물이 될 터였다. 칼라따까가 보내온 까시산 푸른 비단 사리는 딱사쉴라에서 만난 꾸날라 부인에게 보내는 선물이었고, 흰색 비단 도티와 바지는 꾸날라의 것이었다. 꾸날라는 까시에서 만든 공작새 날개처럼 가볍고 감촉이 부드러운 비단 도티와 바지를 즐겨 입었는데, 아소까왕은 꾸날라의 취향을 알고 있었던 것이다.

"대왕님이시여, 부왕님과 부왕비께서 크게 감동하실 것입니다."

"친위대 조장은 어디에 있소?"

"선발한 군사들을 외성에서 훈련시키고 있습니다. 장거리 이동이므로 정신무장과 체력단련이 필요하기 때문입니다."

"단 한 사람의 낙오자 없이 잘 다녀오길 바라오."

친위대 조장은 외성 경기장에서 군사들에게 승마와 검술, 활쏘기를 반복적으로 훈련시켰다. 경비부대와 친위부대에서 차출했으므로 정예군사라고 할 수 있었다. 힘이 세고 날랜 군사들만 선발한 까닭에 훈련을 시킬수록 전력은 배가되었다. 특사 일행을 보호하고 지키는 임무를 마치고 돌아오면 후한 상금과 특별 휴가가 주어지기에 군사들은 서로가 호위부대에 들어가려고 경쟁했다. 며칠 후. 드디어 특사 일행이 딱사쉴라로 떠나기 전날이었다. 친위대 조장은 띠쉬아락시따 왕비 별궁을 경비하는 책임자이기도 했으므로 띠쉬아락시따를 찾아가 보고했다.

"왕비님, 특사 일행은 내일 새벽에 딱사쉴라로 떠납니다."

"일전에 조장님께 주었던 대왕님의 명령서가 든 밀봉한 봉투는 잘 간직하고 계시지요?"

"여부가 있겠습니까? 특사단장님께서는 대왕님의 하사품을 가지고 갈 것입니다. 아마도 단장님이 부왕님께 전하는 하사품은 공적인 것이고 제가 전하는 대왕님의 명령서는 사적인 것이 아니겠습니까? 사적인 명령서이기 때문에 왕비님을 통해서 전하는 것이라고 생각합니다."

"나는 대왕님의 하사품을 보지 못했으니 공적인지 사적인지는 모르겠네요. 하지만 조장님이 가지고 있는 대왕님의 명령서는 특사 일행이 딱사쉴라를 떠날 때 전해주세요. 그것만은 잊지 마셔야 해요."

"왕비님, 잊지 않고 있습니다."

띠쉬아락시따는 천연덕스럽게 거짓말을 말했다. 그러면서 친위대 조장에게 약속을 하나 했다.

"딱사쉴라에서 돌아오시면 대왕님께 말씀드려 꼭 승진하도록 힘쓸게요."

"왕비님, 고맙습니다."

띠쉬아락시따는 딱사쉴라에 다녀온 친위대 조장이 친위대장으로 특진한 전례를 알고 있었다. 수시마가 딱사쉴라 부왕으로 있을 때였는데, 현재의 친위대장이 친위대 조장으로 특사 일행을 따라갔다가 돌아와서 친위대장이 되었던 것이다. 친위대 조장은 가슴에 손을 대고 띠쉬아락시따에게 충성을 맹세했다.

"제가 딱사쉴라에 가는 이유는 오직 하나뿐입니다. 왕비님의 지시를 이행하기 위해서입니다."

"나도 조장님을 믿습니다."

친위대 조장이 손을 얹고 있는 품속에는 흰 비단 천으로 된 다음과 같은 내용의 가짜 명령서가 들어 있었다.

꾸날라는 띠쉬아락시따 왕비를 유혹한 죄를 저질렀다. 나는 너를 한때 사랑했으므로 죽이지는 아니하되 두 눈동자를 뽑아 다시는 왕비를 유혹하는 일이 없도록 하겠다. 너를 즉시 딱사쉴라에서 추방하노라.

그때 아소까왕은 다르마 대비 별궁에 와 있었다. 아소까왕은 오랜만에 문안 인사를 왔고, 다르마 대비 역시 아소까왕에게 상의할 일이 있었던 차였다. 아소까왕은 이제 단순한 다르마 대비의 아들이 아니라 마우리야왕국의 대왕으로서 위엄이 있었다. 다르마 대비는 아들임에도 불구하고 아소까왕을 보는 순간 위축이 되어 예전처럼 다가가 그의 손을 잡지 못했다.

"어머니, 그간 별일 없으셨습니까? 대관식 때도 직접 인사를 드리지 못하고 멀리서만 뵀습니다."

"대왕께서 승가에 보시를 하면서 전국에 사원을 짓고 있다는 소식을 듣고 얼마나 기쁜지 모르겠소."

"어머니가 좋아하시던 목갈리뿟따띳사 장로께서 조언을 해 주었습니다."

"목갈리뿟따띳사는 참으로 자비로운 장로이시지요."

"어머니, 원하는 것이 있으면 얼마든지 말씀하십시오."

"요즘 고민이 하나 있기는 하지요."

"무엇입니까?"

다르마 대비는 망설이지 않았다. 바로 털어놓은 것은 그만큼 심각하게 생각하고 있다는 방증이었다.

"비가따소까가 브라만교 구루에게 빠져 있어요. 날마다 강가강으로 나가 구루들과만 시간을 보내고 있으니 은근히 걱정이에요."

"저도 브라만교 지도자들이 천박하게 공양하는 모습을 보고 크게 실망한 적이 있습니다만, 동생이 어머니께 걱정을 끼쳐 드린다고 하니 제가 한번 바로잡아 보겠습니다."

"대왕께서 제발 바로잡아 주세요. 구루들이 비가따소까를 강가강으로 불러내 감언이설로 붙잡아 두고 있는 것 같습니다.

하루는 비가따소까가 내게 '강물에 몸을 날마다 적시고 있으니 저는 죽더라도 하늘나라에 태어날 것입니다'라고 말하는 것이 아니겠습니까."

"어머니, 브라만교 신자들은 다 그렇게 믿습니다."

"그렇게만 된다면 얼마나 좋겠습니까? 그러나 목갈리뿟따 띳사 장로께서는 아소까라마 법회에서 선인선과 악인악과라고 설했어요. 선한 행동을 하면 좋은 열매를 맺고 악한 행동을 하면 나쁜 열매를 맺는다는 뜻이지요."

다르마 대비는 비가따소까가 구루들에게 세뇌당해 '사문들 가운데는 해탈한 자가 없다. 사문들은 고행하지 않고 편안함을 즐긴다'며 불교 사문들을 비웃는다고 말했다.

"알겠습니다, 어머니. 비가따소까를 정궁으로 불러들여 타일러 보겠습니다."

아소까왕은 정궁으로 돌아와 친위대장을 불렀다. 그러나 친위대장은 외성 밖에서 간부급 지휘관들을 집합시킨 뒤 사열을 받고 있었다. 마우리야왕국은 선왕 때부터 보병 60만 명, 기병 10만 명, 코끼리부대 9천 명을 보유하고 있었다. 정복전쟁을 치를 때면 여러 도시에 배치한 군사가 모두 빠딸리뿟따성으로 모이지만 평시에는 간부급들만 불러 전력유지와 지휘상태를 검열하곤 했다. 간부급들의 열병식은 아소까왕 앞에서 하는 것이 원칙이었지만 왕에게 특별한 용무가 있을 때는 친위대장이 대신 나가기도 했다.

비가따소까도 역시 아소까왕의 부름에 바로 오지 못했다. 강가강으로 나가 사제들과 함께 시바 신에게 제사를 지내고 있었기 때문이었다. 아소까왕은 집무실에 들어온 라다굽따에게 비가따소까에 대해서 의견을 구했다.

"수상께 묻겠소. 비가따소까가 구루들에게 빠져 있는 것 같소. 나는 하나밖에 없는 동생이 구루들에게 현혹되어 놀아나는 것을 용납할 수 없소. 대책을 세워야겠소."

"누구든 맹종하는 것은 위험합니다. 더구나 비가따소까님은 부왕으로 나가서 지방을 통치할 나이입니다."

"그렇소. 동생의 나이가 열일곱 살이니 지방을 통치할 때가 되었소. 나는 그 나이 때 딱사쉴라로 가서 반란을 진압했던 일이 있소."

"대왕님, 제가 판단하기로는 비가따소까님은 통치에 관심이 없는 것 같습니다."

"왜 그렇소?"

"구루들을 사귀고 어울리는 것을 좋아하기 때문입니다."

"그렇다고 방관할 수는 없소."

"브라만교만 구루가 있는 것은 아닙니다. 불교에도 사문이 있지 않습니까?"

"아, 좋은 생각이오. 그런데 어떻게 해야 비가따소까가 구루들과 멀리하겠소? 아니면 개종을 하겠소?"

"소신이 비가따소까님을 어찌한다는 것은 무례한 일입니

다. 그러니 대왕님께서 방편을 내셔야 합니다."

"좋소."

아소까왕이 생각해 낸 방편은 속임수였다. 비가따소까가
나타나면 아소까왕은 목욕을 하러 가고, 라다굽따가 비가따소
까를 왕좌에 앉게 한 뒤 왕관을 쓰게 하는 것이었다. 왕위찬탈자
로 죄를 뒤집어씌우기 위해서였다. 두말할 것도 없이 왕위찬탈
자는 극형에 처해지는 벌을 받고, 그런 상황에서는 죽음의 공포
때문에 지금까지 해왔던 강가강의 제사나 목욕 의식도 무상하
게 느낄 터였다. 뒤늦게 입실한 친위대장이 아소까왕과 라다굽
따가 주고받는 이야기를 듣고는 금세 이해했다.

그때 비가따소까가 정궁 집무실 밖에 있다는 보고가 올라
왔다. 아소까왕은 즉시 각본대로 왕의 전용 욕실로 들어갔다. 그
러자 라다굽따와 친위대장이 집무실에 들어온 비가따소까에게
권유했다.

"비가따소까님, 왕좌에 앉아 왕관을 써보십시오. 아주 멋진
추억이 될 것입니다."

"고맙습니다. 형님의 왕관을 한번 써보고 싶었습니다."

비가따소까가 왕관을 쓴 순간, 라다굽따와 친위대장은 집
무실을 나가버렸고 아소까왕은 욕실에서 나왔다. 아소까왕이
일부러 소리쳤다.

"이놈! 네가 왕위를 노리고 있었다니!"

"형님, 그럴 리가 있습니까? 신하들이 시켜서 써보았을 뿐

입니다."

"왕좌에 앉아 왕관을 쓰고 있으면서 나를 속이려 드느냐!"

라다굽따와 친위대장이 들어와 말리는 척했다.

"대왕님이시여, 비가따소까님께서 그럴 리가 있습니까?"

"친위대장은 즉시 저놈을 끌어내어 사형에 처하시오."

라다굽따가 거짓으로 만류했다.

"저희가 왕관을 써보라고 권유한 것은 사실입니다. 그러니 비가따소까님에게 참회의 기회를 주십시오."

"알았소. 수상이 그랬다고 하지만 왕관을 쓰는 것은 있을 수 없는 일이오. 다만 하나밖에 없는 동생이 원했던 소원인지도 모르니 7일 동안 왕처럼 살게 한 뒤 처형하시오."

"대왕님이시여, 죽을죄를 지은 저를 배려해 주시니…."

비가따소까는 말을 잇지 못하고 크게 소리 내어 통곡했다. 아무튼 비가따소까에게는 아소까왕의 명령대로 7일간의 자유와 오욕락(五欲樂)의 기회가 주어졌다. 오욕락이란 부자가 되고 싶은 재욕(財欲), 이성을 품고 싶은 성욕(性欲), 맛있는 음식을 먹고 싶은 음식욕(飲食欲), 높은 자리에 오르고 싶은 명예욕(名譽欲), 잠을 즐기고 싶은 수면욕(睡眠欲) 등 다섯 가지 욕망을 뜻했다. 그러나 비가따소까는 처형 날이 다가오자 오욕락도 죽음 앞에서는 무상할 뿐이라는 사실을 깨달았다. 순간, 구루들과 달리 오욕락을 철저하게 버리고 사는 불교 사문들이 부러웠다. 자신도 출가해 불교 사문이 되고 싶었다. 마침내 비가따소까는 아소까왕을 만나고자 라다굽따에게 면담을 신청했다. 라다굽따는 바로 아소까왕에게 비가따소까를 데리고 갔다. 비가따소까가 말했다.

"대왕님이시여, 자비를 베풀어주소서. 기회를 주신다면 저는 출가하여 사문이 되겠습니다."

아소까왕은 자신의 의도대로 비가따소까가 7일 만에 개종할 의사를 보이므로 미소를 지으며 바로 허락했다.

"비가따소까에게 왕명으로 출가를 허락하노라. 다만 반드시 아라한이 된 뒤 빠딸리뿟따로 돌아와서 나와 가족을 기쁘게 하길 바란다."

그날 밤 비가따소까는 아소까왕의 신하를 따라서 아소까라마로 간 뒤 장로 마하담마락키따에게 출가계를 받고 삭발했다. 아소까왕 재위 4년 때의 일이었다. 마하담마락키따는 비가따소까에게 출가하게 된 동기를 듣고는 그도 니그로다와 마찬가지로 아라한의 경지에 곧 도달할 것임을 예감했다. 다음 날 비가따소까는 이른 새벽에 한 사문의 안내를 받아 수행처인 강가강 동굴로 갔다.

2장

꾸날라, 두 눈을 뽑히다

딱사쉴라에 도착한 특사 일행은 우두머리 대신인 라주까에게 환대를 받았다. 라주까는 부왕의 지시를 받기도 하지만 아소까왕의 지시를 직접 받아 집행하는 권한을 가지고 있었다. 라주까는 인두강 강변 나루터까지 딱사쉴라 신하들을 이끌고 나와 특사 일행을 맞이했다. 특사단장은 라주까에게 황공해했다.

"라주까께서 직접 마중을 나오시다니 영광입니다."

"멀리서 오느라 얼마나 고생이 많았겠소? 고향 사람들을 만나고 싶어 여기까지 나온 것이오."

라주까 역시 수시마 부왕 시절에 특사단장으로 왔다가 아소까왕의 지시로 딱사쉴라에 정착한 인물이었다. 아소까왕이 왕위에 오르는 데 큰 공을 세운 공신이었으므로 비록 딱사쉴라의 제2인자였지만 권력은 꾸날라 못지않았다. 특사단장은 딱사쉴라에 온 용건부터 말했다.

"대왕님께서 부왕님께 전하라고 명하신 하사품을 가지고 왔습니다."

"대왕님께서 부왕님을 얼마나 사랑하시는지 알겠소."

"부왕님께서는 지금도 공후를 연주하십니까?"

“물론이오.”

“대왕님께서 전하라는 하사품 중에는 짬빠성의 명기 공후도 있습니다.”

“부왕님께서 빠딸리뿟따로 돌아간 부왕비님과 아드님을 그리워하시는데 큰 위로가 되겠소.”

며칠 전에 딱사쉴라 태생인 꾸날라 부왕비가 어린 두 아들 삼빠딘과 다사라타를 데리고 빠딸리뿟따로 돌아간 일이 있었는데, 그 이후 꾸날라 부왕은 눈에 띄게 외로워했던 것이다. 항상 손자 보기를 갈망했던 아소까왕은 그 반대일 것이었다. 두 손자를 보고서 흡족한 나머지 부왕비에게 연못이 있는 큰 별궁을 내줄지도 몰랐다.

특사 일행은 강물에 들어가 몸을 씻은 뒤 라주까를 호위하던 군사 지휘관을 따라갔다. 딱사쉴라 성문에 들자마자 악단의 환영 연주가 울려 퍼졌다. 특사 일행은 바로 궁궐로 들어가 꾸날라를 만난 뒤 하사품을 전했다. 꾸날라는 아내가 빠딸리뿟따로 가버린 뒤 웃음을 잃고 있다가 기쁨을 감추지 못했다.

“대왕님께서 나를 잊지 않고 계시다니 감격스럽소!”

“왕궁 악단 악장이 잠부디빠에서 하나밖에 없는 공후라고 했습니다.”

꾸날라는 공후를 가슴에 품어본 뒤 말했다.

“가슴에 안아보면 알지요. 이건 명기가 분명하오.”

친위대 조장도 다르마 대비의 안부를 했다.

"다르마 대비님께서 부왕님을 보고 싶어 하십니다."

"아, 인자하신 할머님을 나도 뵙고 싶소."

친위대 조장은 띠쉬아락시따 왕비 이야기는 일부러 꺼내지 않았다. 꾸날라가 호감을 품고 있을 리 없기 때문이었다. 꾸날라는 하사품으로 온 옛 까시국 제품인 흰 비단 도티와 바지를 만져보고는 흐뭇해했다.

"난 이곳 딱사쉴라의 거친 옷만 입을 수밖에 없었다오. 까시국 비단은 장미꽃잎처럼 부드럽고 아름답다오. 단장은 언제 떠나시오?"

"저희들은 특별한 용무가 없으므로 피로가 풀리면 바로 떠나야 합니다."

"며칠간이라도 편하게 휴식을 취하시오. 내가 특사 일행을 위해 연회를 한 번 열어주겠소. 만찬 때는 내가 공후를 연주해 그대들을 즐겁게 해주겠소."

친위대 조장은 꾸날라가 기뻐하는 모습을 보고는 문득 자신이 가지고 있는 밀봉한 봉투에 대한 의구심이 솟구쳤다. 띠쉬아락시따 왕비가 왕명을 왜 자신에게, 그것도 딱사쉴라를 떠나는 날 꾸날라에게 직접 전하라고 했는지 의문이 들지 않을 수 없었다. 친위대 조장은 그날 밤 잠을 설쳤다. 밀봉한 봉투가 밤새 친위대 조장의 머리를 짓눌렀다. 아무런 의심 없이 띠쉬아락시따 왕비에게 받았지만 딱사쉴라에 온 뒤에야 밀봉한 봉투의 무게가 갑자기 무거워졌던 것이다.

'이럴 때는 어찌할 것인가?'

날이 새자 특사단원들은 딱사쉴라성 밖의 유원지로 관광을 나갔다. 그러나 친위대 조장은 군사들과 함께 성안에 남았다. 호위군사들은 부왕이 내린 술을 마시거나 휴식을 취했다. 그러나 친위대 조장은 휴식을 취하지 않고 라주까를 찾아 궁으로 들어갔다. 마침 라주까가 친위대 조장을 멀리서 보고 맞아주었다.

"특사단장을 따라 나가지 않고 무슨 일인가?"

"이제 딱사쉴라도 안전하다고 해서 군사들에게 휴식을 주었습니다."

"성 밖 몇 요자나까지는 안전하다네."

"라주까님, 드릴 말씀이 있습니다."

"공적인 일인가?"

"대관님은 대왕님의 명을 직접 받는 라주까이시니 말씀드려야 할 것 같습니다."

"얘기해 보시게."

"빠딸리뿟따에서 떠날 때 띠쉬아락시따 왕비님이 저에게 대왕님의 명이라며 밀봉한 봉투를 주었습니다. 그런데 이곳을 떠나는 날 부왕님께 직접 전해달라고 하셨습니다."

"그렇다면 그건 대왕님의 공적인 명이 아닐세."

라주까의 단호한 말에 친위대 조장은 고개를 뒤로 젖힐 만큼 놀랐다. 그러나 라주까는 희미하게 미소를 지으며 말했다.

"대왕님께서 공적인 명령서를 그렇게 전하실 리 없네. 특사단장이 있잖은가? 가족 간의 사사로운 당부라서 왕비님을 통하셨겠지."

라주까는 서둘러 결론을 내린 뒤 화제를 바꾸었다.

"친위대장은 잘 있는가?"

"대왕님께서 가장 신임하는 측근 중에 한 분이십니다."

"칼라따까 수상님이 키웠지. 마침내 대왕님의 눈에 들었고. 그러니 그대도 대왕님의 눈 밖에 벗어나면 좋은 일이 생길 수 없다네."

친위대 조장은 라주까에게 밀봉한 봉투를 떠넘기려고 했지만 실패했다. 라주까가 더 이상 관심을 갖지 않아서였다. 친위대 조장은 라주까의 접견실을 나가려고 일어났다. 간밤에 품었던 의문을 하나도 해소하지 못한 채 나가려고 하니 허탈한 마음이 들었다. 그런데 그때였다. 라주까가 말했다.

"밀봉한 봉투를 가져왔으니 펴볼 수 없겠는가?"

"대왕님의 명이 들어 있는 비단 천을 어떻게 펴볼 수 있겠습니까?"

"띠쉬아락시따 왕비님의 언행이 조금은 석연찮고, 나는 대왕님의 명을 직접 받는 라주까가 아닌가? 사적인 당부라면 대의를 위해 볼 수도 있을 것 같네."

친위대 조장은 순간적으로 한시름 놓았다. 라주까가 밀봉한 봉투를 개봉하라고 하니 도대체 아소까왕의 명이 무엇인지 알 수 있을 것 같아서였다. 친위대 조장은 라주까에게 밀봉한 봉투를 내밀었다. 그러나 라주까는 손을 대지 않았다.

"그대가 펴서 꺼내보게."

"아닙니다. 저는 밀봉한 봉투를 뜯을 수 없습니다. 왕비님과의 약속을 지켜야 합니다."

"알겠네."

라주까가 할 수 없다는 표정을 지으며 밀봉한 봉투를 개봉했다. 비단 천을 보는 순간 라주까는 물론 친위대 조장까지 크게 놀랐다. 아소까왕이 꾸날라에게 끔찍한 벌을 내리는 명령서로서 상상할 수조차 없는 내용이었다. 특사단장을 통해서는 하사품을 내리고, 반대로 친위대 조장 편에 이런 가혹한 명령서를 보낼 수 있는지 도대체 이해가 불가능했다. 라주까가 한숨을 쉬면서 말했다.

"어떻게 이런 일이 가능할 수 있겠는가!"

"어찌했으면 좋겠습니까?"

"그래도 마우리야왕국 국새가 틀림없으니 대왕님의 명을 따라야 하지 않겠는가."

라주까는 다시 한번 국새를 유심히 살펴본 뒤 냉정을 찾았다. 친위대 조장도 상상할 수 없는 일이었지만 라주까의 말을 듣고는 정신을 차렸다. 마우리야왕국의 국새는 단 한 사람, 오직 아소까왕 혼자만 사용할 수 있는 나라 도장이었다. 라주까는 비단으로 된 아소까왕의 명령서를 다시 봉투에 넣어서 친위대 조장에게 주면서 말했다.

"부왕님에게 전하라고 했으니 별수 없는 일이네."

"예, 그러나 제 손으로 차마 전할 수 없을 것 같습니다."

"그렇다고 내가 전할 수는 없지 않은가."

친위대 조장은 밀봉한 아소까왕의 명령서를 들고 진퇴양난에 빠졌다. 아무것도 모르는 꾸날라에게 아소까왕의 명령서를 직접 전할 수는 없을 것 같았다.

'차라리 딱사쉴라를 떠날 때 빠우라 자나빠다 회의에 보내버릴까.'

부왕을 보좌하는 대신회의를 '빠우라 자나빠다 회의'라고 칭했다. 친위대 조장은 빠우라 자나빠다 회의에 아소까왕의 명령서를 전하려고 결심했다. 아소까왕의 명은 결국 빠우라 자나빠다 회의를 통해서 전달될 것이기 때문이었다.

마침내 특사 일행이 딱사쉴라를 떠나기 전날 밤이었다. 꾸날라는 특사 일행에게 환송연을 크게 베풀어주었다. 라주까는 칭병을 하며 일찍 자리를 떠버렸고, 친위대 조장은 연회 내내 마음이 편치 못해 술만 마셨다. 무희들의 춤도 눈에 들어오지 않았고 악단의 연주 소리도 귀에 들리지 않았다. 그러나 꾸날라가 공후를 연주할 때는 자신도 모르게 눈앞이 흐려졌다. 연회가 파장이 되었을 때였다. 친위대 조장은 빠우라 자나빠다 회의에 참석하는 한 대신을 뒤쫓아 가서 밀봉한 봉투를 건네주면서 말했다.

"대신님, 이것은 대왕님의 명령서입니다. 빠우라 자나빠다 회의 때 보셔야 할 명령서입니다."

"알겠습니다. 마침 내일 낮에 빠우라 자나빠다 회의가 있습니다."

"라주까께서도 알고 계신 일입니다. 반드시 회의 때 보셔야 합니다."

"라주까께서 알고 계신 일이라면 그렇게 해야지요."

술에 취한 대신이 손을 허우적거리며 아소까왕의 명령서를 받았다. 비로소 친위대 조장은 안도했다. 자신의 임무를 완수한 데다 꾸날라에게 직접 전하는 것만은 피했기 때문이었다. 특사 일행은 동이 트는 꼭두새벽에 딱사쉴라성을 나섰다. 혹서기로 접어들었으므로 새벽에 이동하고 한낮에는 오침으로 피로를 풀어야 했다. 친위대 조장은 아무 일도 일어나지 않았지만 가슴이 조마조마했다. 아소까왕의 명령서를 받은 대신이 한밤중에 어떤 행동을 취할지 몰라서였다. 그러나 아무런 일도 일어나지 않은 것으로 보아 그는 아직도 잠에 곯아떨어져 있는 것 같았다.

빠우라 자나빠다 회의는 특사 일행이 옛 꾸루국 땅에 도착했을 무렵에야 열렸다. 친위대 조장을 만났던 대신이 아소까왕의 명령서를 공개했다. 그러자 대신들 대부분이 경악하면서도 달갑잖은 표정을 지었다. 이윽고 한 대신이 아소까왕의 명령서이니 꾸날라에게 바로 전달해야 한다고 주장했다. 아소까왕의 명령서였으므로 아무도 이의를 제기하지 않았다. 아소까왕의 명령서는 회의가 끝난 직후 꾸날라에게 전해졌다. 그런데 놀라운 일이 벌어졌다. 명령서를 받아든 꾸날라가 조금도 아소까왕을 원망하지 않고 복종했다. 당연한 일 같기도 했다. 꾸날라는 지금까지 살아오면서 단 한 번도 누구를 원망해 본 적이 없었던 것이다.

"나는 대왕님 명을 따르겠소. 의원을 불러서 내 두 눈을 뽑게 하시오. 그런 뒤 나를 성 밖으로 추방하시오."

아소까왕의 명령서를 공개한 대신이 온몸을 떨면서 꾸날라에게 물었다.

"대왕님께서 주신 공후는 어찌하시겠습니까?"

"가지고 떠나도록 해주시오."

라주까도 흰머리를 바닥에 찧으며 비통한 모습으로 말했다.

"마지막으로 더 하실 말씀은 없습니까?"

"나는 내 눈 때문에 고통스러운 운명을 맞이했던 것 같소. 내 눈이 없다면 고통스러운 운명도 사라지는 것이 아니겠소."

"지금 만나고 싶은 분이 계십니까?"

"딱시쉴라에 와서 노인이 지팡이를 붙잡듯 의지해 왔던 사문이 있소. 성 밖 옛 사원 터에 머물고 있는 사문이오."

잠시 후 사문이 기마군사의 말을 타고 오자, 꾸날라에게 위조한 명령서대로 처벌이 집행되었다. 그런데 사문이 무릎을 꿇고 기도하는 순간 기적이 일어났다. 궁중 의원이 날카로운 칼로 눈 깜짝할 사이에 꾸날라의 오른쪽 눈을 뽑아냈는데도 피 한 방울 나지 않았고, 꾸날라는 조금의 동요도 없었다. 꾸날라의 왼쪽 눈을 뽑았을 때도 마찬가지였다. 사문이 소리 내어 말했다.

"부왕이시여, 그대는 한 눈이 뽑히는 동안 아름다운 눈의 무상함을 관하여 수다원의 도를 얻었고, 또 다른 눈을 뽑히는 동안 거듭 무상함을 관하여 사다함의 도를 얻었소. 부왕이시여, 사문은 육안을 버린 자만이 고귀한 법안을 얻을 것이라고 믿는다오."

이윽고 사문은 두 눈이 뽑힌 꾸날라를 자신이 머물고 있는 성 밖의 옛 사원 터로 데리고 갔다. 기적을 본 궁중 의원도 뒤따라갔다. 꾸날라의 두 눈을 치료하기 위해서였다.

왕궁에 온 마힌다 남매

밤새 빠딸리뿟따성으로 올라왔던 안개가 성 밖 들판과 구릉으로 물러났다. 아침 해가 동그란 은화처럼 허공에 떠 있었다. 햇살이 안개를 투과하면서 대지의 기온은 조금씩 올라갔다. 남문 밖에는 군데군데 화톳불을 피운 흔적이 거무튀튀했다. 새벽녘에 외성 밖에서 사람들이 불을 쬐느라고 피웠던 흔적이었다. 외성성문을 경계하는 군사들이 남문 밖에 모였다. 사람들을 검문하기 위해서였다. 어제 늦은 밤에 남문에서 들어오지 못하고 밤을 새운 사람들이었다. 남문을 지키는 군사 한 명이 두 남녀를 검문했다.

"어디서 왔소?"

"웨디사나가라에서 왔습니다."

"그곳이라면 망해버린 아완띠국 땅이 아니오?"

"그렇습니다."

"더 조사할 것이 있으니 잠시 저쪽에 가 있으시오."

간단하게 검문 시늉만 하고 출입하는 사람들도 있었다. 옛 마가다국 사람들이었다. 빠딸리뿟따 성민 대부분도 옛 마가다국 사람들이었다. 그러니까 두 남녀는 변방에서 왔다고 차별대

우를 받고 있는 셈이었다. 잠시 후 늙은 수문장이 두 남녀를 부르더니 물었다.

"두 사람은 어떤 사이인가?"

"남매입니다."

"이름이 무엇인가?"

"저는 마힌다라고 합니다."

여자도 자신의 이름을 밝혔다.

"저는 상가밋따입니다."

"성안에 무슨 일로 들어가려고 하는가?"

"대왕님을 뵈러 왔습니다."

수문장이 어이가 없다는 듯 마힌다를 쳐다보며 말했다.

"뭐라고? 이보게, 나도 대왕님을 직접 뵌 적이 없다네. 대왕님은 아무나 알현할 수 없는 분이라네. 그러니 돌아가는 것이 좋을 거네."

"대왕님은 저의 아버지입니다."

수문장이 혀를 차면서 말했다.

"쯧쯧, 그 말을 누가 믿겠나. 성문지기에서 수문장까지 오른 내가 속을 줄 아는가!"

상가밋따가 나서서 말했다.

"사실입니다. 저희들은 아버지를 뵙기 위해 왔습니다."

수문장이 두 남매와 실랑이를 벌이고 있자 경비대장이 다가왔다. 경비대장은 아침 순찰을 돌다가 남문에 와 있던 중이었다.

"수문장, 무슨 일이오?"

"이 젊은 사람들이 대왕님을 뵙겠다고 하는데 황당합니다."

"알겠소. 내가 검문해 보겠소."

경비대장이 마힌다와 상가밋따를 남문 안쪽 경계병 숙직실로 데리고 갔다. 경비대장은 마힌다의 얼굴이 아소까왕을 어딘지 닮은 것 같아 신중하게 대했다. 두 남매는 경계병 숙직실에서 검문을 받았다. 경비대장이 물었다.

"어디서 왔는가?"

"웃제니 부근 웨디사나가라에서 왔습니다."

"웃제니라면 대왕님께서 젊은 시절에 계셨던 곳이지."

"몇 살인가?"

"저는 열여섯 살입니다."

"열여섯 살이라고?"

경비대장이 손가락을 굽어보면서 나름대로 계산을 했다. 현재 아소까왕이 35세이고, 웃제니 부왕일 때가 18세였으니 나이로 치자면 아버지와 아들 관계가 맞을 것도 같았다. 그러나 경비대장은 두 남매가 아소까왕의 아들과 딸이라는 것을 확신하지 못했다.

"그래도 나는 그대를 믿을 수 없다네. 함부로 알현시켰다가 사고가 난다면 내가 책임을 져야 하지. 그대가 아들이라는 점을 확실하게 보여줄 수 있는 것은 없는가?"

"대장님, 대왕님은 저희들을 바로 아실 것입니다. 아버지와 자식이니까요."

"나는 실수를 하고 싶지 않다네. 대왕님께 가서 보고할 수 있는 근거가 있어야 한다니까."

마힌다가 고개를 절레절레 저으며 낙심했다. 그러자 그때 상가밋따가 경비대장에게 말했다.

"대장님, 제가 딸이라는 증거가 하나 있습니다."

"무엇인가?"

상가밋따가 자신의 손가락에서 반지를 뺐다.

"이 반지는 대왕님께서 웃제니를 떠나실 때 제 어머니께 증표로 주었던 것입니다. 이 반지를 보시면 대왕님께서 바로 저희 어머니를 기억하실 것입니다."

"아, 그 상아반지라면 지금 바로 대왕님께 가서 보고하고 오겠네."

코끼리 상아로 만든 하얀 반지였다. 공작새가 음각된 상아 반지는 아무라도 낄 수 없는 보물이었다. 코끼리를 보호하기 위해 나라에서 상아반지를 금지하고 있기 때문이었다. 금반지나 은반지보다 구하기 어려운 것이 코끼리 상아반지였다. 코끼리 상아반지를 끼고 있다면 왕실 귀족이나 부호들이 틀림없었다. 그래도 마힌다와 상가밋따는 초조해했다. 상가밋따가 말했다.

"오빠, 아버지가 반지를 기억하실까?"

"나도 그 점이 불안해. 기억을 못 하시면 우리는 경비대장님을 속인 죄로 감옥에 갈지도 몰라."

경계군사들이 숙직실을 들락거렸다. 불안해하는 마힌다와 상가밋따를 힐끗힐끗 쳐다보면서 피식 웃기도 했다. 먼 길을 상인들 무리와 함께 오는 동안 두 남매의 옷은 흙먼지로 더럽혀져 있었다. 남루한 옷차림 때문에 경계군사들이 무시하는 것 같기도 했다. 바닥에 침을 뱉거나 상가밋따를 향해 눈을 희번덕거렸다. 그런데 그때 경계병 숙직실 바깥에서 북소리가 둥둥둥 들려왔다. 숙직실 안의 분위기가 돌변했다. 북은 왕이 순행을 떠날 때나 치는 타악기였기 때문이었다. 경계병들이 일제히 밖으로 나가 도열했다. 말을 탄 경비대장이 선두에서 달려오고 뒤에는 친위대 군사 서너 명이 북을 두드리면서 오고 있었다. 잠시 후에는 일산이 달린 아소까왕 전용 마차와 또 한 대의 빈 마차가 보였다. 아소까왕이 남문 쪽으로 다가오고 있었다. 경비대장이 소리쳤다.

"대왕님이시다! 군사들은 제자리를 이탈하지 말고 경계를 서라!"

이윽고 아소까왕이 마차에서 내려 마힌다와 상가밋따에게 손짓을 했다. 두 남매는 아소까왕에게 달려가서 땅바닥에 엎드렸다. 상가밋따는 아소까왕을 보자마자 흐느꼈다. 아소까왕이 말했다.

"고개를 들라. 너희 얼굴을 보고 싶구나."

"저희도 대왕님을 뵙고 싶었습니다."

"오, 마힌다는 청년이 됐구나. 상가밋따는 처녀가 됐고."

"네 어머니는 왜 오지 않았느냐? 이 상아반지는 내가 네 어머니한테 준 것이 맞다. 웃제니를 떠날 때 주었지."

"빠딸리뿟따로 일찍 오고 싶었지만 어머니를 간병하느라고 늦었습니다. 어머니는 저희가 웨디사나가라를 떠나기 한 달 전에 돌아가셨습니다."

"오! 눈을 감았다는 것이 사실이냐?"

아소까왕은 짧게 탄식하며 이마를 짚었다. 세상에 태어나서 처음으로 사랑했던 여인이 숨을 거두었다는 말에 아소까왕은 잠시 할 말을 잃었다. 경비대장이 달려와 아소까왕 옆에 섰다.

"대왕님!"

"내가 너무 무심했구나! 웃제니에 부인이 있다는 것을 잊고 살았구나."

아소까왕이 자신을 책망하자 경비대장이 말했다.

"대왕님이시여, 왕궁으로 돌아가시어 정담을 나누소서. 여기는 성문 안 사람들이 오가는 거리입니다."

아소까왕은 경비대장의 말을 받아들였다. 전용 마차에 올라 눈을 감았다. 마힌다와 상가밋따는 뒤따르는 마차에 탔다. 어느새 안개가 말끔하게 걷히어 강가강처럼 푸른 하늘이 드러났고 아침 햇살이 눈부시게 쏟아져 내리고 있었다. 외성 안은 성민들이 북적거렸다. 저잣거리의 가게들은 온갖 물품들로 넘쳐났다. 염소와 개, 소들도 늦잠에서 깨어나 저잣거리를 어슬렁거렸다. 외성을 지나 내성 성문을 지났을 때야 거리는 깨끗하고 조용해졌다. 강가강 쪽의 언덕에 왕궁 건물들이 보였다. 마힌다와 상가밋따는 꿈을 꾸는 것처럼 황홀해했다. 두 남매는 아소까왕의 접견실로 경비대장의 안내를 받았다. 아소까왕은 재빨리 옷을 갈아입고 접견실로 들어왔다.

"너희들은 대비님도 뵙고 어린 조카들도 곧 만나게 될 것이니라."

아소까왕이 말한 조카들이란 꾸날라 부왕비가 낳은 아들 삼빠딘과 다사라타였다.

"대왕님, 아직은 어리둥절합니다. 꿈인지 생시인지 모르겠습니다."

"나를 보거라. 내가 네 아버지가 틀림없느니라."

"저도 대왕님을 뵙는 순간 누가 뭐래도 '이분이 아버지이시구나!' 하고 생각했습니다."

"마힌다는 나를 닮았고 상가밋따는 네 엄마를 닮았으니 이보다 더한 증거가 어디 있겠느냐."

"어머니께서는 반지를 애지중지 아끼셨습니다."

"이 반지가 없었더라면 너희들을 만나지 못할 뻔했구나."

"어머니께서 반지가 있어야 대왕님을 뵐 수 있을 것이라고, 늘 잘 간수하라고 말씀하셨습니다."

'아름답고 지혜로운 데비였지.'

아소까왕은 혼잣말로 중얼거리면서 허전한 표정을 지었다. 첫사랑 데비가 그리워지는 것을 숨기지 못했다.

"네 엄마를 다시 만날 수 없다고 생각하니 허전하기 그지없구나."

아소까왕은 웃제니를 떠날 때 데비를 설득했어야 했는데 그러지 못한 것을 후회했다. 그때 데비는 자신은 바이샤 출신이므로 빠딸리뿟따 왕실의 왕비가 될 수 없을 것이라며 동행을 거부했던 것이다. 데비의 아버지 웨디사데바 선조는 까뻴라국이 망할 때 머나먼 남쪽인 웨디사까지 내려와 바이샤로서 상업으로 생계를 해결했던 사끼야족이었던 것이다. 샤끼야족 후예인 웨디사데바 역시 상인으로서 무역으로 부를 쌓았고 마침내 웨디사 상인 수장이 되었는데, 아소까가 부왕으로 내려왔을 때 그를 도왔던바 그 인연으로 아소까와 데비가 결혼까지 하게 되었던 것이다. 웨디사데바는 사끼야족이었으므로 고따마 붓다의 가르침을 신봉했고 산치에 개인 사원을 지었을 정도였다. 마힌다가 말했다.

"어머께서는 날마다 산치 동산에서 대왕님을 기다리셨습니다. 대왕님께서 오신다고 하시면서 그러셨습니다."

"약속한 것은 사실이지. 네 어머니의 성품으로 보아 내 말을 철석같이 믿었을 게야."

실제로 데비는 왕비가 아닌 부인의 신분으로 만족하며 산치 동산 사원에서 아소까가 잘되기를 기도하며 살았는데, 숨을 거둘 때까지 아소까를 잊지 못했다. 아소까가 주고 간 상아반지를 보면서 어떤 날은 슬픔을 이기지 못한 채 산치 동산에 쓰러져 산치 사원의 사문들을 놀라게 한 적도 있었다. 아소까왕은 짐짓 분위기를 바꾸어 물었다.

"웨디사데바께서는 잘 계시느냐? 내가 웃제니 부왕으로 갔을 때 나를 가장 많이 도와준 분이었지. 내가 옛 수나빠란따국으로 순행할 때 함께 가기도 했고. 그곳 숩빠라까 도시는 여기 빠딸리뿟따 못지않게 무역이 활발한 곳이었어."

"할아버지도, 할머니도 오래전에 돌아가셨습니다."

"그러셨군. 내가 지은 사원 아소까라마가 성안에 있단다. 사원의 목갈리뿟따띳사 주지가 내게 '화려한 왕의 수레도 낡아가듯 몸도 또한 늙어간다'는 고따마 붓다의 말씀을 들려주었어. 그러니 이 세상에 죽지 않는 사람이 어디 있겠니? 나도 죽고 언젠가는 너희들도 죽겠지."

그날 밤. 두 남매는 아소까왕의 지시에 따라 대비 별궁으로 갔다. 태어난 이후 처음으로 다르마 대비에게 인사도 드리고, 당분간 그곳에서 생활하기 위해서였다. 다르마 대비 역시 마힌다와 상가밋따가 왕궁에 왔다는 소식을 듣고는 몹시 보고 싶어 했다. 아소까왕이 두 남매를 왕자 별궁으로 보내지 않고 대비 별궁으로 가라고 지시한 것은 두 가지 이유가 있어서였다. 하나는 왕실의 법도를 대비 밑에서 익히라는 것이었고, 또 하나는 바로 왕자 별궁으로 갔을 때 다른 왕자들과 갈등이 생길 수도 있기 때문이었다. 왕자들 사이에도 적자와 서자, 신분의 차이로 잡음이 끊이지 않았던 것이다.

얼마 후 다르마 대비는 상가밋따에게 청년 악기브라흐마를 소개해 주어 마음을 안정시켜 주기도 했다. 다르마 대비가 바란 대로 상가밋따와 악기브라흐마는 곧 사랑하는 사이로 발전했고, 상가밋따는 빠르게 아기를 잉태했다.

믿음의 상속자

잠부디빠 전역에 8만 4천 개 사원의 건립을 기념하는 축제가 빠딸리뿟따 외성과 내성에서 시작됐다. 아소까왕은 라다굽따 수상에게 7일 동안 축제를 벌이도록 지시했다. 축제는 왕의 대관식 때와 같이 끄샤뜨리야 계급의 숫처녀가 히말라야의 호수 아노땃따에서 가져온 물을 아소까왕의 머리에 뿌리는 의식으로 시작됐다.

첫째 날은 아소까왕이 자축하는 뜻으로 지옥궁전에 갇힌 사형수들을 감형하고 잡범들을 풀어주었다. 이는 아소까왕이 백성의 생사여탈권을 쥐고 있음을 보여줌으로써 왕의 권능을 알리는 특별사면이었다. 왕궁 악단은 쉬지 않고 북을 치고 전통 악기를 연주했다. 내성과 외성 임시 식당에는 술과 고기와 음식이 산처럼 쌓여 신분과 상관없이 누구나 배불리 먹을 수 있었다.

둘째 날은 코끼리 경주가 강가강 강변에서 있었다. 왕실 귀족들이 코끼리를 타고 달리는 시합이었다. 우승은 띠쉬아락시따 왕비의 아들 따발라가 차지했다. 따발라는 날렵하게 달려 청년 귀족들을 여유 있게 따돌리고 1등을 했다. 그러자 띠쉬아락시따는 왕비의 체통을 내팽개친 채 팔짝팔짝 뛰면서 좋아했다.

셋째 날 눈길을 사로잡은 행사는 전투코끼리 9천 마리가 지축을 흔들 듯 지나가는 코끼리부대의 행진이었다. 빠딸리뿟따 성민들이 모두 나와 코끼리부대를 향해서 박수를 보냈다. 코끼리부대가 지나가고 난 뒤에도 땅이 흔들리는 것 같았고 뿌연 먼지가 한동안 사라지지 않았다.

넷째 날에는 전통적인 마차 경기가 하루 종일 강가강 강변에서 벌어졌다. 말 네 마리가 마차를 끄는 경기였는데, 청동으로 만들어진 청동마차의 바퀴가 빠지거나 아예 청동마차가 뒤집혀 마부 군졸이 죽는 사고가 나기도 했다. 강변 풀밭을 달릴 때는 바퀴가 땅바닥에서 조금 떠서 비호처럼 달렸다.

다섯째 날부터 엿새째 날까지는 연날리기와 검술시범, 활쏘기, 창던지기 등이 다채롭게 진행됐고 마지막 이레째 날에는 성민 모두가 참여한 연회가 열렸다. 아소까왕은 연단에 마련된 보좌(寶座)에서 일어나 연회장에 운집한 수행자들과 왕실 귀족, 성민들에게 짧은 연설을 했다.

"나 또한 고따마 붓다의 다르마를 상속한 사람이오. 믿음의 정수를 설하는 사문들에 대한 나의 관대함은 위대할 뿐이오. 나는 9억 6천만 꼬띠라는 엄청난 재원으로 8만 4천 개의 사원을 건립하였소. 사원마다 붓다의 유골을 나누어 봉안했소. 고따마 붓다께서 설한 8만 4천 법문을 기리기 위한 것이오. 매일 40만 꼬띠의 경비가 지출되었소. 십만은 명예로운 사원들을 위해, 십만은 니그로다를 위해, 십만은 담마를 설하는 사문들을 위해, 그리고 나머지 십만은 걸식자를 위한 것이었소. 강가강과 똑같은 양의 음식이 매일 제공되었소. 나보다 더 관대한 왕은 지금까지 없었소. 나의 믿음은 실로 확고한 것이오. 그러므로 나는 승가의 보호자인 것이오."

아소까왕의 짧은 연설이 끝나자, 연회장에 모인 수만 명의 불교 사문들이 일제히 합장한 뒤 엎드려 절을 했다. 아소까왕의 보좌 옆에 앉은 아소까라마 주지 목갈리뿟따띳사 장로도 연단 좌석에서 일어나 아소까왕에게 합장하며 예를 표했다. 뒤이어 연회장에 모인 귀족과 성민, 천민들이 박수를 치며 환호했다. 우레와 같은 박수 소리가 잦아들자 아소까왕이 고개를 돌리며 목갈리뿟따띳사 장로에게 말했다.

"장로시여, 내 연설이 어땠소?"

"대왕이시여, 잠부디빠에 8만 4천 개의 사원을 짓고 붓다의 유골을 나누어 봉안하신 대왕님이야말로 승가를 보호하는 위대한 분이십니다."

"9억 6천만 꼬띠의 재원을 들여 사원을 건립한 신들의 사랑을 받는 왕(데와남쁘리야 삐야다시, 天愛喜見王)은 과거에도 없었고 미래에도 없을 것이오."

아소까왕 옆에 앉은 라다굽따는 어두운 얼굴이 되었다가 고개를 끄덕이는 등 알 수 없는 표정을 지었다. 전국 도시마다 사원을 지으면서 왕궁 창고가 3년 만에 바닥이 나다시피 했기 때문이었다. 목갈리뿟따띳사 장로가 덤덤한 말투로 대답했다.

"친절한 대왕이시여, 승가에 필요한 물건을 가장 많이 보시하신 것은 맞습니다."

"승가는 나에게 또 무엇을 원하는 것이 있소?"

"대왕님께서는 승가를 보호하는 왕이실 뿐 아직 확고한 믿음은 바깥에 있습니다."

"나의 믿음이 바깥에 있다니 무슨 말씀이오?"

"믿음의 상속자가 되셔야 한다는 뜻입니다."

"믿음의 상속자가 되려면 어떻게 해야 하오?"

목갈리뿟따띳사 장로는 라다굽따를 한번 쳐다본 뒤 말했다. 라다굽따는 여전히 불만족스러운 표정을 짓고 있었다. 아소까왕이 처음에는 브라만교나 자이나교, 그 밖의 군소 종교 수행자들에게 우호적이었는데 목갈리뿟따띳사 장로를 만나고 나서는 급격하게 승가 쪽으로 기울고 있는 것 같아서였다. 더구나 라다굽따 자신은 브라만교를 신봉하는 제관 출신이었다. 목갈리뿟따띳사는 아소까왕에게 거침없이 아뢨다.

"믿음의 상속자가 되시는 법은 승가에 아들이나 딸을 보내서 계를 받게 하는 것입니다."

"장로가 알다시피 하나밖에 없는 동생 비가따소까, 사위 악기브라흐마가 출가했소. 그런데 아들과 딸까지 출가해야 한단 말이오?"

아소까왕의 말은 사실이었다. 아소까왕이 브라만교에 빠진 비가따소까를 불교로 개종시켰고, 사위 악기브라흐마의 출가에 이어 훗날에는 외손자 어린 수마나까지 출가시키려고 했던 것이다. 아소까왕은 동생과 사위가 출가했는데 또 아들과 딸까지 수계를 받아야 한다는 목갈리뿟따띳사의 말에 고개를 저었다.

"그것이 내게 무슨 이익을 준단 말이오?"

"대왕님은 이미 신들의 사랑을 받는 친절한 왕이십니다. 거기에다 실로 믿음의 상속자가 되신다면 얼마나 큰 영광이겠습니까?"

"믿음의 상속자라, 좋소."

아소까왕은 목갈리뿟따띳사 장로의 한마디 한마디에 최면에 걸린 듯 호응했다. 목갈리뿟따띳사 장로의 말을 모두 받아들였다.

"나는 장로의 부탁을 다 들어주었소. 그러니 고따마 붓다의 가르침을 나와 성민들을 위해 설해주시오."

"대왕이시여, 짧은 붓다의 가르침을 설하겠습니다."

목갈리뿟따띳사는 고따마 붓다의 시와 같은 가르침을 먼저 외웠다.

지혜가 없고 삼매가 없이
백 년을 사는 것보다
지혜를 갖추고 선정에 들어
하루를 사는 것이 낫다.

이어서 바로 목갈리뿟따띳사는 붓다의 가르침이 나온 인연담을 설했다. 붓다가 사왓티 제따 숲에 계실 때였다. 카누 꼰단냐 장로와 관련한 이야기였다. 카누 꼰단냐는 붓다에게서 선정삼매에 들라는 말씀을 듣고 숲속으로 들어가 수행하여 거룩한 경지를 성취했다. 카누 꼰단냐는 이 사실을 붓다에게 알리기 위해 숲을 나와 길을 가다가 수백 명이 앉을 수 있는 평평한 바위에 앉아 선정에 들었다.

이때 5백 명의 도둑들이 마을을 도둑질한 뒤 훔친 물건을 각자 머리에 나누어 이고 가다가 밤이 되자 피곤하여 평평한 바위에 앉아서 자려고 했다. 도둑들은 선정에 들어 꼼짝하지 않는 카누 꼰단냐 장로를 나무 그루터기로 오인했다. 도둑들은 카누 꼰단냐 머리에 도둑질한 물건을 얹어놓고 또 팔다리에 올려놓았다. 카누 꼰단냐 장로 주위에도 훔친 물건을 쌓아놓고 잠을 잤다. 새벽이 되어 잠에서 깬 도둑들은 그제야 카누 꼰단냐 장로를 발견하고는 귀신인 줄 알고 도망쳤다. 마침 선정에서 깨어난 카누 꼰단냐 장로는 "재가제자들이여, 두려워 마라. 나는 수행자다" 하고 소리쳤다. 그제야 도둑들이 카누 꼰단냐 장로에게 다가와 발아래 엎드린 뒤 "저희는 나무 그루터기로 잘못 알았습니다" 하면서 용서를 빌었다. 그때 우두머리 도둑이 "나는 장로님 밑에서 수행승이 되겠다"라고 말하자 다른 도둑들도 모두 수행승이 되었다.

이런 일이 있은 뒤부터 장로의 이름은 카누 꼰단냐가 되었고, 붓다는 '지혜가 없고 삼매 없이 백 년을 사는 것보다 지혜를 갖추고 선정에 들어 하루를 사는 것이 낫다'라는 시 같은 가르침을 읊조렸던 것이다.

그날 밤. 아소까왕은 다르마 대비 별궁에 있는 마힌다와 상가밋따를 불렀다. 두 남매는 연회장에 나오지 않고 다르마 대비 별궁에 갇혀 있다시피 했다. 대비 별궁은 두 남매에게 감옥이나 다름없었다. 왕자 별궁에 사는 왕자들이 두 남매에게 어떤 위해를 가할지 모르므로 다르마 대비가 두 남매에게 밖으로 나가지 말도록 신신당부를 했던 것이다.

"사랑하는 손자, 손녀야. 나는 왕자들이 죽는 것을 너무도 많이 봐왔단다. 백성들은 왕궁을 천계(天界) 같이 여기지만 내 눈에는 지옥으로 보일 때가 많았단다. 그러니 가능한 한 내 별궁을 나가지 않도록 하거라."

다르마 대비는 아소까왕이 왕위에 오르는 동안 죽어간 수시마와 99명의 왕자를 잊지 못했다. 그 사건들이 떠오를 때마다 마음이 괴로워 잠을 자지 못했다. 브라만의 딸로 태어나 왕궁에 들어온 다르마 대비가 말년에는 붓다의 담마를 믿고 불교 사문들에게 의지하게 된 것도 다 죽은 왕자들 때문이었다.

아소까왕 별궁 다실에는 아소까왕의 유일한 조언자 라다굽따가 두 남매보다 먼저 와 있었다. 아소까왕이 별궁 다실로 들어와서 말했다.

106

"대비 별궁에 있는 아들과 딸을 불렀소."

"목갈리뽓따띳사 장로의 권유를 따르시겠습니까?"

"마우리야왕국 전 도시에 8만 4천 개의 사원을 건립하였으니 이제 나는 믿음의 상속자가 되고 싶소."

라다굽따는 두 남매가 출가하는 것이 바람직한 일일지도 모른다고 생각했다. 두 남매는 대비 별궁에서 자유가 없이 살아야 한다는 것을 알고 있기 때문이었다. 언젠가 다르마 대비의 말을 듣고서 라다굽따도 수긍하고 공감했던 것이다. 라다굽따는 수십 명의 왕자들이 죽어간 현장 안팎의 증인이기도 했다. 두 남매는 바이샤 계급으로서 신분적 한계 때문에 왕궁은 살 곳이 못되었다. 그럼에도 불구하고 왕궁에서 살아간다는 것은 무모하고 불행한 일이었다. 데비 부인이 빠딸리뽓따로 오지 않은 것은 현명한 처사였다고 볼 수밖에 없었다. 만약 데비가 빠딸리뽓따로 왔다고 해도 왕비가 되지 못한 채 부인의 신분으로 살아야 했을 것이었다. 아소까왕이 라다굽따에게 조언을 구했다.

"수상께서는 어떻게 생각하시오?"

"아드님과 따님의 생각이 중요합니다. 두 남매분께서 대왕님의 당부를 따른다면 모두가 좋지 않겠습니까?"

"그러니까 수상께서는 반대하지 않는구려."

"아드님과 따님은 반드시 답답한 왕궁을 떠나고 싶어 할 것이라고 생각합니다."

"수상의 조언을 믿겠소."

그때 마힌다와 상가밋따가 친위대 조장의 안내를 받아 별궁 다실로 들어왔다. 잠시 후 라다굽따와 친위대 조장이 나가자 아소까왕이 말했다.

"그동안 잘 지냈느냐?"

"할머니께서 너무 잘 보살펴 주십니다. 다만 아무 불편은 없지만 새장에 갇힌 새처럼 우울합니다."

"왕궁이 싫으냐?"

"대왕님을 뵀으니 저희들은 웨디사나가라 농원으로 돌아가고 싶습니다."

"목갈리뿟따띳사 장로는 너희들이 출가한다면 내가 믿음의 상속자가 된다고 하더구나."

마힌다 얼굴이 환해지며 말했다.

"대왕님, 믿음의 상속자가 되고 싶으십니까?"

"나는 얻을 것을 다 얻은 왕이다. 믿음의 상속자가 된다면 그보다 더한 영광이 어디 있겠느냐?"

상가밋따가 말했다.

"제 꿈이 맞나봅니다. 오빠와 제가 코끼리로 변해 우리에 갇혀 있었는데, 대왕님께서 문을 열어주시어 마음껏 들판을 달렸지요. 그러다가 어느 마을에서 풀과 물을 마음껏 먹은 뒤 또 달려가자 바다가 나왔어요. 그때 대왕님께서 배를 내주시어 바다를 건너갔는데, 오빠와 제가 갑자기 수행승으로 변해 있었습니다."

"상가밋따는 악기브라흐마를 만나 수마나를 낳았는데 출가가 가능하겠느냐?"

"남편이었던 악기브라흐마가 이미 출가했으니 아무런 장애가 없습니다. 아기 수마나가 좀 걱정될 뿐입니다. 그렇지만 우두머리 궁녀 끼사락슈미가 잘 키우겠다고 했습니다."

"꿈에 코끼리가 됐다니 상서로운 꿈이로구나. 목갈리뿟따띳사와 아유빨라 장로에게 얘기해 두었으니 내일 아침에 아소까라마로 가거라. 그러면 장로들이 너희들에게 출가계를 줄 것이다."

마힌다와 상가밋따는 아버지 아소까왕과 헤어진 뒤 친위대 조장을 따라서 다르마 대비 별궁으로 돌아왔다. 다르마 대비는 두 남매의 이야기를 듣고는 몹시 안도했다. 두 남매가 웨디사나가라로 돌아가지 않고 수행자가 되는 것이 최선이라고 생각했기 때문이었다. 다르마 대비는 두 남매가 사문이 되더라도 자신의 곁에 있어주기를 바랐던 것이다. 이는 아소까왕도 마찬가지였다. 다음 날 마힌다는 목갈리뿟따띳사에게 귀의했고, 담마빨라와 인연이 깊었던 상가밋따는 아유빨라에게 가서 머리를 깎았는데 아소까왕 재위 6년 때의 일이었다.

깔링가국 정벌 결심

아소까왕이 왕권을 잡고 난 뒤부터 수상이 된 라다굽따는 중병이 들었다. 아소까왕이 몇 번이나 왕궁 의원을 보내 치료했지만 회복하지 못했다. 누운 채 목숨을 연명할 뿐이었다. 라다굽따는 칼라따까와 함께 아소까가 이복형 수시마를 물리치고 왕권을 잡는 데 크게 공을 세운 대신이었다. 강경한 칼라따까에 비해 라다굽따는 온건한 대신이었다. 아소까왕이 잔혹하게 궁녀와 신하들을 살해할 때 라다굽따는 나름대로 다르마 대비와 함께 왕의 포악한 마음을 돌려보려고 노력하곤 했던 것이다. 그런 라다굽따도 세월은 이기지 못했다. 나이가 들어 찾아온 노환이었다. 눈과 귀가 급격하게 나빠졌고 몸은 젓가락처럼 말라갔다. 아소까왕 정궁에서 회의를 하다가 쓰러져 들것에 실려 나간 적도 있었다. 급기야 아소까왕이 내성 안에 있는 그의 저택으로 문병을 가기에 이르렀다.

"어디가 아파서 이렇게 고생을 하시오?"

"소신은 이제 죽을 때가 되었습니다. 그래서 거동을 못 하는 것입니다."

"의원을 계속 보낼 테니 빨리 일어나시오."

"대왕님의 은혜를 생각하면 지금이라도 벌떡 일어나고 싶습니다."

"나라 걱정은 마시고 몸조리 잘하시오."

"대왕님이시여, 저는 틀렸습니다. 제 운명을 어찌 모르겠습니까?"

"나에게 할 말은 없소?"

"대비님의 말씀이기도 합니다. 전륜성왕이 되시어 추앙받기를 바랍니다."

라다굽따는 더 이상 말하지 못했다. 이맛살을 찌푸리며 몹시 고통스럽게 몸을 뒤척였다. 아소까왕이 그의 고통이 진정되기를 기다렸다가 말했다.

"전륜성왕은 어떻게 될 수 있소?"

"칼보다는 자애로운 마음으로 백성을 다스리시면 됩니다."

"쉬운 일은 아닌 것 같소."

아소까왕은 고통스러워하는 라다굽따에게 말을 시키는 것이 미안하여 서둘러 그의 방을 나왔다. 수행한 친위대장에게 말했다.

"아무래도 라다굽따 수상의 복귀는 어렵겠소. 새 수상을 찾아야겠소."

"대신들 중에서 찾으시겠습니까?"

"내 눈에 든 대신이 없으니 라다굽따가 지금까지 수상을 해온 것이오."

친위대장은 입을 다물었다. 아소까왕의 의중을 모르기 때문이었다. 그러나 아소까왕은 진즉부터 대관식 다음 해에 빠딸리뿟따성 밖으로 추방한 마하데와라를 수상 후보 선상에 올려 놓고 있었다. 마하데와라는 눈엣가시 같은 깔링가국을 정벌하자고 주장한 대신이었다. 깔링가국이 해상무역로를 장악한 탓에 상인들이 많은 피해를 보고 있었던 것이다. 깔링가국 세리들이 마우리야왕국 상인들에게 터무니없는 세금을 물리곤 했던바 마하데와라는 신하들 가운데 누구보다도 분노했다.

그때 아소까왕은 대관식을 한 지 1년밖에 되지 않았고, 깔링가국의 전력을 잘 몰랐으므로 마하데와라의 조언을 받아들여 변방의 장군을 대장군으로 삼아 보병 10만 명을 보냈으나 보기 좋게 참패를 당하고 말았다. 그 책임을 물어 칼라따까의 측근이었던 마하데와라를 빠딸리뿟따성 밖으로 추방했고 원정 대장군은 외성 사형장에서 참수했다. 아소까왕은 그것만으로는 분이 풀리지 않았지만 당장은 내치를 다질 때였으므로 달리 방법이 없었다.

그런데 대관식을 치른 지 7년이 지난 지금은 상황이 달랐다. 전력은 몇 배나 증강이 된 상황이었다. 실제로 정벌에 실패한 뒤부터 전력을 증강하여 즉위 4년째에는 본래대로 보병이 60만 명, 기병이 10만 명, 코끼리부대가 9천 명이 되었고, 이후에는 강훈련을 꾸준히 지속하여 지금은 가용병력 전체가 정예화되어 있었다. 명령만 떨어지면 즉시 출동하여 어느 나라든 정벌할 수 있는 전투태세가 갖추어져 있었다. 아소까는 친위대장에게 마하데와라를 수소문하도록 지시했다.

"대장, 마하데와라가 어디 있는지 알아보시오."

"마하데와라가 있는 곳을 알고 있습니다."

"그렇소?"

"저나 마하데와라 전 대신님이나 모두 칼라따까 수상님의 은혜를 입은 사람들입니다."

"마하데와라는 지금 어디에 있소?"

"외성 밖 짠달라 천민촌에 살고 있습니다."

"대신을 지냈던 브라만이 어째서 달리뜨들의 천민촌에 살고 있다는 말이오?"

"그곳에 사는 부자 도비왈라가 전 대신님에게 크게 도움을 주어왔고, 또 그분의 저택에 큰 법당이 있는데 그곳에서 니그로다 사문님이 짠달라 천민들에게 법문을 하고 있습니다."

"대장의 말을 들으니 마하데와라에게 더욱 미안한 생각이 드오. 빠딸리뿟따성 밖에서 천민 달리뜨들과 함께 마하데와라가 살고 있다니 말이오."

"니그로다 사문에게 귀의하면서 그분의 삶도 바뀌었다고 합니다."

"마하데와라는 원래 애국심이 강한 신하였소. 깔링가국이 우리 상인들에게 피해를 입히니 깔링가국을 정벌해 버리자고 주장했던 대신이었소."

친위대장은 아소까왕의 말이 진심이라고 믿었다. 칼라따까가 발탁한 인물들은 충성심이 강한 것이 특징이었다. 칼라따까가 수시마를 제거하는 데 앞장선 이유도 사실은 마우리야왕국의 미래를 위함이었지 자신의 영달을 도모하고자 모사를 꾸민 것은 아니었다.

"대장, 마하데와라를 즉시 데리고 오시오."

"예, 알겠습니다."

친위대장은 아소까왕 집무실을 나와 마하데와라가 살고 있는 외성 밖으로 말을 타고 달렸다. 친위대장이 마하데와라를 안 지는 십수 년이 넘었다. 칼라따까 저택 집사 시절에 마하데와라를 처음 보았던 것이다. 칼라따까와 마하데와라의 신분은 브라만이었고 친위대장은 끄샤뜨리야였다. 칼라따까는 자신을 닮은 것 같은 마하데와라를 후계자로 키우고 싶어 했는데 라다굽따가 등장하는 바람에 뜻을 이루지 못했다. 아소까왕이 온순하고 태도가 원만한 라다굽따를 수상으로 지명했던 것이다.

마하데와라의 재등장은 5년 만인 셈이었다. 친위대장은 곧장 외성 밖으로 나가 짠달라 천민촌으로 달렸다. 마하데와라의 저택은 천민촌에서 가장 규모가 컸다. 강가강이 보이는 언덕에 있는 이층 벽돌집 두 채가 바로 마하데와라의 저택이었다. 한 채는 마하데와라 살림집이었고, 또 한 채는 니그로다 사문이 법회를 주관하는 법당이었다. 도비왈라가 자신의 사재를 들여 지어 준 건물이었는데, 도비왈라로서는 그럴 만한 이유가 있었다. 마하데와라가 전 친위대장을 소개해 주어 왕실 및 친위대 지휘관들의 빨랫감을 몰아주었기 때문에 부자가 될 수 있었던 것이다. 친위대장이 짠달라 천민촌에 도착했을 때 도비왈라는 마을 옆으로 흐르는 강가강 지류에서 빨래하는 수십 명의 달리뜨들에게 무언가를 지시하고 있었다. 친위대장이 말을 타고 다가오자 도비왈라는 급히 쫓아와서 굽신거렸다.

"대장님, 무슨 일로 오셨습니까?"

"마하데와라 대신님을 모시러 왔네."

"제가 안내하겠습니다."

"앞장서게."

"대신님께서는 잘 계신가?"

"제가 잘 모시고 있습니다. 오늘의 저를 있게 해준 대신님이신데 제가 어찌 소홀히 모시겠습니까?"

"자네는 운이 좋아. 전 친위대장과 가까운 사람들은 이제 왕궁에 한 사람도 없다네."

"니그로다 사문님이나 대신님이 돌보아 주신 덕분이죠. 두 분 모두 저희 달리뜨들이 의지하는 분들입니다."

마하데와라가 사는 이층 벽돌집 저택은 왕궁 건물처럼 깨끗했다. 정원도 잘 손질되어 단정했다. 장미꽃과 붉고 하얀 부겐빌리아꽃들이 저택 입구에서부터 흐드러지게 피어 있었다.

"대신님 저택은 누가 관리를 해주는가?"

"제가 날마다 대신님 댁에 청소부를 보냅니다. 우기가 끝나면 바로 사람을 보내 정원의 정원수들을 다듬고요."

"의리가 있으니 전 친위대장 사람인데도 왕실의 일감이 떨어지지 않는 것이네."

"그보다는 말씀드린 대로 마하데와라 대신님과 니그로다 사문님 덕분이죠."

"니그로다 사문님은 대왕님 조카이니까 그렇겠네."

도비왈라가 미하데바라의 저택 정문에서 청소부를 발견하고는 소리쳤다.

"대신님께 알리거라! 왕궁에서 친위대장님께서 오셨다고!"

"예, 도비왈라님."

친위대장은 정문 밖에서 마하데와라의 허락이 떨어질 때까지 기다렸다. 물론 도비왈라도 마찬가지였다. 이윽고 수염이 허연 마하데와라가 나타났다. 수염만 허열 뿐 마하데와라의 피부는 젊은 청년처럼 팽팽했다. 피부를 보아서는 아주 건강해 보였다. 친위대장이 말했다.

"대신님, 모시고 오라는 대왕님의 명을 받고 왔습니다."

"얼마 만인가?"

"칼라따까 수상님 댁 집사로 있을 때 대신님을 자주 뵙곤 했습니다."

"몇 년 만이군."

"대왕님께서 새 수상을 물색하고 계십니다."

"라다굽따 수상이 있지 않는가?"

"대왕님 집무실 회의에 참석하지 못한 지 한 달이 넘었습니다. 병석에서 일어나지 못하고 있습니다."

"라다굽따 수상이라고 해서 세월을 피할 수는 없겠지."

"대신님은 하나도 늙지 않으셨습니다."

"흘러가는 세월 앞에서는 누구나 평등하다네. 라다굽따도 자네도 나도 마찬가지일세."

마하데와라는 하인에게 말을 꺼내 오게 했다. 아소까왕의 명을 거부할 생각이 조금도 없었다. 마하데와라는 마치 때를 기다려왔다는 듯 말에 올라탔다.

"대왕님께서 부르시는데 빨리 가서 알현해야겠네."

"대신님, 잘 다녀오십시오."

"그대에게도 좋은 일이 생길지 모르겠네."

친위대장이 길잡이가 되고 마하데와라가 뒤따랐다. 두 마리의 말이 달리면서 모래 먼지를 일으켰다. 그런데도 도비왈라는 고개를 숙인 채 한동안 그 자리에 서 있었다.

아소까왕은 지시한 지 한나절 만에 친위대장이 마하데와라를 데리고 오자 몹시 만족했다. 아소까왕이 마하데와라의 양손을 덥석 잡으며 말했다.

"마하데와라 대신이여, 5년 만에 그대를 만나고 있소."

"대왕님이시여, 소신을 잊지 않고 불러주시니 감개무량합니다."

"앞으로 그대는 나와 할 일이 많소."

"명령만 내려주신다면 신명을 다 바치겠습니다."

"그대를 보니 칼라따까 수상이 생각나오."

"친위대장이 소신을 찾아왔을 때 소신은 대왕님께서 무엇을 원하는지 헤아려 보았습니다."

"나는 원이 있소. 할아버지 대왕님, 아버지 대왕님께서 이루지 못했던 것이 하나 있소."

"그것은 깔링가국 정벌이 아닙니까?"

"그렇소. 나는 그대와 함께 선왕께서 이루지 못한 숙원인 깔링가국 정벌을 완수할 것이오."

"소신이 목숨을 바쳐 준비하겠습니다."

"이미 잘 훈련된 보병 60만 명, 기병 10만 명, 코끼리부대 9천 명이 대기하고 있소. 내가 직접 군사를 이끌고 나설 것이오."

그날 오후. 아소까왕은 두 가지의 명을 내렸다. 하나는 마하데와라를 수상으로 임명하는 지시였고, 또 하나는 전군에 전투태세를 갖추도록 지시하는 것이었다. 아소까왕은 전투첩보가 깔링가국에 흘러들어 가기 전에 바람처럼 빠르게 속전을 펴서 정벌할 생각이었다.

이동식 법당 수레

깔링가국 정벌은 전차부대만 예비 전력으로 남고 마우리야왕국 전군이 나서다시피 했다. 전군은 빠딸리뿟따성 안팎에서 출동 준비태세 단계로 돌입했다. 코끼리부대 9천 명과 기마부대 10만 명은 성 밖에서 육로로 이동할 준비를 했고, 보병 60만 명은 강가강 강변에서 전선에 오르기 위해 야영을 했다. 보병은 전선을 타야만 신속하게 출동할 수 있었다. 크고 작은 전선들이 마우리야왕국 모든 곳에서 모이고 있었다.

아소까왕은 군사들의 사기를 위해 강가강 임시 군막을 떠나지 않았다. 빠딸리뿟따 성민들은 강가강 출입을 통제당했다. 성민들은 날마다 해온 기도를 하지 못했지만 통제를 잘 따랐다. 아소까왕의 전투검열 사열은 날마다 되풀이되고 있었다. 이제 더 이상 합류할 전선이 없었다. 전군의 출동이 늦어지고 있는 이유는 단 한 가지뿐이었다. 아소까라마 목갈리뿟따띳사 수석 장로가 마하데와라 수상을 찾아와 건의한 문제 때문이었다.

어제 늦은 오후였다. 목갈리뿟따띳사 장로가 마하데와라 수상 접견실을 예고 없이 들렀다.

"장로님이시여, 무슨 일이십니까?"

"사문이 도울 일이 없을까 해서 찾아왔습니다."

"전투는 군사가 하는 것입니다. 사문들은 전장에서 할 일이 없습니다."

"맞습니다. 사문은 칼이나 창을 들 수 없습니다."

"장로님이시여, 그런데 무엇을 돕겠다는 것입니까?"

마하데와라가 고개를 저었지만 목갈리뿟따띳사 장로는 진지했다.

"아무리 용맹한 군사라도 전장터에서는 마음이 불안할 것입니다. 사문은 붓다의 말씀으로 불안한 군사들을 위로할 수 있습니다."

"그럴 수만 있다면 얼마나 좋은 일입니까?"

"다만 조건이 하나 있습니다."

"무엇입니까?"

"코끼리가 끄는 이동식 법당이 필요합니다."

마하데와라가 웃었다. 출동 준비태세 단계인데, 지금 이동식 법당을 만든다는 것은 불가능하기 때문이었다.

"코끼리가 끄는 이동식 법당의 규모가 어떤지는 알 수 없으나 이번에는 너무 늦었습니다."

"수상께서 결정할 수 없는 일입니까?"

"대왕님이 총사령관입니다. 저는 전투에 참여하지 않습니다. 그러니 저에게는 출동을 늦출 권한이 전혀 없습니다."

사실이었다. 마하데와라는 전투에 직접 참여하지 않고 빠딸리뿟따성에 남아 군수물자를 원활하게 지원하는 역할을 맡았다.

"대왕님을 뵐 수 있습니까?"

"강가강에 나가 계십니다. 강가강에는 누구도 출입할 수 없습니다."

"부탁입니다. 대왕님께 꼭 저의 뜻을 전해주십시오."

"알겠습니다."

"사실은 대비님께서 저에게 간곡히 말씀하시어 생각해 낸 것이 이동식 법당입니다. 대비님은 붓다의 가피가 대왕님께 내리기를 기도하고 계십니다."

"붓다의 가피가 내리면 전쟁에서 승리할 수 있습니까?"

"그렇습니다. 다만 붓다를 믿는 만큼 붓다의 가피를 받을 수 있습니다."

"대왕님께서는 이미 자신을 믿음의 상속자라고 선언하셨습니다."

"그것은 제가 드린 말씀이었습니다. 승가의 보호자에서 믿음의 상속자가 되시라고 말씀드린 적이 있었습니다."

"대왕님께서 장로님을 의지하고 계신다는 것은 저도 알고 있습니다."

"수상님께 한마디만 더 말씀드리겠습니다. 붓다께서 남긴 가르침입니다. 전쟁에서 백만 대군과 싸워 승리하는 것보다 자신을 정복하는 사람이 진정한 승리자입니다."

마하데와라는 의아해했다. 바로 이해하지 못하고 난처한 표정을 지었다. 목갈리뿟따띳사 장로가 말했다.

"왜 난감해하십니까?"

"전장터에 나가는 장수와 군사들은 오직 전쟁에서 승리하는 것이 목적입니다."

목갈리뿟따띳사 장로가 큰 소리로 웃었다.

"하하하. 마음이 불안한 장수가 전쟁에서 승리할 수 있겠습니까? 자신을 극복한 장수가 진정한 승리자라는 뜻입니다."

"붓다의 가르침을 통해서 자신을 정복한 자가 전쟁에서 승리할 수 있다는 말씀이군요."

"그래서 이동식 법당이 필요하다는 것입니다."

"대왕님께 건의를 드리겠습니다."

그제야 마하데와라는 목갈리뿟따띳사의 말에 공감했다. 자신에게 군권이 있다면 목갈리뿟따띳사의 의견을 따르는 것이 좋겠다고 판단했다. 전쟁은 승리가 목적이므로 모든 힘을 다 모아야 하기 때문이었다. 붓다뿐만 아니라 모든 신들의 도움을 받을 수만 있다면 다 받아들여야 할 것이었다. 수십 마리의 양을 잡아 신들에게 제사를 지내는 희생제는 목갈리뿟따띳사의 건의로 없어졌지만, 전쟁에 도움이 된다면 다시 부활시키고 싶은 것이 마하데와라의 마음이었다. 선왕 때부터 자주 했던 희생제는 아소까왕이 즉위해서도 목갈리뿟따띳사가 빠딸리뿟따성에 오기 전까지는 그 전통이 이어졌던 것이다.

마하데와라는 목갈리뿟따띳사와 헤어진 뒤 수상 접견실에서 뜨거운 짜이를 한 잔 더 마셨다. 비록 자신은 전쟁에 참여하지 않는다고 하지만 방관할 수는 없었다. 승리에 도움이 된다면 무엇이든 거들어야 했다. 예전에 깔링가국 정벌 실패의 책임으로 추방당했던 아픈 기억도 되살아났다. 어느새 초저녁이 되어 선선한 바람이 창을 넘어왔다. 하얀 비단 커튼이 펄럭였다. 마하데와라는 창을 닫으면서 검푸른 어둠이 스멀스멀 차오르는 하늘을 응시했다. 하늘에는 아소까왕이 끼고 다니는 금반지 같은 초승달이 선명하게 떠 있었다. 마하데와라는 자리에서 일어났다. 단 하루라도 시간을 지체할 수 없었다. 마하데와라는 말을 타고 아소까왕 별궁으로 갔다. 말먹이꾼 군사가 말했다.

"수상님, 지금 대왕님께서는 강가강 임시 군막에 계시지 않을까요?"

"아차, 내 정신이 나갔구나. 허나 여기까지 왔으니 일단 대왕님 별궁으로 들어가 보자."

별궁 다실에 불이 켜져 있는 것은 누군가가 있다는 증거였다. 마하데와라는 불을 보고 아소까왕이 있을 것이라는 예감이 들었다. 마하데와라의 예감은 맞았다. 아소까왕이 창 너머로 걸어오는 마하데와라를 발견하고는 자리에 다시 주저앉았다. 마하데와라가 말했다.

"대왕님이시여, 별궁에 계시지 않았다면 소신은 강가강으로 내려갔을 것입니다."

"급한 일이 생겼소?"

"소신이 생각할 때는 급한 일입니다."

"잘됐소. 오후에 여기서 대비님을 뵙고 모처럼 정담을 나누었소. 대비님께서 좀 전에 가시어 이제 강가강으로 내려갈 생각이었소."

"하루라도 지체할 수가 없어서 왔습니다."

"얘기해 보시오."

마하데와라는 다르마 대비 얘기부터 꺼냈다. 아소까왕이 다르마 대비의 말이라고 하면 일단 마음을 열기 때문이었다.

"대비님께서 목갈리뿟따띳사 수석 장로님에게 부탁했다고 합니다."

"무엇을 부탁했다는 것이오?"

"전장터에 나가시는 대왕님께서 붓다의 가피를 받을 수 있는 방법이 무엇이냐고 물으셨다고 합니다."

"목갈리뿟따띳사 장로는 무엇을 생각하고 있는 것이오?"

"코끼리가 끄는 이동식 법당을 만들자는 것입니다."

"전장터까지 이동식 법당을 끌고 가자는 것이오?"

"뗏목을 이용하면 큰 어려움은 없을 것 같습니다."

"이동식 법당을 만들면 무슨 이익이 있소?"

"전장터에 나가는 군사들의 마음은 불안할 것입니다. 사문들이 법문하여 마음을 안정시켜 준다면 승리하는 데 도움이 될 것입니다."

"나는 목갈리뿟따띳사 장로의 진심을 믿어 의심치 않소."

"장로님은 대왕님의 일을 방관할 수 없어서 출입이 통제된 강가강으로 가지 못하고 소신을 찾아왔을 것입니다."

"이동식 법당을 만드는 데 시간은 얼마나 걸리오?"

"바퀴가 달린 거대한 수레라고 생각하시면 됩니다. 성안에 살고 있는 목수들을 다 부른다고 해도 상당한 시일이 걸릴 것 같습니다."

"아, 나는 급하오. 내일 새벽에 출동명령을 내리려고 했소. 그래서 오늘 다르마 대비님을 뵌 것이오."

"대왕님이시여, 그래도 재고해 주십시오. 전쟁에서는 붓다뿐만 아니라 하늘의 신들이 도와야 합니다. 인간의 힘으로는 한계가 있기 때문입니다."

"깔링가국 정벌은 할아버지 대왕님, 아버지 대왕님의 숙원이었소. 무슨 어려움이 있더라도 이번에는 정벌할 것이오."

"소신은 마음이 급해서 이곳으로 달려왔습니다."

아소까왕은 자리에서 일어났다가 다시 앉았다. 내일 새벽에 출동명령을 내리려고 했는데, 이제 와서 이동식 법당을 만들자고 건의하니 갈피를 잡을 수 없었다. 출동이 늦어지면 군사들의 사기도 떨어질 것이 뻔했다. 군수물자도 예상보다 더 필요할 터였다. 속전이 돼야만 그만큼 군수물자는 더 절약되기 때문이었다. 코끼리부대만 해도 9천 마리의 코끼리가 하루에 먹어치우는 풀과 과일이 어마어마했다. 9천 마리의 전투코끼리는 작은 산 하나를 민둥산으로 만들어버릴 정도였다. 기병부대 10만 마리의 말이 먹는 풀과 물도 마찬가지였다. 보병 60만 명이 먹는 군량미도 하루에 창고 열 개 동을 바닥나게 했다. 그런데도 아소까왕이 결심한 듯 말했다.

"좋소. 이동식 법당이 만들어질 때까지 출동을 늦추겠소. 대신 수상 책임하에 가장 빠른 시간에 이동식 법당을 만드시오."

"예, 대왕님."

"목갈리뿟따띳사 장로의 또 다른 법문은 없었소?"

"있었습니다. '전쟁에서 백만 대군과 싸워 승리하는 것보다 자신을 정복하는 사람이 진정한 승리자이다'라는 붓다의 가르침을 전해주었습니다."

"자신을 정복한 사람이 진정한 승리자라는 붓다의 가르침을 아직은 잘 이해하지 못하겠소."

"소신도 처음에는 그랬습니다."

마하데와라는 자신의 저택으로 돌아가지 않고 수상 접견실로 가서 밤을 새웠다. 아소까왕도 강가강 임시 군막으로 내려가지 않고 왕비 띠쉬아락시따를 불러 별궁 침실에서 하룻밤을 보냈다. 마하데와라는 다음 날 새벽녘에 비서실장 격인 대신을 급히 찾았다. 깔링가국 정벌에 참전하지 않고 마하데와라를 보좌하는 대신이었다. 마하데와라가 지시했다.

"코끼리가 끄는 큰 수레를 만들 것이오. 대왕님 지시라오."

"대왕님이 타실 수레입니까?"

"아니오. 코끼리가 끄는 이동식 법당 수레라오. 그러니 성안에 있는 늙은 목수들을 아소까라마로 모이게 하시오."

"예, 알겠습니다."

마하데와라는 목갈리뺏따띳사의 자문을 받아 이동식 법당을 만드는 총책임자가 되었다. 그의 측근인 대신은 목수들을 감독하고 목재를 구하는 데 동분서주했다. 수레바퀴 재목은 참나무 종류인 살라나무, 법당은 모두 목갈리뺏따띳사 장로의 의견대로 전단향나무를 사용했다. 목수들 중에서 일부는 살라나무 바퀴에 얇은 철판을 씌웠다. 거대한 수레에 바퀴를 달자 형태가 갖추어졌다. 그러자 우두머리 목수가 전단향나무로 천개(天蓋)와 법석을 조각하고 또 일부 목수들은 수레 골격을 만들기 시작했다.

목수들은 이동식 법당 수레를 한 달 만에 완성했다. 마하데와라 측근 대신이 아소까라마에 상주하면서 밤낮으로 목수들을 지휘감독했던 것이다. 이동식 법당 수레가 강가강 강변으로 내려오자 아소까왕이 지켜보는 가운데 보병 60만 명이 일제히 환호성을 질렀다. 아소까왕은 이동식 법당 수레를 뗏목에 실어 깔링가국 변경까지 운반하겠다는 작전을 이미 세워두고 있었다.

아소까 대군, 짬빠성 집결

계절이 비가 오지 않는 건기로 접어들어 전투하기에 가장 좋은 날씨가 되었다. 아침저녁으로는 춥지만 한낮은 얇은 옷도 벗어야 할 정도로 더웠다. 기온이 화재 현장처럼 뜨거워지는 혹서기는 무조건 피해야 했다. 건기를 놓치면 정벌이 불가능해졌다. 4, 5월의 혹서기는 군사들이 일사병에 시달려 전투력이 급격하게 약해지고 6, 7월 우기가 되면 종일 비가 퍼부어 코끼리부대나 기마부대가 평야지대 수렁에 빠져버리기 일쑤였다. 아소까왕의 대군이 깔링가국으로 이동하는 데는 한 달 이상 걸릴 터였다.

아소까왕은 전군에게 출동 준비태세에서 출동하라는 명령을 내렸다. 보병들은 강가강 야영장에서 전선에 올라탔다. 코끼리부대와 기마부대는 빠딸리뿟따성 외곽에서 즉시 짬빠성 쪽으로 이동했다. 사문들은 뗏목에 옮긴 이동식 법당을 지켰다. 아소까왕은 대장선에 오르기 전에 마하데와라 수상과 목갈리뿟따띳사 수석 장로와 잠시 환담을 나누었다.

"수상이여, 전투는 속전으로 끝낼 것이오. 다만 깔링가국 군사가 배수진을 치고 저항한다면 군수물자가 더 필요할 것이오. 군사가 이동한 뒤에 바로 군수물자를 전선 편으로 보내시오."

"예, 대왕님이시여. 옛 왐사국과 까시국에서 군량미를 실은 배들이 올라오고 있습니다. 군사가 옛 앙가국 짬빠성 안팎에 집결해 있을 즈음에 군량미를 실은 배들이 즉시 이곳을 출발할 것입니다."

강가강은 빠딸리뿟따성을 거쳐서 옛 앙가국의 수도 짬빠성 북쪽으로 흘렀다. 앙가국은 일찍이 마가다국에 복속된 나라였다. 짬빠성은 강가강이 빠딸리뿟따에서 동쪽으로 흐르다가 남쪽으로 휘어지는 평야에 있었다. 깔링가국 영토는 짬빠성에서 30요자나쯤 남쪽으로 가면 나왔다.

전령 참모는 대장들에게 아소까왕의 1차 비밀명령을 전달했다. 짬빠성에서 모든 군사들을 집결하라는 것이 아소까왕의 1차 비밀명령이었다. 짬빠성까지는 신속하게 이동하고, 거기서부터는 실제 전투대형을 갖춘 뒤 서서히 남행한다는 것이 아소까왕의 작전이었다. 아소까왕이 마하데와라에게 말했다.

"군량미를 도중에 약탈당할 수도 있으니 군사들이 경계를 철저히 서야 하오."

"경계를 설 임시 부대를 이미 편성했습니다."

아소까왕은 목갈리뿟따띳사에게도 당부했다.

"마힌다와 상가밋따가 훌륭한 사문이 되도록 가르침을 부탁합니다."

"마힌다와 상가밋따는 단연 출중합니다. 니그로다 사문을 어느 순간 앞설 것 같습니다. 두 사람은 아소까라마를 이끌어갈 사문이 될 것입니다."

"장로님이시여, 훌륭하십니다. 장로님께서 향을 싼 종이에서는 향기가 나고, 생선을 엮은 새끼줄에서는 비린내가 난다고 나에게 붓다의 가르침을 법문하신 일이 있습니다. 그렇습니다. 내 아들과 딸은 장로님 곁에 있기 때문에 바르게 수행하고 있는 것입니다."

"대왕이시여, 그렇지 않습니다. 두 사문은 전생에 선근이 있고 부모가 쌓으신 공덕이 크기 때문입니다."

목갈리뿟따띳사가 부모의 공덕을 칭송하자, 아소까왕은 웃제니에서 사랑을 나누었던 데비가 떠올라 더 말하지 못했다. 보병들의 사기를 올리고자 왕궁 악대가 연주를 했다. 나팔을 불고 둥둥둥 북을 쳤다. 이윽고 아소까왕이 장엄한 대왕선에 승선했다. 대왕선은 3층 누각 형태로 앞뒤 전선들을 내려다보면서 지휘할 수 있게끔 높았다. 대장선 앞으로는 몇 척의 전선만 있었다. 정찰대장의 정찰선과 선봉대장의 대장선, 호위대장의 대장선이 대왕선을 일정한 거리에서 인도했다. 대왕선 뒤로는 명령을 전달하는 전령선과 수백 척의 전선들이 일자진 대오를 갖추고 뒤따랐다. 이동식 법당을 실은 뗏목은 맨 끝에 꼬리처럼 붙어서 움직였다. 전선마다 높이 솟은 돛대 끝에서는 공작새가 그려진 마우리야왕국의 흰색, 붉은색, 파란색 국기가 펄럭였다.

한편 경비대장은 코끼리부대와 기마부대를 지휘했다. 경비대장은 참모들을 불러 지시했다.

"짬빠성 각가라호수에서 집결하라는 것이 대왕님의 명령이오. 최대한 빠르게 이동하시오."

"대장님, 며칠 만에 집결하면 되겠습니까?"

"황소가 보름 이상 걸리는 거리라고 하니까 달리는 코끼리나 말이라면 10일이면 충분할 것이오."

"하루에 몇 요자나씩 이동하면 되겠습니까?"

"2요자나씩 이동하면 10일 후 짬빠성에서 집결할 수 있을 것이오."

빠딸리뿟따에서 짬빠성까지는 17요자나 거리였다. 그러니 경비대장 셈법으로 하루에 2요자나씩 이동할 경우 10일이면 가능했다. 일부러 기마부대 뒤에 코끼리부대를 세웠다. 말이 달리는 것을 보면 코끼리가 흥분해 빨리 움직이는 습성이 있기 때문이었다. 아소까왕이 짬빠성을 1차 집결지로 결정한 것은 전선에 탄 보병이 짬빠성에서 남쪽으로 휘어지는 강가강을 좀 더 이용할 수 있고, 전투코끼리와 전투말의 물과 먹이를 해결할 수 있어서였다. 짬빠성에 있는 각가라호수 주변에는 짬빠까나무 숲과 부드러운 잡풀이 무성했던 것이다.

아소까왕의 대군은 일제히 깔링가국을 향해 진군했다. 보병들이 탄 수백 척의 전선들은 강가강을 까맣게 덮은 채 동쪽으로 움직였다. 강물이 흐르는 방향으로 가기 때문에 이동속도는 아소까왕이 생각하는 것보다 빨랐다. 휴식을 충분하게 취한 전투코끼리와 군마들도 힘차게 땅을 차고 나갔다. 땅이 흔들릴 정도였다. 군사들이 전투코끼리와 군마들의 넘치는 힘을 가까스로 조절했다. 육로로 이동하는 코끼리부대와 기마부대도 강가강을 타고 가는 보병 못지않게 속도를 냈다. 아소까왕의 작전은 정확하고 치밀했다. 아소까왕이 호위대장을 불러 말했다.

"정찰대장은 어디까지 나가 있소?"

"짬빠성에 도착해 있을 것입니다. 짬빠성에 가서 미리 집결지를 찾고 있을 것입니다."

"육로로 가는 부대들은 어떻소?"

"보병부대와 보조를 맞추고 있습니다. 오늘 새벽에 보고를 받았습니다. 보병과 거의 같은 시각에 짬빠성에 도착할 것 같습니다."

"뗏목에 실린 이동식 법당에 사문들은 잘 있소?"

"삿다 장로와 사문들이 대왕님 군사의 무운장구를 날마다 빌고 있습니다."

"이동식 법당을 잘 보호해야 하오."

"대왕님 지시대로 이동식 법당 주위에도 뗏목을 띄워 안전하게 이동시키고 있습니다."

뗏목 수십 척이 이동식 법당을 보호하며 움직였다. 뗏목은 어부 출신 군사들이 긴 삿대를 들고 맡았다. 그러나 뗏목 역시 흐르는 강물을 타고 있어서 군사들은 큰 힘을 들이지 않았다. 강가강은 동쪽으로 갈수록 강폭이 넓어지고 수심은 깊어졌다.

"뗏목이 없으면 정벌이 불가능하오. 그러니 무기 못지않게 잘 간수하시오."

"대왕님이시여, 왜 그렇습니까?"

"깔링가국은 강이 많은 나라이니까 그렇소. 선왕들이 정벌하지 못한 이유도 깔링가국의 강 때문이었소. 강들이 방어를 해주니 쉽게 공략할 수 없었던 것이오. 그러나 나는 다를 것이오. 아무리 깊은 강이라도 뗏목으로 다리를 만들면 공격이 쉬워질 수 있을 것이오."

"대왕님은 위대한 전술가이십니다. 전략가이십니다."

호위대장은 아소까왕의 지시를 받으면서 두 번이나 놀랐다. 군사들의 사기를 위해 이동식 법당을 전투에 이용하는 전략을 보고 놀랐고, 뗏목을 이용해 도강작전을 구사하려는 전술도 이전에 경험해 보지 못한 작전이었던 것이다. 빠딸리뿟따성을 떠난 지 닷새째 되는 날이었다. 아소까왕은 정찰대장의 보고를 받았다. 정찰대장은 짬빠성 집결지를 정찰한 결과를 보고했다.

"아지비까교 브라만들과 장사를 하는 바이샤들의 협조가 대단합니다."

"그들이 무엇을 협조한다는 것이오?"

"군사들이 짬빠성에 머무는 동안 군량미와 모든 물자를 지원하겠다고 합니다."

"고마운 일이오. 사실 짬빠성 백성들은 마우리야왕국에서 가장 충성스러운 사람들이오. 우리 군사들 중에 짬빠성 출신들이 빠딸리뿟따성 못지않게 많소. 이것이 그들의 충직함을 증명하고 있소."

옛 앙가국 짬빠성 사람들은 마가다국에 일찍 복속되었기 때문에 실제로는 마가다국 사람들이라고 해도 틀린 말이 아니었다. 현재까지 마우리야왕국의 주류는 옛 마가다국 브라만과 끄샤뜨리야들이었다. 또 짬빠성에는 해외무역을 하는 상인인 부호 바이샤들이 많았다. 깔링가국 관리들에게 크게 피해를 보는 상인들이었다. 때문에 깔링가국을 정벌하려는 아소까왕에게 더욱 충성할 수밖에 없었다. 아소까왕은 정찰대장에게 지시했다.

"보병이 탄 전선들은 짬빠성에서 남쪽으로 흐르는 강가강을 더 타고 갈 것이오. 그러니 어디쯤에서 하선할 것인지 2차 집결지를 알아보시오. 나는 아직 그쪽을 한 번도 순행해 보지 않았소."

아소까왕은 즉위한 후 빠딸리뿟따에서 가까운 성들은 순행했지만 먼 지방은 가보지 않았다. 먼 지방 도시는 자신을 대신해서 왕자나 대신들을 보냈는데, 그들이 하는 일은 세금을 독촉하거나 군사를 차출하는 정도의 공무에 그쳤다. 대부분 전투를 경험해 본 적이 없기 때문에 전술이나 전략은 문외한이었다.

"그쪽 지형은 소장이 잘 알고 있습니다. 비록 실패하고 말았습니다만, 1차 깔링가국 정벌 때 소장도 참전했습니다."

"마하데와라 수상이 추천했던 지휘관이었소?"

"그때 소장은 변방에 있었기 때문에 수상님은 저를 몰랐을 것입니다. 그러나 저는 수상님이 1차 정벌을 가장 적극적으로 주장하신 분이라는 사실은 알고 있습니다."

"대장은 어느 지점이 2차 집결지로 좋다고 생각하오?"

"강가강이 동쪽에서 흘러온 브라마뿌뜨라강과 합류하는 지점입니다. 강가강은 거기서부터 동쪽으로만 흘러가기 때문입니다."

"좋소. 깔링가국은 남쪽에 있으니까. 대장, 아직은 비밀에 부치시오. 1차 집결지에서 대장들에게 2차 집결지를 알리겠소."

"대왕님이시여, 지금부터 소장은 입이 없다고 생각하겠습니다."

아소까왕은 정보나 첩보가 새어나가는 것을 극도로 경계했다. 할아버지 짠드라굽따대왕이 알렉산더 군대를 격퇴시킨 일도 정확한 정보 때문이었던 것이다. 짠드라굽따대왕이 한때 알렉산더의 참모를 하면서 알렉산더 정복군의 전력과 전술을 낱낱이 알게 되었던바 정복군의 약점을 파고들어 그들을 격퇴시켰던 것이다. 정복군 일부는 풍토병에 걸려 사기가 극도로 저하되어 있었고, 짠드라굽따대왕에게 코끼리부대가 있다는 것을 그들은 몰랐던 것이다. 돌진하는 코끼리부대는 노도와 같아서 알렉산더 정복군의 주력인 장창부대를 거침없이 쓸어버렸다. 코끼리부대가 돌격하면 장창부대는 폭풍에 날리는 나무 이파리처럼 맥없이 흩어져 버렸다. 수시마 이복형이 딱사쉴라 부왕으로 가서 변방의 반란을 초기에 진압하지 못한 가장 큰 이유도 대신회의의 정보가 그들에게 흘러갔기 때문이었다. 아소까는 그 점을 경계하면서 딱사쉴라 대신들의 농간을 제압하고 반란군의 공격을 무산시켰던 것이다.

아소까왕의 군사는 짬빠성 안팎에 무사히 집결했다. 코끼리부대의 숫자는 오히려 늘어났다. 코끼리가 이동 중에 새끼를 낳은 것이었다. 기마부대의 말도 마찬가지였다. 호위대장이 보고했다.

"대왕님이시여, 코끼리는 열 마리가 늘었습니다. 또한 말은 다섯 마리가 늘어났습니다."

"상서로운 일이오. 새끼들은 짬빠성에 선물하시오. 이곳 브라만과 바이샤들이 오늘 군량미와 물자를 지원하기로 했소."

"새끼들은 전장터에 데리고 갈 수 없으니 탁월한 생각이십니다."

"여기서 이틀을 머문 뒤 이동하겠소. 군사들에게 충분한 휴식을 주고 배불리 먹게 하시오."

"예, 대왕님."

과연 정찰대장의 보고대로 짬빠성 아지비까교 브라만 수십 명과 부호 바이샤들이 아소까왕의 임시 군막으로 걸어오고 있었다. 브라만 우두머리가 아소까왕의 목에 하얀 짬빠까나무 꽃 목걸이를 걸어주고는 엎드려 절을 했다. 짬빠까나무 꽃향기가 임시 군막에 진동했다. 그러자 뒤에 서 있던 브라만들과 바이샤들도 엎드리면서 땅에 입을 맞추었다. 아소까왕을 존경한다는 표시였다.

깔링가국 진격

건기에 비가 내렸다. 건기에 한두 번 있을까 말까 한 아주 드문 일이었다. 땅을 촉촉이 적실 정도는 아니었지만 빗발이 옷을 적셨다. 군사들은 두 손을 번쩍 들고 만세를 불렀다. 건기의 비가 행운의 신을 부른다고 믿었던 것이다. 마우리야왕국 대군은 기세 좋게 짬빠성을 출발했다. 마하다니강 너머는 깔링가국 영토였다. 보병은 타고 온 전선에 다시 승선했다. 강가강을 따라서 남쪽으로 내려가다가 브라마뿌뜨라강을 만나는 지점에서 하선할 계획이었다. 그 지점부터 강가강은 동쪽으로 흘렀다. 두 강이 합류하는 그 지점이 마우리야왕국 대군의 2차 집결지였다. 짬빠성에서 충분한 휴식을 취한 코끼리부대와 기마부대도 2차 집결지로 향했다. 아소까왕은 짬빠성을 떠날 때부터는 보병과 함께하지 않고 대왕코끼리를 타고 지휘했다. 정찰대장이 아소까왕에게 달려와 보고했다.

"대왕님이시여, 2차 집결지는 안전합니다. 적들이 없습니다. 적들은 마하다니강 2요자나 밖 너머에 있습니다. 그런데 적들이 왜 마하다니강 멀리 있는지 이상합니다."

아소까왕이 말했다.

"우리는 적들이 어디에 있든 마하다니강부터 전투한다고 생각해야 할 것이오. 방심을 경계해야 하오."

옆에 있던 선봉대장이 말했다.

"대왕님이시여, 마하다니강을 건너는 우리 군사를 협공하기 위한 적들의 위장전술이 아니겠습니까?"

아소까왕이 대답하지 않자 정찰대장이 말했다.

"협공할 수 있는 장소는 아니오. 군사들이 은폐할 수 없는 벌판이오."

"경계병도 보이지 않소?"

"그렇소."

두 대장의 말을 듣고 있던 아소까왕이 말했다.

"적들은 다야강에서 배수진을 치고 있을 것이오. 다야강 앞에서 우리 대군이 가까이 오기를 기다리고 있을 것이오."

정찰대장이 다시 말했다.

"마하다니강은 깊고 다야강은 얕습니다. 그러니 더 이상합니다."

"적들이 배수진을 치고 싸우다가 불리해지면 바로 다울리 언덕으로 후퇴하여 유리한 지역을 선점하기 위해 그럴 것이오."

"그렇다면 적의 전투지휘소는 다울리 언덕 정상에 있을 것이 틀림없습니다."

"대장의 말이 맞소. 적들은 우리에게 밀리면 다울리 언덕을 성처럼 이용해서 싸울 것이오. 다울리 언덕 뒤쪽에는 최후 방어선을 치고 있는 적군이 또 숨어 있을 것이오."

정찰대장과 선봉대장은 아소까왕의 예상과 판단에 내심 놀랐다. 깔링가국 군사가 어떤 작전을 펼지 정확하게 예상하고 있기 때문이었다. 그러한 판단은 하루아침에 이루어진 것이 아니었다. 많은 전투 경험에서 기인한 것이었다. 20대 전 부왕 시절에 딱사쉴라와 옛 아완띠국 웃제니의 반란을 진압하면서 체득한 전술과 전략의 결과였다.

이윽고 마우리야왕국 대군은 2차 집결지에 모였다. 2차 집결지로 오는 동안 안전사고나 도망병은 단 한 사람도 없었다. 짬빠성에서 충분한 휴식을 취한 군사들은 사기가 한껏 올라 있었다. 아소까왕은 코끼리부대장을 불러 지시했다.

"이동식 법당 수레를 싣고 온 뗏목을 전투코끼리 옆구리에 묶으시오."

"수십 척의 뗏목을 다 그렇게 합니까?"

"그렇소."

호위대장에게는 강이 많은 깔링가국에서 군사들의 도강용으로 뗏목을 이용할 것이라고 말했지만 코끼리부대장에게는 아소까왕의 전술이 전달되지 않은 것 같았다. 코끼리부대장은 아소까왕에게 지시를 받은 대로 즉시 뗏목의 통나무들을 힘센 코끼리들 옆구리에 묶었다. 코끼리가 움직이는 데 속도가 조금 느려졌을 뿐 아무런 장애가 없었다. 대왕코끼리를 탄 아소까왕이 그제야 코끼리부대장에게 말했다.

"뗏목의 통나무들로 다리를 만들어 강을 건널 것이오."

"대왕님의 전술은 위대하십니다. 코끼리들이 어떻게 강을 건너갈 것인지 저는 고민하고 있었습니다."

아소까왕은 대장들에게 2차 집결지부터는 공격대형을 유지하도록 명을 내렸다. 기마부대, 코끼리부대, 보병부대, 이동식 법당 수레 순으로 움직였다. 대형은 즉각 전투를 치를 수 있는 독수리 날개 같은 횡대를 유지했다. 마침내 마우리야왕국 대군은 마하다니강 강변에 도착했다. 정찰대장의 보고대로 강변에는 적들의 경계병이 단 한 사람도 보이지 않았다. 다시 한번 더 정찰을 시켰지만 적의 그림자 하나도 보이지 않았다. 아소까왕이 대장들을 불러놓고 말했다.

"이것도 적의 유인작전이오. 그러나 여기서 지체하지 마시오. 보병은 즉시 마하다니강에 뗏목으로 다리를 만드시오."

"대왕님이시여, 적의 유인작전이 오히려 우리 군사를 이롭게 하는 것 같습니다."

"그렇소. 나라면 여기서 일전을 벌이겠소. 적은 우리에게 다리를 놓을 수 있도록 시간을 주고 있소."

"짬빠성을 떠날 때 비가 왔는데 행운의 신이 우리 군사를 도와주는 것 같습니다."

"뿐만 아니라 우리에게는 이동식 법당이 있소. 고따마 붓다께서 우리를 도와주실 것이오."

수십만 명의 보병이 나서서 다리를 가설했다. 아소까왕과 대장들은 이동식 법당 앞으로 가서 무릎을 꿇고 승리를 기원했다. 삿다 장로와 사문들이 경을 합송했다. 이동식 법당 수레에는 코끼리 두 마리가 묶여 있었다. 이동식 법당 앞에서 기도를 한 아소까왕은 일어나 대왕코끼리에 올라탄 뒤 호위대장을 앞세우고 순시를 했다.

보병 수만 명이 움직이기 때문에 다리 가설은 신속했다. 코끼리 옆구리에 묶어서 가져온 통나무들을 밧줄로 고정한 뒤 마하다니강에 놓기 시작했다. 고정시킨 뗏목들이 강 이쪽저쪽을 채우자 그대로 다리가 되었다. 그사이 코끼리들은 강물에 코를 박고 실컷 물을 마셨고, 군마들은 강변의 부드러운 풀을 뜯으며 배를 불리는 데 정신이 없었다. 이제는 마우리야왕국 대군이 강을 건너기만 하면 바로 전투에 돌입하는 상황이었다. 마하다니강 유역은 폭풍 전야 같은 분위기였다. 먹구름 같은 전운이 짙게 감돌았다.

한편 깔링가국 주력부대는 아소까왕의 예견대로 다야강 앞에서 배수진을 치고 있었다. 다야강 뒤쪽 다울리 언덕에 석성을 쌓고 깔링가국 군사와 백성들이 수성전으로 방어할 태세였고, 다울리 언덕 뒤 평원에서는 깔링가국 기마부대들이 타격전을 펼치기 위해 대기하고 있었다. 다리 가설이 끝나자마자 아소까왕이 대장들에게 명령했다.

"강을 건넌 뒤 모든 부대는 전투대형을 갖추고 공격하라!"

"예, 대왕님!"

"공격 순서는 기마부대, 코끼리부대, 보병 순이다. 나 아소까가 맨 앞에서 지휘할 것이다."

대왕코끼리를 탄 아소까왕이 먼저 다리를 건넜다. 그런데 대왕코끼리가 앞발을 들고 허공으로 솟구쳤다가 통나무를 밟았다. 대왕코끼리 앞발의 힘이 얼마나 센지 통나무 하나가 우지직하며 부러졌다. 순간적으로 대왕코끼리 앞발이 하나 강물에 빠졌다. 아소까왕은 앞으로 거꾸러질 뻔했지만 다행히 무사했다. 다만 오른쪽 옆구리에 찬 아소까왕의 칼이 강물에 빠져버렸다. 호위대장과 선봉대장이 쫓아왔다. 몸의 중심을 잡은 아소까왕이 말했다.

"애지중지하던 칼을 잃어버렸소."

"대왕님이시여, 군사들을 강물 속으로 들여보내면 바로 칼을 찾을 수 있을 것입니다."

"그럴 시간이 없소. 나에게는 이 장검이 있으니 상관없는 일이오."

선봉대장이 말했다.

"대왕님이시여, 그러긴 하오나 단검을 빠뜨린 것은 불길한 일입니다. 그러니 단검을 찾으신 뒤 적을 공격해도 늦지 않을 것입니다."

"깊은 강물 속에서 칼을 찾는다는 보장은 없소. 이상한 소문이 퍼져 군사들의 사기가 저하될지 모르오. 그러니 나는 이 일과 상관없이 공격을 개시하겠소. 북을 두드리게 하시오."

"예, 대왕님."

아소까왕이 먼저 마하다니강을 건너갔다. 북소리에 따라 기마부대가 건너왔다. 그리고 코끼리부대, 보병이 무사히 강을 건넜다. 아소까왕은 기마부대 한 중앙에서 긴 칼을 휘두르며 지휘했다. 대군을 따라오지 않는 것은 이동식 법당 수레뿐이었다. 사문들은 전투에 참가하지 않고 멀리서 무운을 비는 기도에 들어갔다. 물론 이동식 법당 수레 주변에도 수십 명의 보병 군사가 배치되어 적의 기습공격에 대비했다. 기마부대 10만 명은 뒤에 오는 보병을 감안해서 4열 전투횡대로 천천히 진격했다. 긴 기마부대의 끝은 구릉에 맞닿았다. 코끼리부대 9천 명이 흙먼지를 일으키며 동시에 움직이자 평원의 푸나무들이 일시에 흔들렸다. 보병들은 메뚜기 떼의 이동처럼 평원을 새까맣게 뒤덮었다. 탐망을 나갔던 정찰대장이 돌아와 아소까왕에게 보고했다.

"대왕님 말씀대로 적들은 다야강 앞에서 배수진을 치고 있습니다."

"규모는 어떠하오?"

"보병 주력부대만 10만 명은 될 것 같습니다."

"다울리 언덕의 군사는 어떻소?"

"주력부대만 궤멸시킨다면 다울리 공격은 수월할 것입니다. 지역주민인 토병이 대부분입니다. 다만 다울리 언덕 뒤에 있는 기마부대의 저항이 예상됩니다. 그러나 우리 대군을 당해내지는 못할 것 같습니다."

아소까왕은 전령을 시켜 호위대장과 선봉대장, 코끼리부대장을 불렀다.

"대장들을 이곳으로 오게 하라."

선봉대장은 기마부대를, 호위대장은 보병을 통솔하고 있었다. 잠시 후 대장들이 바로 달려왔다. 선봉대장이 말했다.

"대왕님이시여, 부르셨습니까?"

"정찰대장의 보고에 의하면 적 10만 보병이 다야강 앞에서 배수진을 치고 있는 것이 확실하오. 그러니 우리 기병 5만 명을 먼저 보내 공격하시오. 코끼리부대는 다야강을 바로 건너가 다울리 언덕 뒤에 있는 적의 기마부대를 궤멸시켜 버리시오. 호위대장은 보병으로 적의 산졸(散卒)을 소탕하고 난 뒤 다울리 언덕을 점령하시오."

명령을 받은 대장들이 원위치로 돌아갔다. 기마부대 1진 5만 명이 일제히 다야강을 향해 비호처럼 달려갔다. 기마부대장이 기마군사들에게 명했다.

"너희들 한 명의 칼에 적군 열 명의 피를 묻혀야 한다. 알겠느냐!"

기마부대 2진 5만 명은 보병 뒤로 돌아가 예비 기마부대로서 아소까왕의 지시를 기다렸다. 코끼리부대 9천 명도 바윗덩어리가 굴러가듯 무섭게 돌진했다. 코끼리 발에 잡목이 부러지고 흙먼지가 자욱하게 일었다. 마치 혹서기에 부는 흑풍 같았다. 코끼리부대장도 대원들에게 소리쳤다.

"쓰러진 적들을 모두 짓밟고 돌진하라!"

장창을 든 보병은 흙먼지 속에서 함성을 지르며 달려 나갔다. 호위대장은 군마를 타고 보병 속을 헤집고 다니며 소리쳤다.

"적들에게 용서는 없다. 보이는 대로 다 죽여라!"

사실 깔링가국 주력부대인 보병 10만 명은 아소까왕의 1백여만 명의 대군 앞에서는 흑풍에 나부끼는 나뭇잎 같은 전력일 수밖에 없었다. 아소까왕이 유인작전이나 포위전술, 지연전술을 쓰지 않고 속전속결의 전술로 정면돌파작전을 명령한 것은 바로 전력의 절대적인 우위를 믿기 때문이었다.

3장

다야강에 칼을 버리다

아소까왕의 기마부대 5만 명은 횡대대오로 다야강을 향해 진격했다. 1요자나 평야를 한나절 동안 달리자 깔링가국 군사의 창들이 번쩍번쩍했다. 깔링가국 군사들도 전투횡대로 방어를 하고 있었다. 거리가 가까워지면서 피아간 군사들의 전투대형 모습이 또렷해졌다. 깔링가국 군사 1진과 2진은 모두 무릎을 꿇은 채 장창을 앞으로 향하고 있었다. 3진과 4진, 5진은 활을 들고 방어했다. 마우리야왕국 기마부대 5만 명은 바람처럼 거침없이 달리다가 멈추었다. 기마부대장이 손을 들어 수신호를 보냈다. 순간, 깔링가국 보병이 쏘는 활들이 허공에서 비 오듯 쏟아졌다. 기마부대장이 전령에게 지시했다.

"활 공격이 주춤해질 때까지 공격을 멈추어라."

"대장님, 대왕님께서 탄 코끼리가 달려오고 있습니다. 지금 공격하지 않으면 대왕님께서 대노하실 것입니다."

"알았다. 공격하라!"

아소까왕의 기마부대 5만 명 중에 장창을 든 기마병이 먼저 달렸다. 깔링가국 군사들의 화살은 조금 전보다 위력을 발휘하지 못했다. 그러나 그것은 위장전술이었다. 기마부대 장창기병이 가까이 다가가자 일제히 화살 공격을 했다. 그러자 십여 마리의 군마가 화살을 맞고 나뒹굴었다. 기마병들도 목에 화살을 맞고 군마에서 떨어졌다. 깔링가국 보병의 방어가 뚫리기도 했지만 곧 뒤에 있던 2진의 군사가 앞으로 나와 방어대오를 복원했다. 아소까왕의 군사보다 숫자는 적지만 잘 훈련된 깔링가국 정예보병이었다. 아소까왕의 기마부대 장창기병은 일단 후퇴했다. 잠시 후에는 장검을 든 기마부대 기병들이 다시 공격했다. 그래도 깔링가국의 방어선은 뚫리지 않고 견고했다. 피아간에 살상자가 나기 시작했지만 반나절 동안 일진일퇴를 거듭했다. 2선에서 피아간의 공방을 보고 있던 아소까왕이 기마부대장을 불렀다.

"대장, 5만 명의 기병을 더 줄 테니 정면공격을 하면서 양쪽 측면도 공격하시오. 그러면 적들의 방어대오가 흐트러지면서 동요할 것이오."

1진 기마병들은 예비대로 빠졌던 2진이 올 때까지 전열을 가다듬었다. 군마와 군사를 조금 잃었지만 아직은 사기가 충천한 상태였다. 이윽고 2진이 오자마자 아소까왕은 기마부대 5만 명은 깔링가국 보병의 정면, 2진 5만 명은 두 부대로 나누어 양 측면을 공격하라고 명을 내렸다.

"두려워 말고 노도와 같이 공격하라!"

"적군은 예상치 못한 측면공격에 무너질 것이다!"

10만 명의 기마부대이므로 전술이 가능한 정면공격과 양동

작전이었다. 아소까왕의 명을 받은 10만 명의 기마병들은 깔링 가국 보병 10만 명을 세 군데서 일제히 공격했다. 그제야 깔링가 국 보병들이 정면방어만 하다가 갈팡질팡 흔들렸다. 한쪽 측면 이 무너지자 맥없이 방어대오가 무너졌다. 이윽고 기마병들이 장창과 긴 칼을 휘두르며 깔링가국 보병들의 목을 베기 시작했 다. 그러나 배수진을 친 깔링가국 보병들의 저항은 쉽게 꺾이지 않았다. 그때 대왕코끼리를 탄 아소까왕이 전령 참모를 불러 지 시했다.

"기마부대장에게 전하라! 전투코끼리가 돌진할 수 있도록 양옆으로 후퇴하라고 알려라!"

"예, 대왕님."

지시를 받은 기마부대 1진, 2진이 양옆으로 재빠르게 물러 섰다. 작전상 후퇴였다. 아소까왕은 기마부대가 깔링가국 보병 의 방어대오를 흔들어놓았기 때문에 다음 작전은 코끼리부대에 게 맡겼다. 코끼리부대 작전은 잔인했다. 비탈에서 바윗덩어리 를 굴리는 것처럼 인정사정없었다. 성난 전투코끼리들은 쓰러 진 깔링가국 보병들을 짓밟고 종횡무진 미친 듯이 달렸다. 그러 자 피투성이가 된 깔링가국 보병들의 다리와 팔이 으깨어지고 배가 터져 긴 창자들이 허옇게 튀어나왔다.

다야강 강물이 깔링가국 보병들의 핏물로 붉어졌다. 그러 나 깔링가국 보병들은 강했다. 다야강 건너편으로 물러서서 전 열을 재정비한 뒤 방어선을 쳤다. 아소까왕의 기마병들이 공격을 하다가 지쳐버릴 정도였다. 다야강을 건너지 못한 깔링가국 보병들은 화살이 떨어지자 방패와 장창을 들고 옥쇄작전을 폈다. 마치 고슴도치처럼 둥그렇게 진을 짜고 장창을 휘두르며 아소까왕의 기마병과 코끼리부대 군사와 맞섰다. 아소까왕이 진노했다.

"마우리야왕국 군사가 얼마나 위대한지 보여주마!"

아소까왕이 진노하자 코끼리부대와 기마부대가 더 거세게 번갈아 가며 공격했다. 그때마다 깔링가국 보병의 둥그런 진은 점점 작아졌다. 살상자들의 핏물이 강변 모래밭까지 붉게 적셨다. 깔링가국 정예보병의 전세는 오후 늦게야 꺾였다. 석양이 기울 무렵이었다. 이윽고 아소까왕은 후선에 대기하고 있던 보병 30만 명을 투입했다. 아소까왕의 대군은 저항할 힘을 잃어버린 깔링가국 잔병을 소탕했다. 깔링가국 잔병들은 짐승처럼 쫓기다가 참혹하게 죽어갔다. 아소까왕에게 기마부대장이 달려와 보고했다.

"대왕님이시여, 다야강 건너편에서 저항하던 보병도 토멸했습니다."

"수고했소. 다울리 언덕 정상의 적군 지휘소는 어떻소? 그곳에 아직도 총사령관인 왕이 있지 않소?"

"다울리성의 적군은 독 안에 든 쥐나 다름없습니다. 우리 군사가 포위하고 있으니 그들에게는 퇴로가 없습니다. 그러나 날이 저물고 있으니 오늘은 넘겨야 할 것 같습니다."

"알았소."

다울리 언덕 뒤 깔링가국 도시의 동태를 살피고 돌아온 정찰대장이 보고했다.

"적 기마부대는 민가를 의지해 은폐하고 있습니다."

"그건 화공작전으로 소탕할 수 있으니 잘됐소."

아소까왕은 깔링가국 기마부대가 민가에 숨어 있다는 보고를 듣고는 화공작전을 생각했다. 불을 지르면 깔링가국 기마부대의 기동성은 사라지고, 주민들도 살려고 도망쳐 나올 뿐 기마병들에게 별 도움을 주지 못할 것이었다. 다야강 강변을 완전히 장악한 아소까왕 대군은 보병만으로 다울리성을 몇 겹으로 에워쌌다. 깔링가국 왕이자 총사령관이 밤사이에 퇴로를 만들어 탈출할 수도 있기 때문이었다. 아소까왕은 대장들을 임시 군막으로 불러놓고 차후 공격작전 회의를 했다. 아소까왕이 말했다.

"다울리 언덕을 가능한 한 빨리 점령하시오. 나는 적의 왕이 머물렀던 다울리성을 나의 지휘소로 삼겠소."

"먼동이 트는 시각에 보병을 투입하겠습니다."

"그렇게 하시오. 기마부대나 코끼리부대는 평야지대에서 힘을 발휘하지만 다울리 언덕에서는 보병만 못할 것이오."

아소까왕은 보병부대장에게 새벽 공격을 허락했다. 코끼리부대장이 말했다.

"저희들은 기마부대와 함께 다울리 언덕 뒤편에 있는 도시를 공격하겠습니다."

"그럴 필요는 없소. 나는 도시를 다 불태워 버릴 것이오."

"대왕님이시여, 우리에겐 포로도 필요합니다. 빠딸리뿟따 외성을 완성하려면 많은 포로가 필요합니다."

"좋소. 내일은 오늘처럼 다 죽이지 않고 항복하는 적군이나 주민들은 포로로 삼겠소."

아소까왕은 호위대장의 제안을 받아들였다. 그런데 작전회의를 막 끝낼 무렵이었다. 경비대장이 다울리성을 수성하고 있던 깔링가국 총사령관을 데리고 왔다. 왕의 신분인 그는 아소까왕을 보자마자 무릎을 꿇었다. 아소까왕이 말했다.

"적장이 무슨 일로 나를 만나려고 하는 것이오?"

"대왕께 용서를 빌고자 찾아왔습니다."

"그대는 왜 나에게 용서를 받고자 하오?"

"나는 두 가지 죄를 지었소. 첫째는 나의 군사들을 사지로 몰아넣은 죄를 지었고, 두 번째는 마우리야왕국 위대한 대왕께 복종하지 않은 죄를 저질렀소."

아소까왕의 얼굴에 희미한 미소가 흘렀다.

"어떻게 용서를 받고 싶소?"

"나를 죽이시오. 대신 깔링가국 모든 백성들을 살려주시길 바라오."

"신하들과 상의하고 스스로 걸어온 것이오?"

"그렇소. 다야강에서 죽어가는 나의 군사들을 보고 더 이상 싸운다는 것은 무의미할 뿐임을 대장들에게 말했소. 이 전쟁이야말로 나의 허망한 욕망이라고도 말했소. 대왕의 칼에 죽더라도 나는 기도할 것이오. 불교 신자로서 다음 생에는 무사계급인 끄샤뜨리야로 태어나고 싶지 않다고 말이오."

"그대는 진정 고따마 붓다를 믿는 것이오?"

"나뿐만 아니라 깔링가국 백성들은 대왕의 나라와 달리 대부분 붓다의 가르침을 믿고 있소."

"나도 승가의 보호자에서 고따마 붓다를 믿는 믿음의 상속자가 된 사람이오. 나를 찾아온 것을 보니 그대의 말은 진심인 것 같소. 그러나 다울리 언덕 뒤편 도시에 숨어 있는 그대의 군사는 후환을 없애야 하니 나로서는 어쩔 수 없소. 나는 불을 질러 도시를 없애버리겠소."

"대왕이시여, 나에게 시간을 주시오. 나의 부하들을 만나서 설득하겠소. 싸우지 않고 이기는 것이 최상의 승리가 아니겠소?"

"그대를 믿어보겠소."

깔링가국 군대의 총사령관이자 왕인 그가 나가자 정찰대장이 고개를 갸웃거렸다.

"대왕님이시여, 믿을 수 있겠습니까?"

"붓다의 제자라고 하니 어쩌겠소? 그가 돌아온다면 약속한 대로 반드시 내 칼을 받을 것이오. 대신 나는 그와 약속한 대로 깔링가국 백성들을 모두 살려줄 것이오. 다만 살아 있는 군사만 포로로 데리고 가겠소."

다음 날 새벽. 깔링가국 총사령관과 함께 온 그의 기마부대장도 아소까왕 앞에서 무릎을 꿇었다. 아소까왕은 자신 앞에 나타난 깔링가국 총사령관과 어젯밤에 한 약속을 철회할까도 생각했지만 그렇게 하지 못했다. 왕과 왕이 한 말은 나라와 나라의 약속이기 때문이었다. 아침 해가 뜨자마자 호위대장이 다야강 강변에 깔링가국 왕이자 총사령관을 처형할 사형장 자리를 닦았다. 그때 아소까왕은 대왕코끼리를 타고 다울리성 언덕 뒤편의 도시를 돌고 있었다. 위험하므로 수십 명의 기마병을 거느린 기마부대장이 앞섰고, 수십 명의 경계병을 지휘하는 경비대장이 뒤따랐다. 아소까왕이 말했다.

"저 아이는 왜 이른 아침부터 노래를 부르고 있는 것이오?"

"대왕님이시여, 노래를 부르는 것이 아닙니다. 부모를 잃고 울부짖는 아이입니다."

"저 노파는 왜 웃고 있는 것이오?"

"어제 다야강 전투에서 아들을 잃고 미쳐버린 노파일 것입니다."

아소까왕은 다울리 언덕을 돌아 다야강 강변으로 나왔다. 다야강 강변은 도시보다 더욱 참혹했다. 여기저기에 찢긴 시신들이 널브러져 있었다. 까마귀 떼들이 몰려와 까악까악 음산하게 우짖었다.

"대장, 여기에 있는 시신들은 얼마나 되오?"

"대적한 적군 보병이 10만 명이었으니 시신도 10만 안팎일 것입니다."

"깔링가국 왕의 말을 이제야 이해할 것 같소. 그는 내게 자기 군사를 사지로 몰아놓은 죄를 저질렀으니 자청해서 죽여달라고 말했소."

"패전한 총사령관이자 왕이니 당연히 대왕님 칼에 죽어야 합니다."

"살아남은 적군은 얼마나 되오?"

"15만 명입니다. 그것도 왕이 항복해서 살아난 목숨입니다. 포로로 삼아 빠딸리뿟따까지 압송할 것입니다."

"호위대장."

"예, 대왕님."

"나는 선왕의 숙원인 깔링가국 정벌을 완수했소. 깔링가국 왕이 항복했으니 나는 완벽하게 승리를 한 것이오."

"대왕님이시여, 선왕의 숙원을 해결하셨으니 얼마나 기쁘십니까?"

그러나 아소까왕의 얼굴은 어두웠다. 호위대장이 자신의 눈을 의심할 정도로 아소까왕의 표정은 슬프기까지 했다. 아소까왕이 말했다.

"그렇지 않소. 미쳐버린 노파와 울부짖는 아이들, 까마귀 떼를 부르는 피투성이의 시신들, 살아남았다는 이유로 포로가 되는 군사들이 나의 마음을 무겁게 하고 있소. 나는 지금 큰 충격에 빠져 있소."

이윽고 아소까왕은 사형장이 만들어진 강변으로 갔다. 사형장 앞에는 마우리야왕국 대군이 질서정연하게 도열해 있었다. 사형장에서 적장의 목을 베는 것을 보여주는 의식은 군사들에게 승리의 쾌감을 주는 최고의 선물이었다. 깔링가국 왕이자 총사령관이었던 그의 두 눈은 검은 천으로 가려졌고 두 손과 발은 밧줄에 묶여 있었다. 아소까왕은 마우리야왕국 총사령관이자 대왕으로서 위엄을 지키기 위해 망설이지 않았다. 손에 들고 있던 긴 칼을 쳐들었다. 긴 칼이 아침 햇살에 번쩍였다. 순식간에 깔링가국 왕의 목이 땅바닥에 떨어졌다. 아소까왕은 피 묻은 칼을 칼집에 넣지 않고 "내 것이 아니니 받으시오" 하고 호위대장에게 주었다. 행운의 단검처럼 항상 왼쪽 옆구리에 차고 있던 칼은 다야강에 던져버렸다. 그런 뒤 아소까왕의 입에서 나온 소리는 도열해 있던 군사를 놀라게 했다.

"나의 군사들이여, 나는 오늘 애지중지하던 칼을 다야강에 버렸다. 칼은 결코 나에게 기쁨을 주지 못하기 때문이다. 놀라지 마라. 나는 오늘 이후부터 칼 대신 담마로 세계를 정복할 것이니라. 담마는 우리 모두에게 기쁨을 주기 때문이다."

대장들이 한동안 어리둥절해 있다가 아소까왕 앞으로 나와 무릎을 꿇었다. 그러자 이동식 법당 수레 책임자 삿다 장로가 나와 짧게 외쳤다.

"고따마 붓다께서 말씀하셨습니다. '나는 위없는 가르침의 왕으로 진리의 수레바퀴를 굴린다오. 거꾸로 돌릴 수 없는 수레바퀴를 굴린다오'라고. 고따마 붓다의 진리를 따르고 의지하는 대왕님을 우리 사문들은 전륜성왕이라고 부릅니다."

칼을 버리고 담마의 수레바퀴를 굴리겠다는 아소까왕을 찬탄하는 삿다 장로의 짧은 법문이었다.

담마의 정복자

깔링가국 왕을 처형한 아소까왕은 군사들에게 휴식을 주었다. 다야강 강변 임시 군막에서 보병들은 잠을 자거나 부러진 장창을 보수했다. 코끼리부대는 회군을 염두에 두고 전투코끼리들을 강변 초지에 방목했다. 기마부대는 다울리 언덕 뒤편 도시 변두리로 나가 포로 15만 명을 감시하면서 휴식했다.

깔링가국 도시의 바이샤나 수드라들은 끄샤뜨리야와 달리 마을에 불을 지르지 않은 아소까왕에게 호의적이었다. 아소까왕이 '승가의 보호자'이면서 '믿음의 상속자'라는 소문이 돌면서 호감을 갖는 마을 주민들이 생겨났던 것이다. 깔링가국이 본래 불교 신자가 대부분인 나라였으므로 나타난 현상이었다. 그들은 마우리야왕국 백성이 되더라도 고따마 붓다의 가르침에 의지할 수 있다며 은근히 안도했다.

아소까왕은 다울리 언덕에서 참모와 대장들을 불러 날마다 자축연을 열었다. 언덕 정상에 있는 성으로 들어가지는 않았다. 성안에 깔링가국 왕과 백성들이 예배를 보던 성스러운 붓다의 나무가 있기 때문이었다. 붓다의 나무는 나뭇잎이 심장 모양으로 생긴 삡팔라나무 고목이었다. 3일째 되는 날의 자축연에는 삿다 장로도 참석했다. 아소까왕은 코끼리부대장에게 명령해 이동식 법당 수레를 다울리 언덕까지 끌고 오게 하는 등 삿다 장로에게 정중한 예를 갖추었다.

"삿다 장로시여, 일전에 들었던 수레바퀴 법문을 다시 듣고 싶어 이 자리에 모셨소. 더 긴 법문을 해줄 수 없겠소?"

"대왕이시여, 사문은 그렇게 하겠습니다."

그때 호위대장이 말했다.

"대왕님, 법문을 듣기 전에 한 말씀 여쭈어도 되겠습니까?"

"말해보시오."

"이곳에 전차부대까지 왔으면 대왕님의 위엄이 더욱 빛났을 것이라고 생각합니다."

"내가 마하다니강을 건널 때 대왕코끼리를 타고 가다 넘어질 뻔해서 그런 것이오?"

"아닙니다. 대왕님은 그 어떤 군사보다 코끼리를 능수능란하게 잘 다루셨습니다."

"그렇다면 무엇이오?"

"마우리야왕국 사군(四軍) 모두가 이 승리의 기쁨을 맛본다면 얼마나 좋을까, 하는 생각을 하고 있습니다."

"전차부대를 사랑하는 대장 마음이 느껴지오. 대장은 친위대장이 전차부대를 맡기 전까지 그들을 지휘했으니 말이오."

아소까왕은 호위대장의 마음을 이해했다.

"사군 중에서도 전차부대는 대왕님의 권위이자 특별한 위엄입니다."

아소까왕이 가까운 지방으로 순행할 때는 전차부대가 호위하고 위엄을 과시했다. 뿐만 아니라 우기가 되면 아소까왕은 일산을 고정시킨 대왕코끼리를 타지 않고 군마 네 마리가 끄는 전차를 이용했다. 전차는 대가(大駕) 전체가 구리로 된 쇳덩어리였다. 수레바퀴까지 구리로 만들어져 견고했다. 드넓은 초원에서는 수레바퀴가 땅에서 뜬 채로 달려 더 빠른 속도를 냈다. 물론 이와 같은 전차는 잠부디빠에만 있는 것은 아니었다. 잠부디빠 북쪽 히말라야 설산 너머의 땅인 진나라에도 있었다. 진나라 백성들은 진시황이 타는 전차를 동거마(銅車馬)라고 불렀다. 구조는 아소까왕이 타는 전차와 엇비슷했다.

"대장, 전차부대가 여기까지 오기에는 너무 먼 거리가 아니겠소? 전차부대가 아니라도 나의 권위와 위엄은 이미 드러났소. 그러니 삿다 장로의 법문을 듣기 위해 이동식 법당 앞으로 갑시다. 장로시여, 나는 물론 우리 대장들에게 수레바퀴 법문을 다시 해주시오."

"예, 대왕이시여."

아소까왕과 삿다 장로 등은 연회장으로 사용하는 군막에서 나와 이동식 법당 수레가 있는 곳으로 갔다. 수레 너머에는 작은 고깔처럼 생긴 주황색 빠또리아꽃들이 주렁주렁 피어 있었다. 빠또리아꽃 뒤로는 나무들이 울울했다. 나무 이파리들은 아소까가 동생 비가따소까에게 선물 받은 뒤부터 줄곧 왼쪽 옆구리에 차고 있다가 다야강에 던져버린 칼 같았다.

　이동식 법당에 오른 삿다 장로가 법문을 시작했다. 아소까왕은 일산 아래 코끼리가 조각된 의자에 앉았다. 반면에 대장과 참모, 부관들은 정수리에 쏟아지는 오후 햇살을 그대로 받으며 삿다 장로를 주시했다.

　"대왕님께서는 위대한 사군을 거느리고 있습니다. 강력한 사군을 거느린 대왕을 전륜성왕이라고 부릅니다. 사군이란 아시다시피 코끼리부대, 기마부대, 전차부대, 보병부대입니다. 고따마 붓다께도 사군이 있었습니다. 대왕님께 사군이 있는 것처럼 고따마 붓다께는 사성제가 있었던 것입니다. 고성제, 집성제, 멸성제, 도성제가 그것입니다. 붓다께서 네 가지 거룩한 진리, 사성제를 설했을 때의 모습은 전륜성왕이 사군을 거느리고 적국의 성문 앞에 있는 것과 같았습니다. 붓다께서 법을 설할 때 제자들은 법의 수레바퀴를 굴린다고 여기어 법륜(法輪)이라고 하였습니다. 왜 전륜성왕이라고 부를까요? 왜 '수레바퀴를 굴리는 왕'이라고 하였을까요? 대왕의 수레바퀴는 대왕의 권위를 나타냈습니다. 대왕의 수레바퀴가 굴러갈 때 적군이 막지 않거나 막을 수 없다면 적군은 항복하는 것이었습니다. 전륜성왕의 수레바퀴를 막을 나라는 어느 곳에도 없습니다. 전륜성왕이 막강한 사군을 거느리고 적국의 성문 앞까지 가면 적은 성문을 열어주지 않을 수 없었습니다. 붓다께서는 법의 수레바퀴를 굴리는 왕

162

입니다. 붓다의 말씀은 곧 진리입니다. 전륜성왕이 수레바퀴를 멈출 수 없듯이 누구도 붓다가 굴리는 담마의 수레바퀴를 막을 수 없습니다. 붓다의 진리를 아무도 반대하지 못합니다. 붓다께서 사성제와 팔정도를 설하시면 누구도 거역할 수 없습니다. 전륜성왕에게 성문을 열어주었듯 누구도 아무런 저항 없이 붓다의 진리를 받아들여야 합니다. 이와 같이 붓다께서는 《초전법륜경》에 나와 있듯 어떤 사람도 멈출 수 없는, 위없는 가르침의 수레바퀴를 굴리셨습니다. 그것도 오직 앞으로만 구르는 수레바퀴입니다. 붓다께서 게송으로 말씀하신 바도 있습니다.

쎌라여,
나는 위없는 가르침의 왕으로
진리의 수레바퀴를 굴립니다.
거꾸로 돌릴 수 없는 수레바퀴를.

붓다의 수레바퀴는 오직 소나 말의 수레처럼 앞으로만 굴러갑니다. 그래서 고따마 붓다를 '거꾸로 돌릴 수 없는 수레바퀴'라고 부르는 것입니다.

《어리석은 자와 현명한 자의 경》의 가르침입니다. 전륜성왕의 사군은 동서남북의 대륙을 정복합니다. 칼에 피를 묻히지 않고 정복합니다. 칼에 피를 묻히면 전륜성왕이 될 수 없습니다. 경에도 '전륜성왕은 큰 바다에 이르기까지 대륙을 정복하되 몽

둥이를 사용하지 않고 칼을 사용하지 않고 정법을 사용한다'라는 구절이 있습니다. 경에 나와 있듯 적국 왕은 성문을 열어주면서 말합니다. '대왕이여, 어서 오시오. 대왕이여, 환영합니다. 대왕이여, 모두가 그대의 것입니다.' 그런데 놀라운 것은 적국 왕이 다음과 같이 말합니다. '대왕이여, 교칙을 내려주십시오.' 이때 전륜성왕은 말합니다. '살아 있는 생명을 죽이지 마라. 주지 않는 것을 빼앗지 마라. 사랑을 나눔에 잘못을 범하지 마라. 어리석은 거짓말을 하지 마라. 취하게 하는 것을 마시지 마라. 먹기에 적당한 것을 먹어라.' 전륜성왕은 동서남북 세상을 정복하되 붓다의 진리로 정복하는 대왕입니다. 대왕이시여, 대왕님께서는 다야강에 칼을 버리시면서 '나는 오늘 이후부터 칼 대신 담마로 세계를 정복할 것이니라. 담마는 우리 모두에게 기쁨을 주기 때문이다'라고 말씀하셨습니다. 이는 사문이 지금까지 설한 바대로 대왕님께서는 마우리야왕국 대군 앞에서 전륜성왕이 되기를 맹세하신 것입니다."

샷다 장로가 수레바퀴에 대한 법문을 설하고 나자, 아소까 왕은 즉시 그에게 다가가 말했다.

"장로의 고향이 어디오?"

"사문의 고향은 바로 여기 깔링가국 라따나기리입니다."

"오, 나는 사문의 나라를 정벌하러 왔는데 따라오면서 괴롭지는 않았소?"

"그렇지 않았습니다. 목갈리뿟따띳사 장로께 사문이 나서

164

서 자원했습니다. 사문은 대왕님께서 '믿음의 상속자'이시니 마우리야왕국이든 깔링가국이든 어디를 가시든 같다고 생각했습니다. 깔링가국 백성들은 곧 망국의 슬픔을 잊고 대왕님의 백성이 될 것입니다. 더욱이 대왕님께서는 칼을 버리고 담마의 대왕인 전륜성왕이 되시기로 맹세했습니다."

"장로의 소원은 무엇이오? 어디에 살고 싶소?"

"아소까라마로 돌아가도 좋고, 이곳에 남아 붓다의 가르침 속에 살아도 그만입니다. 사문에게는 붓다의 가르침을 펴는 곳이 고향입니다."

"나는 장로를 돕고 싶소."

"사문이 도움을 받기에 합당하다면 영광이겠습니다."

아소까왕은 잠시 침묵했다. 그런 뒤 삿다 장로를 보고 말했다.

"장로께서는 이곳에 남아도 좋다고 했소. 고향이 라따나기리라고 말했소. 아소까라마를 지어 목갈리뿟따띳사 장로에게 맡겼듯 나는 라따나기리라마를 지어 장로에게 맡기고 싶소."

"사문이 태어난 고향 라따나기리에 사원을 지어주신다면 더없는 영광이겠습니다."

"깔링가에 붓다의 가르침을 믿는 사람들이 많은 이유는 무엇이오?"

"고따마 붓다께서는 일찍이 사문의 고향 라따나기리에서뿐만 아니라 가까운 거리에 있는 우다야기리, 랄리따기리에서

법을 설한 적이 있습니다. 그런 인연으로 깔링가 백성들 대분분이 불교 신자가 된 것입니다."

"나는 '믿음의 상속자'로서 반드시 라따나기리와 우다야기리, 랄리따기리를 순례할 것이오. 그리고 내가 다녀간 표시로 탑을 세울 것이오. 장로에게 약속하겠소."

"대왕이시여, 붓다께서 다녀가신 우다야기리, 랄리따기리에도 사원을 지어주십시오. 우다야기리라마와 랄리따기리라마가 지어진다면 그곳에서도 붓다의 담마 수레바퀴가 힘차게 구를 것입니다."

아소까왕은 즉시 호위대장에게 지시했다.

"깔링가 왕실의 모든 창고는 이제 나의 것이 되었소. 그러니 왕실 창고들의 모든 식량과 보석들을 꺼내 라따나기리라마, 우다야기리라마, 랄리따기리라마를 짓는 데 지원을 아끼지 마시오. 호위대장은 이곳에 남아 세 곳의 사원들이 완공될 때까지 감독하시오. 나는 그대에게 보병 10만 명을 주어 라따나기리에 주둔하도록 명할 것이오."

"보병 10만 명이면 세 곳의 사원은 2년 안에 완공될 것입니다."

호위대장은 보병을 동원해 3년 동안 아소까라마를 지으면서 공사를 감독한 경험이 있는 장군이었다. 아소까라마를 지을 때 수십 기의 거대한 가마에 황토벽돌을 구워 사문들의 예배공간인 차이티아, 거주공간인 비하르, 사문들의 작은 숙소인 꾸띠들을 수십 채 조성했던 것이다.

아소까왕은 샷다의 법문을 듣고는 몹시 흡족해했다. 전륜
성왕이 어떤 대왕인지 확실하게 이해했기 때문이었다. 담마의
수레바퀴를 앞으로만 굴리는 위인은 고따마 붓다와 전륜성왕뿐
이라는 것을 분명하게 깨달았던 것이다.

샷다는 즉시 다울리 언덕을 떠나 고향인 라따나기리로 갔
다. 라따나기리는 켈루오강 강변 언덕에 있었다. 그리고 우다야
기리는 라따나기리에서 1요자나쯤 떨어진 서쪽에, 랄리따기리
는 서남쪽에 있었다. 그런데 샷다가 고향 라따나기리에 도착했
을 때 자신이 어린 시절을 보낸 마을은 폐촌이 되어 마을 사람들
은 단 한 사람도 없었다.

우빠굽따와 재회

우기에 접어든 빠딸리뿟따성에 하루 종일 비가 내렸다. 비가 퍼붓기 시작하자 내성과 외성 안팎의 거리는 사람들의 왕래가 뜸해졌다. 목갈리뿟따띳사 장로는 아소까라마 회랑에 서서 쏟아지는 장대비를 바라보고 있었다. 차이티아로 기도하러 가야 하는데 장대비가 발걸음을 막았다. 회랑을 나서는 순간 황색 가사가 굵은 빗줄기에 바로 젖어버릴 것 같았다. 그런데 그때 수행자들의 작은 숙소인 꾸띠 너머에서 한 사문이 장대비를 맞으면서 걸어오고 있었다. 목갈리뿟따띳사에게는 낯선 사문이었다. 아소까라마에 상주하는 사문은 아닌 듯했다. 낯선 사문이 장대비를 피해서 회랑으로 들어섰다. 비를 흠뻑 맞은 사문은 정수리에서 흘러내리는 빗물 때문에 잠시 눈을 뜨지 못했다. 목갈리뿟따띳사가 다가가서 말했다.

"나는 목갈리뿟따띳사라고 하오. 사문께서는 어디서 오시는 길입니까?"

"웨살리의 고따마 붓다 유적지를 순례하고 이곳에 왔습니다. 소승은 우빠굽따라고 하오."

목갈리뿟따띳사는 깜짝 놀랐다.

"사나와시 아라한의 제자 우빠굽따 장로시란 말입니까?"

"그렇습니다."

목갈리뿟따띳사는 우빠굽따가 아소까라마에 와 있다는 사실이 믿어지지 않았다. 마투라 지역의 사문들에게 가장 존경받고 있는 비구가 우빠굽따였는데, 소문으로만 들어왔던 장로가 눈앞에 있으니 놀라지 않을 수 없었다. 아소까왕이 자신을 불러 아소까라마를 맡아달라고 했을 때였다. 목갈리뿟따띳사는 거절하면서 우빠굽따를 추천한 일이 있었던 것이다.

"장로시여, 우기에도 만행을 하십니까?"

"저는 고따마 붓다께서 다녀가셨던 도시와 마을을 순례하고 있습니다. 저는 붓다께서 그러하셨듯이 어느 한 곳에 오랫동안 머무르지 않습니다. 저에게는 순례가 곧 수행이지요."

"오, 아난다 존자를 존숭해 온 장로가 분명하군요."

"스승님 가풍을 따르고 있습니다."

"그대의 스승 삼부타 사나와시 아라한께서 아난다 존자를 존숭했듯 저는 우빨리 존자를 흠모하고 있다오."

우빨리 존자는 까삘라성 이발사 출신으로서 고따마 붓다의 제자들 가운데 지계 으뜸이라는 비구였다. 목갈리뿟따띳사 역시 마우리야왕국에서 최고의 율사라고 존경받는 장로였다.

"빠딸리뿟따성에도 붓다께서 다녀가셨기에 며칠 머물다가 떠나려고 합니다."

"어디로 가실 예정이오?"

"붓다께서 열반에 드셨던 꾸시나가라로 갑니다."

목갈리뿟따띳사가 고개를 흔들며 말했다.

"우기에 순례하는 것은 위험합니다. 강물에 휩쓸려 갈 수 있으니 아소까라마에서 우기를 보내고 떠나시오."

"저는 우기와 건기, 혹서기를 가리지 않고 순례해 왔습니다. 순례하면서 붓다와 아난다 존자가 남긴 그림자를 찾는 것만으로도 무한한 행복을 느껴왔지요."

"장로께서 느끼는 행복을 아소까대왕님께 나눠줄 수는 없겠소? 대왕님께서는 담마로 세상을 다스리시겠다고 선언했다오. 대왕님께서는 저를 자주 왕궁으로 불러 법문을 들으시고 있지요."

목갈리뿟따띳사가 아소까왕을 들먹이자 우빠굽따는 다소 놀랐다.

"대왕님 소식을 어떤 사문에게 들었습니다만."

"대왕님을 아십니까?"

"그렇습니다. 뵌 적이 있지요. 십수 년 전입니다. 꼬삼비에서 뵀지요. 대왕님께서는 옛 아완띠국 부왕이 되시어 웃제니로 가시는 길이었고, 저는 붓다께서 두 해 머무셨던 꼬삼비에 있었습니다."

"아, 잘되었소. 대왕님께서 기뻐하실 것입니다. 제가 대왕님을 뵐 수 있도록 주선하겠소."

우빠굽따는 거절하지 않았다. 문득, 당시 18세였던 아소까

부왕의 풋풋하고 당당한 모습이 떠올랐다. 반얀나무 이파리들이 달빛에 반짝이는 밤이었다. 아소까 부왕이 꼬삼비의 꾹꾸따라마 터로 찾아와 야무나강 안개가 어깨를 적실 때까지 우빠굽따는 법문을 해주었던 것이다. 뿐만 아니라 다음 날 볶음밥과 짜빠띠, 망고와 포도 등의 과일이 차려진 아침 공양을 받았는데, 그것까지도 새삼 기억이 났다. 그제야 목갈리뿟따띳사는 고백했다.

"사실은 대왕님께서 아소까라마를 맡아달라고 하셨을 때 저는 조건을 달았습니다."

"무슨 조건이었습니까?"

"언젠가 우빠굽따 장로께서 아소까라마를 맡아주신다면 그때까지만 있겠다고 말씀드렸지요."

"하하하. 그건 불가능한 얘기입니다. 저는 붓다와 아난다 존자가 끝없이 길을 걸으셨듯이 숨이 다할 때까지 순례를 멈추지 않을 것입니다. 그러니 아소까라마를 맡을 수 없는 것입니다."

"알겠소."

목갈리뿟따띳사는 우빠굽따의 강한 순례 의지를 확인하고는 더 이상 아소까라마 이야기는 꺼내지 않았다. 빗발이 가늘고 성글어졌다. 우빠굽따는 목갈리뿟따띳사를 따라서 비하르로 갔다. 목갈리뿟따띳사는 방 하나를 우빠굽따에게 내어주고는 황색 가사 한 벌을 빌려주었다.

"여기서 쉬고 계십시오. 제가 대왕님을 뵙고 오겠습니다."

"고맙습니다."

비하르는 사문들이 집단으로 거주하는 승원이었다. 장로급이 되어야만 움막 같은 꾸띠를 한 채씩 받아 홀로 수행하는 것 같았다. 그러니까 외부에서 온 사문이 꾸띠를 차지하는 예는 드물 터였다. 대중들 대부분은 비하르로 가서 합숙했다. 우빠굽따는 아소까라마의 규모를 보고 새삼 경외감이 들었다. 차이티아와 비하르, 꾸띠가 수백 동에 이르렀다. 지금까지 자신이 순례해 오면서 보았던 사원의 규모 가운데 아소까라마가 가장 컸다. 한 사문이 오더니 우빠굽따 발밑에 엎드리며 입을 맞추었다.

"장로시여, 방금 목갈리뿟따띳사 스승님에게 이야기를 들었습니다. 마투라에서 오신 장로님이라고 들었습니다. 여기 계시는 동안 불편한 점이 있다면 소승에게 말씀해 주십시오."

"불편하더라도 참아야지요. 머물 수 있도록 허락해 주신 것만 해도 고마운 일입니다."

"저는 마힌다 비구라고 합니다. 언제든지 부르신다면 도와드리겠습니다."

"아소까라마는 대왕님께서 조성하신 사원입니까?"

"예, 그러나 원래 이곳에는 꾹꾸따라마가 있었습니다. 꾹꾸따라마를 개보수한 사원이 아소까라마입니다."

"꾹꾸따라마라고 했소?"

"장로시여, 왜 놀라십니까?"

"제가 꼬삼비에서 대왕님을 처음 뵀던 곳도 꾹꾸따라마 터였습니다."

"어째서 꾹꾸따라마가 꼬삼비와 빠딸리뿟따에 있었을까요?"

"아마도 꾹꾸따 부호 상인이 꼬삼비와 빠딸리뿟따를 오가며 장사하지 않았나 하는 생각이 드는군요."

고따마 붓다 시절에는 부호 상인을 장자라고 불렀는데, 꾹꾸따라는 장자가 거금을 보시하여 지은 사원이 꾹꾸따라마였을 것이 틀림없었다. 아마도 꾹꾸따는 강가강을 이용해 각 지방의 특산물을 상선에 싣고 운송하며 장사를 크게 했던 부호 상인이었음이 틀림없었다. 마힌다는 끝내 아소까왕이 자신의 아버지라는 사실을 우빠굽따에게 밝히지 않았다. 세속의 인연을 끊고 출가했기 때문에 굳이 우빠굽따에게 밝힐 필요가 없었던 것이다. 목갈리뿟따띳사가 왕궁에 갔다가 돌아오자 마힌다는 슬그머니 물러났다. 목갈리뿟따띳사가 말했다.

"대왕님께서는 장로를 분명하게 기억하고 계십니다. 빨리 만나고 싶다고 하오."

"벌써 십수 년이 흘렀는데도 대왕님께서 기억하고 계시다니 놀랍습니다."

"어서 왕궁으로 들어가시지요. 대왕님께서 장로를 기다리십니다."

두 장로는 왕궁으로 걸어갔다. 내리는 둥 마는 둥 하는 미세한 빗방울이 두 장로의 얼굴에 스쳤다. 두 장로가 왕궁에 들어섰을 때는 가는 빗방울에 젖은 황색 가사의 빛깔이 더욱 선명했다. 왕궁 접견실의 하인이 나타나 큰 대아에 발 씻는 물을 가지고 나왔다. 두 장로는 손과 발을 씻고 하인이 접견실 문을 열어줄 때까지 기다렸다가 들어갔다. 접견실의 대왕 전용 의자에 앉아 있던 아소까왕이 일어나 우빠굽따를 맞이했다.

"장로시여, 얼마 만이오? 반갑소."

"대왕이시여, 다시 뵙게 되어 감개무량합니다."

우빠굽따는 허리를 크게 숙여 합장했다. 그러자 아소까왕이 자리에 앉기를 권했다.

"장로시여, 앉으시오."

"대왕님께서 목갈리뿟따띳사 장로를 자주 불러 법문을 들으신다는 얘기를 들었습니다. 대왕이시여, 참으로 자애롭고 현명하십니다."

"우빠굽따 장로는 모르시겠지만 나는 이미 '승가의 보호자'에서 '믿음의 상속자'가 된 왕이오."

아소까왕이 하는 말을 우빠굽따가 이해하지 못하자 목갈리뿟따띳사가 설명했다. 아소까왕은 아소까라마를 지어 날마다 수행자 6만여 명에게 공양을 올려 '승가의 보호자'가 되었고, 자신의 아들 마힌다와 딸 상가밋따는 물론이고 사위 악기브라흐마가 이미 불교 수행자가 되었고, 외손자 수마나까지 출가시킬 것이므로 '믿음의 상속자'가 되었다고 알려주었다. 그제야 우빠굽따가 감격하여 또다시 앉은 채로 합장했다.

"내가 부왕이 되어 웃제니로 내려갈 때 장로를 초대했었소. 장로께서는 아침 공양을 하기 전에 나를 위해 기도했는데 그때만 해도 나는 장로의 기도를 이해하지 못했소."

"대왕이시여, 제가 무슨 말을 했었습니까? 저는 생각이 나지 않습니다."

사실이었다. 우빠굽따는 꼬삼비에서 아소까왕에게 아침 공양을 받은 것까지는 기억을 했지만 그 이상은 생각나지 않았다. 그러나 아소까왕은 그때 우빠굽따가 한 기도의 내용을 정확하고 분명하게 기억했다. 우빠굽따는 붓다의 위신력으로 무기를 사용하지 않고도 적을 평화롭게 제압하기를 바란다는 기도를 했던 것이다.

"고시따라마에서였소. 아침 공양을 하기 전에 장로는 나를 위해 기도했소. 붓다의 가피를 받아 무기로 적을 살상하지 않고도 제압하게 해달라는 기도였소."

"아, 그랬습니까?"

"장로의 기도처럼 싸우지 않고 적을 이기는 군주가 위대한 대왕이 아니겠소? 그때 장로께서는 세상의 모든 사람을 제압할 수 있는 진정한 무기는 따로 있다고 했소."

그제야 우빠굽따는 그때를 생각해 냈다. 다음과 같은 말을 하여 아소까를 의아하게 했던 것이다.

"대왕이시여, 생각이 납니다. '붓다의 가르침이야말로 세상의 모든 사람을 제압할 수 있는 형상 없는 무기입니다'라고 말씀드렸던 것 같습니다.”

“그렇소. 그런데 그때 나는 장로를 비웃었던 것 같소. 붓다의 가르침이 칼보다 위대할 수 없다고 말이오. 마우리야왕국을 세운 것은 할아버지 짠드라굽따대왕의 칼과 아버지 빈두사라대왕의 칼이었지 붓다의 가르침이 아니었다고 말이오.”

“지금도 그때의 생각과 변함이 없으십니까?”

두 사람의 대화를 듣고만 있던 목갈리뿟따띳사가 말했다.

“우빠굽따 장로시여, 대왕님은 그때와 다르십니다. 깔링가국을 정벌하시고 난 뒤 다야강에 칼을 버리셨습니다. 앞으로는 칼이 아닌 담마로 세상을 정복하는 전륜성왕이 되시겠다고 선언하셨다오.”

아소까왕이 크게 웃으며 말했다.

“하하하. 우빠굽따 장로의 말씀이야말로 그때나 지금이나 같소. 나는 장로를 존경하지 않을 수 없소. 붓다의 가르침을 듣고 실천할 수 있는 방법을 내게 알려주시오. 나는 ‘믿음의 상속자’에서 ‘담마의 실천자’가 되고 싶소.”

우빠굽따는 자신이 했던 말을 정확하게 기억하고 있는 아소까왕에게 감동했다. ‘담마의 실천자’가 되겠다고 말한 아소까왕의 진심을 접하고는 기쁨이 솟구쳤다. 붓다가 머물렀던 도시나 마을로 가서 감동의 눈물을 흘리곤 했는데, 그것에 못지않은 감격으로 마음이 격동되었다.

“대왕이시여, 사문은 평생 동안 붓다께서 법을 설하시고 머무르셨던 곳을 순례하고 있습니다. 이는 붓다의 가르침을 현장에서 생생하게 접하고 실천하겠다는 저만의 수행법입니다."

"나도 장로의 수행법을 따라 하고 싶소. 다만 나는 백성을 다스려야 하니 붓다의 성지라고 하더라도 매년 한두 군데밖에 갈 수 없소. 어디서부터 순례를 시작하는 것이 좋겠소?"

"소승의 생각으로는 붓다께서 태어나신 룸비니 동산부터 찾아가 참배하시는 것이 좋을 것 같습니다."

"알겠소. 나는 룸비니 동산을 참배할 것이오."

아소까왕은 우빠굽따를 만나고 나서 붓다가 법을 설했던 곳을 순례하기로 했다. 다만 우기가 지나가야 했다. 아소까왕을 호위하는 큰 규모의 일행이 이동할 것이므로 우기는 피해야 했다. 강물이 범람하고 천둥과 벼락이 치는 우기는 위험했다. 우빠굽따는 아소까왕을 안내하기 위해 그때까지 아소까라마에 남기로 했다.

삼보디 순례 1

빠딸리뽓따성에 붉고 흰 부겐빌리아꽃이 지천으로 피었다. 안개가 점령군 행세를 하는 건기가 돌아왔다. 호위대장은 아소까왕 일행을 경호하기 위해 군사들을 밤낮으로 훈련시키고 있었다. 군사들 중 일부는 이동식 법당 수레를 싣고 갈 뗏목 만드는 데 전력을 다했다. 아소까왕이 소국을 정벌하지 않겠다고 선언한 뒤부터 군사들은 나라의 큰일에 동원되었다. 구릉을 밭으로 개간하거나 사원을 조성하는 일도 군사들이 나섰다. 호위대장은 아소까왕에게 순행 준비 결과를 보고했다.

"대왕코끼리는 잘 훈련돼 있습니다. 대왕님의 일산도 이미 완성해 놓았습니다."

"수고했소."

황금과 은, 수정이 박힌 일산은 아소까왕만 쓸 수 있었다. 보석으로 장식한 일산은 왕의 권위를 상징했다. 황금과 수정이 햇살에 반짝였으므로 멀리 있는 백성들도 왕이 지나가고 있다는 것을 알고 머리를 숙였다. 깔링가국 정벌에 사용했던 일산은 너무 낡아서 이번에 기술자와 보석세공 장인들을 불러 새롭게 만들었다. 물론 대왕코끼리도 몸집이 크고 튼튼한 전투코끼리들 중에서 선발하여 특별하게 조련을 시켜놓은 상태였다.

"호위군사는 젊은 청년만 차출했습니다."

"그들에게는 혜택을 주시오."

"서로 호위군사가 되겠다고 지원해서 애를 먹었습니다."

"그럴 만한 이유가 있소?"

"성에 남아 사역하기보다 대왕님 호위하는 것을 영광으로 생각하기 때문입니다."

"오, 순례를 마치고 돌아온 뒤에는 반드시 포상을 하겠소."

그때 룸비니로 미리 정찰을 나갔던 기마부대장이 아소까왕 집무실로 들어왔다. 기마부대장은 마우리야왕국 변방에 분쟁지역이 모두 사라졌으므로 조장을 보내지 않고 자신이 직접 룸비니를 다녀오는 길이었다.

"대장, 어서 오시오."

"대왕님이시여, 룸비니를 다녀왔습니다."

"그곳 사정은 어떻소?"

"룸비니는 한적한 동산입니다. 고따마 붓다께서 태어나신 곳에는 살라나무가 있고, 그 옆에는 마야부인이 목욕한 뿌스까르니 연못이 있습니다."

"사람이 드문 한적한 곳이니까 산기를 느낀 마야부인이 그곳에서 걸음을 멈추셨겠지."

"가지고 가실 석주는 준비해 놓았다고 합니다."

기마부대장이 보고한 석주는 부드러운 사암 재질이었으므

로 글씨를 음각하기에 용이했다. 아소까왕이 룸비니에 들르면 순례 기념행사의 일환으로 칙령을 새길 계획이었다. 아소까왕이 현지에 가서 지시할 칙령의 글씨는 누구나 알아볼 수 있는 브라흐미 문자였다.

"대장, 순례지를 바꾸려고 하오."

"어디로 가시렵니까?"

"나는 싯다르타 태자가 태어난 룸비니보다 태자께서 붓다가 되신 삼보디(Sambodhi, 보드가야)부터 순례하고 싶소."

"무슨 이유 때문이십니까?"

"붓다가 되신 곳의 기운이 어떤지 더 궁금하오. 그러니 대장은 삼보디를 정찰하고 오시오."

"예, 대왕님."

아소까왕은 기마부대장이 나가자 이번에는 경비대장을 시켜 아소까라마에 있는 우빠굽따를 불렀다. 우빠굽따는 즉시 경비대장의 안내를 받아서 아소까왕 집무실로 왔다. 아소까왕이 말했다.

"장로시여, 나는 삼보디로 갈 것이오. 싯다르타 태자가 어떻게 붓다가 되었는지 그 현장을 순례하고 싶소."

"대왕이시여, 참으로 현명하십니다. 저도 대왕님께 싯다르타 수행자께서 붓다가 되신 성지를 먼저 가시는 것이 순서라고 말씀드리려 했습니다."

"그 말씀이 사실이라면 잘되었소."

"싯다르타 수행자께서 위없는 깨달음을 이룬 삼보디 삡팔라나무부터 참배하셔야 합니다. 룸비니에서 삼보디까지는 싯다르타 수행자의 시대이고, 삼보디에서 열반하신 꾸시나가라까지는 고따마 붓다의 시대이기 때문입니다."

"그렇소. 나는 싯다르타 시대의 이야기보다 붓다께서 어디서 깨닫고 또 무슨 가르침을 설했는지 알고 싶소. 나는 '담마의 실천자'가 되기 위해 순례하는 것이오."

"대왕님께서 순례하신 곳마다 불탑을 세우시면 붓다에 대한 믿음과 공경은 더욱 확고해질 것입니다."

"좋은 생각이오. 불탑을 세운다면 장차 태어날 백성들도 붓다에 대한 신심과 존경심이 생겨날 수밖에 없을 것이오."

아소까왕은 우빠굽따를 만난 기쁨을 스스럼없이 말했다.

"나는 지금 어떠한 적도 없으며, 잠부디빠의 모든 성과 산, 바다를 얻고 모든 부가 내 앞에 있소. 그러나 그러한 것들은 나를 영원히 행복하게 할 수는 없소. 그보다는 앞으로 장로와 함께 순례하는 일이 진정한 행복과 기쁨이 될 것이라고 생각하오. 뿐만 아니라 나는 장로와 함께 순례하는 동안 깊은 공경과 믿음이 생겨날 것만 같소."

우빠굽따는 아소까왕이 순례를 하는 동안 확실한 '담마의 실천자'가 될 것이라고 예감했다. 붓다의 성지를 순례하면서 진리가 왜 소중한지를 깨닫고 금강심(金剛心)을 얻고자 노력할 것이라고 짐작하지 않을 수 없었다.

순례 준비는 건기 중반 무렵에 마무리되었다. 룸비니로 가려다가 삼보디로 순례지가 바뀌었기 때문에 조금 늦어졌다. 아소까왕의 순례는 시찰 성격을 띤 순행과 달랐다. 순례 일행 중에는 왕비 아상디밋따와 띠쉬아락시따도 들어 있었다. 정비는 아상디밋따였다. 띠쉬아락시따는 총애를 받고 있는 왕비이기는 하지만 엄밀하게 따지자면 후궁에 가까웠다. 아상디밋따가 눈을 감아야만 정비가 될 수 있었다.

마힌다 비구와 상가밋따 비구니도 순례에 나섰다. 아소까왕의 사위 악기브라흐마 비구와 외손자 수마나 사미까지 동행했다. 다만 니그로다 비구는 짠달라 천민촌에서 설법 행사가 예정돼 있다며 이번 순례 일행에는 함께하지 못했다. 다르마 대비는 건강이 악화되어 포기했고, 따라서 끼사락슈미도 다르마 대비를 간병하기 위해 대비 별궁을 지켰다. 띠쉬아락시따의 아들 따발라는 변방의 부왕으로 나가 있기 때문에 동행하지 못했고, 꾸날라의 아들 삼빠딘과 다사라타는 갑자기 병이 났기 때문에 꾸날라 아내와 함께 빠딸리뿟따성에 남았다.

출가자가 되어 아소까왕을 '믿음의 상속자'가 되게 했던 가족들은 모두 목갈리뿟따띳사 못지않게 우빠굽따를 존경했다. 마침내 아소까왕 순례 일행은 빠딸리뿟따 내성을 나와 남쪽으로 향했다. 삼보디 가는 길은 이미 보병 수만 명에 의해 잘 닦여 있었다. 주요 도시로 가는 길들도 마찬가지였다. 어떤 길은 큰 수레 서너 대가 교행할 수 있을 만큼 넓었다. 세곡을 운송하고 대관들이 오가며 지방 통치를 효율적으로 하기 위해 깔링가국 정벌이 끝난 뒤 가장 먼저 도로부터 정비했던 것이다. 아소까왕은 우물이 있는 마을에서 휴식을 취할 때마다 이동식 법당 수레로 가서 우빠굽따가 설하는 법문을 들었다. 우빠굽따는 아소까왕에게 고따마 붓다의 일생을 처음부터 차근차근 설했다.

"대왕이시여, 싯다르타 태자는 백마 깐타까를 타고 까삘라성 성벽을 뛰어넘으면서 다음과 같이 서원했다고 합니다."

나는 하늘에 태어나기를 원치 않는다.
많은 중생이 삶과 죽음의 고통 속에 있지 아니한가.
나는 이를 구제하기 위해 까삘라성을 나가는 것이니
위없는 깨달음을 얻기 전에는 결코 돌아오지 않을 것이다.

이동식 법당 수레 앞에는 순례 일행 모두가 모여 있었다. 아소까왕은 물론 왕비와 마힌다와 상가밋따 등 사문들과 군사 대장들이 우빠굽따의 설법에 귀를 기울였다. 경계를 서는 군사만 들판 멀리 있을 뿐이었다.

싯다르타 태자는 백마를 타고 밤새 동쪽으로 달렸다. 새벽에야 어느 숲속에서 멈추었다. 태자는 마음속으로 중얼거렸다.

'여기가 바로 내가 바깥세상이라고 생각하던 곳이고, 가족의 속박에서 벗어날 수 있는 곳이며, 사랑하는 깐타까와 헤어질

수 있는 곳이구나.'

태자는 곧 마부 찬나에게 모자에 달린 푸른 마니보(摩尼寶)를 떼어 주면서 말했다. 마니보는 태자임을 증명하는 보석이었다.

"이 마니보를 가지고 가거라. 돌아가서 부왕께 마니보를 보여드리고 말씀드려라. '태자는 세속적인 욕망을 이미 다 버렸으며, 또한 천상에 태어나려고 선업을 쌓고 싶은 것이 아닙니다. 모든 중생이 바른길을 몰라 헤매면서 생사윤회에 괴로워하고 있는 것을 보고 이를 구제하기 위해 출가합니다. 나는 아직 젊지만 생로병사에는 정해진 때가 따로 없으며, 지금 젊다고 안심하고 있을 수가 없습니다. 예전부터 훌륭한 왕들은 나라를 내놓고 길을 찾아 숲으로 들어갔습니다. 그런 뒤 수행 도중에 세속생활로 돌아가는 일은 없었습니다. 내 결심도 그와 같아서 위없는 깨달음을 얻기 전에는 결코 돌아가지 않을 것입니다.' 이와 같은 내 결심을 부왕께 전해라."

태자는 몸에 지니고 있던 보석들을 떼어 양어머니인 이모와 아내 야소다라에게 전해달라고 지시했다. 이윽고 찬나가 울면서 돌아가자 태자는 칼로 자신의 머리카락을 잘랐다. 그래도 왕자의 흔적이 남아 있었다. 보석을 떼어낸 옷이라지만 수행자의 누더기에 비해 깨끗했다. 그래서 태자는 자신의 옷을 벗고 해진 옷과 바꾸어 입으려고 했다. 마침 사냥꾼이 나타나자 태자는 그의 낡은 옷으로 바꿔 입었다.

남루한 옷으로 바꿔 입은 태자는 누가 보아도 숲속에서 정진하는 수행자같이 보였다. 태자는 스승을 찾아서 계속 길을 걸었다. 가다가 고행하는 두 고행녀에게 공양을 받기도 했다. 여성이지만 집을 떠나 고행하는 그녀들의 태도는 배울 만했다. 태자는 강가강 지류를 따라서 남쪽으로 내려가 웨살리에 머물고 있는 박가와 선인을 만났다. 그런데 고행주의자 박가와 선인을 추종하는 브라만 출신의 수행자들은 태자가 이해할 수 없을 만큼의 기행과 고행을 일삼고 있었다. 거꾸로 물구나무를 서 있거나, 나뭇가지 껍질이나 풀을 먹는가 하면, 흙이나 쇠똥을 먹는 수행자도 있고, 맨몸으로 날카로운 가시 위에서 자는가 하면, 꼬물거리는 벌레집에서 고통을 참는 고행자도 있었다. 태자가 박가와 선인에게 물었다.

"선인이시여, 무엇 때문에 고행하고 있습니까?"

"다음 생에는 천상에 태어나기 위해 고행하고 있습니다."

태자는 육체를 괴롭힘으로써 다음 생에 천상에 태어난다는 그들의 주장에 공감하지 못했다. 왓지족이 살고 있는 미틸라성에는 양을 죽여 제사를 지내는 선인도 있었다.

"선인이시여, 왜 양을 죽여서 제사를 지내고 있습니까?"

"다음 생에 복을 받기 위해 그렇습니다."

태자는 그들에게 살아 있는 짐승을 죽이는 것은 악행이라고 말했으나 그들은 듣지 않았다. 그들 중 한 선인이 해탈을 구하는 태자의 마음을 간파하고, 웨살리 교외에 알라라 깔라마 선인이 있으니 만나보라고 권유하여 태자는 그곳을 떠났다.

실제로 웨살리 교외에는 알라라 깔라마 선인이 제자 3백 명을 거느리고 있었다. 태자는 그의 명성을 이미 듣고 있었으므로 그의 가르침을 받고 싶었다. 왓지족의 일족인 릿차비인들의 도읍인 웨살리 부근의 숲은 수행자들이 모여들어 사는 곳이었다. 수행자들은 강가강 남쪽의 옛 마가다국 사람들과 달리 황색인종인 사끼야족 사람들과 외모가 비슷했다. 태자가 그곳에 도착하자 수행주의자 알라라 깔라마의 제자들은 스승과 동료들에게 알렸다.

"여러분, 놀라지 마십시오. 한 수행자가 웨살리에서 오고 있습니다. 그분은 우리와 피부색이 비슷한 사끼야족이 틀림없습니다. 당당하고 거룩한 모습은 왕자 출신 같고 마치 저 하늘에 뜬 태양과 같습니다. 실수하지 말고 그분을 정중하게 맞이합시다. 제사 일은 다음에 준비합시다."

알라라 깔라마도 태자를 환영했다. 두 사람은 인사를 한 뒤 스스럼없이 대화했다. 태자는 알라라 깔라마가 선정에 들어 지혜를 얻는 것을 목표로 수행한다고 생각했다. 알라라 깔라마는 다른 교단의 지도자와 마찬가지로 수행과 제사를 병행하고 있었다. 탁발이 아닌 제사를 지냄으로써 의식주를 해결했다. 태자를 만난 알라라 깔라마의 나이는 120세였다. 태자는 알라라 깔라마에게 말했다.

"깔라마시여, 나는 당신의 뛰어난 가르침에 따라 수행하고 싶습니다."

16세에 출가하여 104년 동안이나 수행했으나 아직 해탈의 경지에 이르지 못한 알라라 깔라마는 언행이 거룩한 태자를 기꺼이 제자로 맞아들였다.

　　"여기 머무르시오. 그대와 같은 지혜로운 수행자가 우리와 같이 수행한다면 머잖아 최고의 깨달음에 이를 것이오."

　　과연 태자는 그곳에 머무른 지 얼마 지나지 않아 선정을 얻었고 그 경지를 알라라 깔라마에게 말했다. 그러자 알라라 깔라마는 자신이 깨달은 무소유처(無所有處)라는 선정을 가르쳐주었다. 무소유처란 무집착처란 말과 같은, 마음 안팎으로 무념무상의 고요한 경지를 말했다. 태자는 얼마 되지 않아 그 무소유처마저 도달했다. 그러자 알라라 깔라마가 감탄하며 말했다.

　　"그대와 같은 수행자를 이 늙은 나이에 만나다니 나는 얼마나 행복한지 모르겠소. 내가 수행하여 얻은 진리를 그대도 얻었소. 이제 우리 사이에는 아무런 차이도 없소. 앞으로 이 교단의 수행자들을 우리 둘이 힘을 합쳐 가르칩시다."

　　알라라 깔라마의 말은 교단에서 자기와 같은 스승으로 태자를 예우하겠다는 뜻이나 다름없었다. 그러나 태자는 무소유처 경지에 만족할 수 없었다. 무소유처는 생사윤회를 해결하는 경지가 아니기 때문이었다. 태자는 알라라 깔라마의 제의를 뿌리치고 다시 길을 떠났다.

삼보디 순례 2

아소까왕 순례 일행은 강가강 지류를 건너서 서남쪽으로 갔다. 왕비가 탄 수레는 수심이 낮은 곳을 찾아 건넌 뒤 순례 일행에 합류했다. 다르마 대비의 영향을 받아 불심이 깊어진 아상디밋따 정비는 고따마 붓다가 성도한 곳을 생각만 해도 가슴이 설렜다. 그러나 띠쉬아락시따 왕비는 수레바퀴가 고장 나거나 흙바람이 불 때마다 몹시 짜증을 냈다. 그때마다 호위군사들이 당황했다.

"삡팔라나무가 그렇게 유명한 거야?"

"왕비님, 삡팔라나무가 유명한 것이 아니에요. 붓다께서 성도하신 곳에 있는 나무라서 찾아가시는 것이랍니다."

젊은 궁녀가 짜증을 내는 띠쉬아락시따 비위를 맞추었다. 띠쉬아락시따는 우빠굽따의 설법도 지루하게 듣곤 했다. 다음 날 오후, 우빠굽따는 순례 일행이 야영하기 전에 어제 하지 못했던 태자의 이야기를 이동식 법당 수레에 올라서 설했다.

"태자는 알라라 깔라마와 헤어진 뒤 마가다국 수도 라자가하로 갔지요. 라자가하 부근 산에도 존경할 만한 선인이 수행하고 있기 때문이었습니다."

라자가하 주위에는 깃짜꾸따(영취산) 등 다섯 개의 큰 산이 있었다. 태자는 빤다와산으로 들어가 아수라 동굴에 자리를 잡았다. 그런 뒤 태자는 동굴에서 나와 라자가하의 선인을 찾아갔다. 선인의 이름은 웃다까 라마뿟따였는데, 제자가 7백여 명이나 되었다. 부근의 산에 머무는 대부분이 그의 제자였고, 라자가하 주민들 모두가 그를 존경했다. 태자는 웃다까 라마뿟따가 어떤 스승을 두었기에 모든 수행자와 주민들로부터 존경을 받는지 궁금했다.

"선인이시여, 스승이 누구인지 궁금합니다."

웃다까 라마뿟따는 웃으며 대답했다.

"나는 스승이 없소. 나 스스로 수행하여 깨달음을 얻었소."

"선인이시여, 나는 그대가 깨달은 경지를 알고 싶습니다."

선정수행주의자 웃다까 라마뿟따는 태자에게 자신의 가르침을 알려주었고, 태자는 빤다와산의 아수라 동굴로 돌아와 웃다까 라마뿟따가 알려준 방법대로 정진했다. 그의 가르침은 어렵지 않았다. 태자는 곧 그 경지에 도달했고 다시 웃다까 라마뿟따에게 가서 말했다.

"당신이 말한 경지는 이런 것이 아닙니까?"

"맞소. 이제는 비상비비상처(非想非非想處)를 알려주겠소."

비상비비상처란 당시 수행자들이 얻을 수 있는 최고의 선정삼매를 말했다. 웃다까 라마뿟따 역시 알라라 깔라마처럼 자신의 교단을 함께 이끌어가자고 태자에게 제의했다. 그러나 태자는 그가 가르쳐준 비상비비상처도 생사윤회를 끊는 경지가 아니라고 생각하며 다시 길을 떠났다. 태자는 라자가하를 떠나 서남쪽으로 향했다. 태자는 수행자들 사이에 고행촌(苦行村)이라고 불리는 우루웰라로 갔다. 우루웰라 앞으로는 강가강의 지류인 네란자라강이 흘렀다. 태자는 네란자라강 강변 모래밭에 가부좌를 튼 채 자신과 약속했다.

'깔라마와 라마뿟따도 내게 생사윤회를 끊는 가르침을 주지 못했다. 선정삼매에 드는 것만으로 생사윤회하는 중생의 고통을 어떻게 구제할 수 있단 말인가. 수행자들에게 존경받는 두 선인에게서도 위없는 깨달음을 얻지 못했으니 이제는 내가 스스로 깨닫는 방법밖에는 없다.'

태자의 모습은 비장했다.

'위없는 깨달음은 남에게서 얻어지는 것이 아니리라. 위없는 깨달음은 내 스스로 얻을 수밖에 없으리라.'

태자는 자신이 수행할 장소를 찾아서 네란자라강 옆의 들길을 걸었다. 그때 한 무리의 수행자들과 마주쳤다. 그들은 고행을 한 뒤 네란자라강에서 목욕하고 나서 휴식을 취하고 있는 중이었다. 태자가 말했다.

"이곳 우루웰라는 수행하기에 어떻습니까?"

"수행하기에 더없이 좋습니다. 강이 있어 목욕하기에 좋고 농가가 가까워 탁발하기에도 좋습니다. 그런데 당신은 누구십니까?"

"나는 까삘라성에서 온 싯다르타입니다. 위없는 깨달음을 얻어 생사윤회의 고통을 끊고자 합니다."

"그것은 우리가 고행을 통해서 얻고자 하는 깨달음입니다. 우리와 같이 이곳에서 수행하지 않겠습니까?"

비로소 태자는 네란자라강과 모하나강 사이의 고행림(苦行林) 아자빨라니그로다나무 밑에 갈대를 깔았다. 아자빨라니그로다나무란 염소치기의 무화과나무(龍樹)라는 뜻이었다. 그렇게 자리를 잡고 앉은 지 얼마 안 되어 다섯 명의 낯익은 수행자가 다가왔다. 그들은 웃다까 라마뿟따 제자들로 태자를 흠모하여 라자가하에서부터 뒤따라온 수행자들이었다.

'저 싯다르타는 짧은 시간에 웃다까의 경지에 오른 수행자가 아닌가. 그런데도 그것에 만족하지 못하고 웃다까 곁을 떠난 분이 아닌가. 우리는 웃다까의 가르침을 오랫동안 들었지만 스승과 같은 경지에 도달하지 못했는데 저 싯다르타는 우리와 다르다. 위없는 깨달음을 이루고야 말 수행자임이 틀림없다.'

태자는 우루웰라의 수행자들이 하는 고행을 보고, 깨달음을 얻기 위한 고행이라기보다는 타성에 젖은 행동일 뿐 진정한 고행은 아니라고 생각했다.

'수행자들 중에 비록 몸으로는 탐욕을 끊었다고 하지만 마음으로는 아직 애착을 버리지 못한 이가 있다. 이 역시 불을 얻고자 하면서 젖은 나무를 물속에서 마주 비비는 것과 같다. 이러면서 어찌 깨달음을 얻을 수 있을 것인가. 그러나 수행자들 중에 바르게 닦아 몸과 마음의 탐욕을 버리고 조용한 곳에서 고행하는 이가 있다. 이는 불을 얻기 위해 잘 마른 나무를 마른 땅에서 마주 비비는 것과 같아 비로소 불을 얻을 수 있다. 그러므로 심신이 맑고 고요한 상태에서 고행을 해야만 위없는 깨달음에 이를 수 있다.'

이윽고 태자는 자신의 몸과 마음이 맑고 고요한 상태에 이르도록 한 뒤 고행을 시작했다. 우루웰라 수행자들 중에서 누구도 흉내 내지 못할 극한의 혹독한 고행이었다. 결가부좌를 한 상태에서 먼저 호흡을 멈추었다. 그러자 열기가 빠져나가지 못하고 몸 안에 가득 찼다. 겨드랑이에서 땀이 나더니 이마에서도 땀이 비 오듯 했다. 호흡을 막으니 양쪽 귀에서 커다란 공명이 생겨나 풀무질하는 것처럼 소리가 났다. 그래도 귀와 코, 입으로 모든 호흡을 막아버리니 몸 안의 열기가 정수리로 올라가 충돌하면서 예리한 칼로 후벼 파는 듯한 고통을 주었다. 호흡을 계속 멈추니 몸 안의 바람이 양 겨드랑이 사이에 사납게 불어닥치며 당장 몸이 풍비박산이 날 것만 같았다. 뿐만 아니라 몸 안이 불길에 휩싸이는 듯했다.

호흡을 멈추는 고행을 하면서 단식도 병행했다. 식사의 양을 줄여 하루에 보리 한 톨만 먹기를 계속하자, 몸은 여월 때로 여위어 배와 등뼈가 달라붙었다. 다시 보리 한 톨에서 삼 씨 한 톨로 줄이자 피부 빛깔이 잿빛으로 변해 시체와 같아져 버렸다. 태자는 이와 같은 고행을 6년 동안이나 계속했다. 이를 지켜보던 웃다까의 제자 다섯 명은 태자가 죽을지도 모른다고 고개를 저었다. 태자 역시 그런 생각이 들어 수행 방법을 바꾸지 않을 수 없었다. 고행을 더 밀고 나간다면 죽을지도 모른다는 생각이 들었던 것이다. 겨우 한 가닥 목숨만 남은 상태에서 태자는 고행이 최선인가를 생각하지 않을 수 없었다.

'내가 6년 동안 견디었던 고행보다 더한 고행은 없을 것이다. 나는 고행의 극단까지 가보지 않았던가. 과거에 고행했던 선인들도 이 정도 수준의 고행이었을 것이다. 뿐만 아니라 미래에 누군가가 고행한다 해도 이보다 더하지는 않을 것이다. 그런데도 나는 아직 위없는 깨달음을 이루지 못하고 있다. 그렇다면 다른 길은 없는 것일까?'

문득 태자는 까삘라성 시절이 떠올랐다. 부왕과 함께 농경제에 참가했을 때 잠부나무 그늘에 앉아 선정삼매에 든 기억이 떠올랐다. 잠시 욕망의 세계를 벗어났던 그 경험은 고행 없이도 이루어진 삼매였다. 마침내 태자는 선정을 방편 삼아 생사윤회를 끊는 깨달음에 다가서기로 했다.

'고행을 지속하는 것은 몸을 해칠 뿐이니 나를 위해서도, 세상 사람들을 위해서도 좋은 일이 아니다. 그렇다. 선정을 하기 위해서는 우선 지칠 대로 지친 내 몸을 추슬러야 한다.'

태자는 건강을 회복하기 위해 공양을 하기로 했다. 그러려면 수행자로서 최소한의 위의를 갖추어야 했다. 태자는 옷을 구하기 위해 쁘락보디산 공동묘지로 갔다. 공동묘지에는 시체를 썼던 천 조각들이 널려 있었다. 태자는 천 조각들을 주워서 기운 분소의를 입었다.

　　우빠굽따가 싯다르타 태자의 6년 고행을 이야기할 때 마힌다는 물론이고 상가밋따, 악기브라흐마, 아상디밋따까지 모두 눈물을 흘렸다. 아소까왕도 마음이 격동되어 깊은숨을 내쉬며 가까스로 진정했다. 아소까왕은 대왕코끼리를 타고 쁘락보디산으로 올라가 태자가 우기 때마다 찾아와 고행한 동굴을 들여다보기도 했다. 동굴 안은 어두컴컴했다. 아소까왕 순례 일행은 동굴을 나와 싯다르타 태자가 천 조각을 주워 옷을 기웠던 공동묘지를 지나쳐 다시 우루웰라로 갔다. 우빠굽따가 말했다.

　　"대왕이시여, 싯다르타 태자께서는 맨발로 이 네란자라강을 건너시곤 했습니다. 대왕님도 그렇게 하시겠습니까?"

　　"강물이 깊소?"

　　"발목만 잠길 정도로 얕습니다. 원래 네란자라란 맑고 푸른 강이라는 뜻입니다."

　　"나는 수심이 깊은 줄 알았소."

　　"대왕코끼리를 타고 건너셔도 됩니다."

　　"아니오. 싯다르타 태자처럼 나도 맨발로 건너겠소."

　　아소까왕이 샌들을 벗자, 왕비와 신하들이 모두 따라서 했다. 모래는 흰 비단처럼 부드러웠다. 아소까왕은 발바닥을 애무하는 모래의 감촉을 즐기면서 모래밭을 걸었다. 호위대장이 먼저 대왕코끼리를 끌고 네란자라강을 건넜다. 왕비들이 탔던 수레도 강을 건너갔다. 빠딸리뿟따에서 가져온 석주는 군사들이 목도하여 운반했다. 아소까왕이 삡팔라나무가 있는 붓다 성지를 순례했다는 기념으로 세워질 석주였다. 석주는 두 부분으로 나누어져 있었다. 상단은 사자 네 마리가 양각된 부분이었고 하단은 길쭉한 돌기둥이었다. 네란자라강 너머는 유채꽃이 노란 물결을 이루고 있었다. 우빠굽따가 아소까왕 옆으로 와서 말했다.

"대왕이시여, 태자께서는 고행림 아자빨라니그로다나무 아래서 6년 고행을 끝내고 이 강물로 몸을 씻으신 뒤 수자따에게 유미죽 공양을 받으신 것입니다."

"네란자라강 강물이 시원하오. 태자도 시원하다고 느꼈을 것 같소."

"강물의 시원함은 지친 태자께 생기를 불어넣어 주었을 것입니다."

"그렇소. 나도 머리가 맑아지는 것 같소."

네란자라강을 다 건넌 아소까왕은 걸어온 길을 뒤돌아보았다. 멀리 돌산인 쁘락보디산이 솟아 있었고, 그 밑으로 공동묘지와 대숲이 있는 우루웰라가 보였다. 아소까왕은 다시 대왕코끼리 등에 올랐고 왕비들은 수레를 탔다. 마힌다와 상가밋따, 악기 브라흐마와 어린 수마나 사미는 조그만 농로를 맨발로 걸었다. 농로 양옆으로는 노란 유채꽃이 흐드러지게 피어 있었다.

군사들은 벌써 유채밭 너머 마을에서 쏟아져 나온 주민들의 접근을 막기 위해 소리치곤 했다. 세나니가마라고 불리는 농원은 매우 컸다. 붓다 시절에 *끄샤뜨리야* 신분의 장군이 살았기 때문에 장군촌이라고 불렸다. 장군의 딸 이름은 수자따였다. 장군은 네라자라강과 모하나 강변에 있는 대부분의 들판을 소유한 부호였다. 주민들은 대왕코끼리 등에 고정된 일산을 보고 나서야 뒤로 물러났다. 온갖 보석이 반짝거리는 일산은 왕만이 쓸 수 있었던 것이다.

삼보디 순례 3

네란자라강과 모하나강 사이에 있는 세나니가마는 마을이라기보다는 큰 농원이었다. 우루웰라 고행촌과는 아주 대조적이었다. 우루웰라 집들은 대부분 거적때기를 두른 움막들이었고, 세나니가마에는 정원을 가지고 있는 저택도 있었다. 모하나강 강변의 모짜림 마을도 우루웰라와 달리 부유했다. 모짜림 마을에는 농업용수로 사용하는 무짤린다 연못도 있었다. 네란자라강 너머 세나니가마에서 이동식 법당 수레는 또 멈추었다. 우빠굽따가 아소까왕에게 제의했다.

"대왕이시여, 이곳 세나니가마는 그냥 지나칠 수 없는 곳입니다."

"왜 그러시오?"

"태자께서 6년간 고행하셨던 고행림도 있고, 수자따 처녀에게 유미죽 공양을 받으신 곳인 아자빨라나무도 있습니다."

우빠굽따는 아자빨라니그로다나무를 줄여서 아자빨라나무라고 했다. 우빠굽따에게는 태자가 깨달음을 이룬 삼보디의 삡팔라나무도 성스러웠지만, 태자의 6년 고행을 지켜보았던 아자빨라니그로다나무도 소중했던 것이다.

"장로시여, 태자가 유미죽 공양받은 이야기를 설해주시오."

"알겠습니다, 대왕이시여."

우빠굽따는 싯다르타 태자가 고행림에서 6년 고행을 끝낸 뒤부터 이야기를 시작했다. 태자가 네란자라강 모래밭으로 내려가 목욕을 한 뒤 분소의를 입고 세나니가마 농원에 있는 저택으로 탁발을 나갔던 것이다. 저택의 주인인 장군은 1천 마리가 넘는 소와 염소를 가지고 있었고, 소젖과 염소젖을 짜는 어여쁜 딸 수자따가 있었다. 수자따는 시녀들과 함께 새벽마다 소젖을 직접 짰다. 그런 뒤 신선한 소젖에 쌀이 들어간 유미죽을 쑤었다. 아침마다 수행자들에게 보시하기 위해서였다.

그날도 수자따는 유미죽을 쑤고 있었는데, 그날따라 죽 위에 만(卍) 자 문양이 나타났다. 수자따는 '상서로운 문양이 나타난 이 죽을 먹는 수행자는 붓다가 될지 모른다'라고 생각했다. 수자따는 황금바리때에 죽을 담아놓고 수행자를 기다렸다. 그런데 아침이 다 지나가는데도 단 한 사람의 수행자도 나타나지 않았다. 수자따는 조급한 마음에 시녀 웃따라를 밖으로 보내 수행자가 오는지 살펴보라고 시켰다. 이윽고 웃따라를 따라 들어온 싯다르타 태자는 수자따가 만든 죽을 공양받았다. 죽을 끓이는 동안 만 자가 나타났다는 얘기를 들은 태자는 고개를 끄덕였다.

'그렇다. 이 죽으로 힘을 얻은 나는 최고의 깨달음에 도달하고 말 것이다.'

태자는 수자따의 공양을 받고 나서 감사의 표시로 합장을 했다. 태자가 일어서려고 하자 수자따가 말했다.

"황금발우를 드리겠으니 가지고 가십시오."

비로소 태자는 한 벌의 누더기 옷과 한 개의 발우를 갖추었다. 세나니가마 농원에서 나온 태자는 네란자라강 강변으로 가서 수염을 깎고 머리카락을 잘랐다. 그런 뒤 강물에 머리와 얼굴을 씻었다. 이를 지켜본 다섯 명의 수행자는 극도로 실망했다. 태자가 고행을 극한까지 밀고 갈 때만 해도 깨달음이 가까워졌다고 기대했는데, 지금 보니 그게 아니었다. 고행림에서 함께 고행해 온 그들은 태자에게 속았다며 분하게 여겼다. 다음 날에는 수자따가 쑨 유미죽을 시녀 웃따라가 아자빨라니그로다나무 밑까지 가져오기도 했다. 그 모습을 본 다섯 명의 수행자들이 태자를 비난했다.

"싯다르타는 6년 동안이나 고행을 했으면서도 깨닫지 못한 사람이다! 그런 그가 이제는 세상 사람들의 음식을 거리낌 없이 먹는구나. 그러니 우리는 타락한 싯다르타를 시봉할 필요가 없어졌다!"

그들은 태자에게 더 이상 기대할 것이 없으므로 앞으로는 스스로 알아서 수행할 수밖에 없다며 사르나트(녹야원)로 떠나버렸다. 그러나 태자는 그들을 붙잡지 않았다. 6년 고행 기간에 우기 때마다 비를 피해 정진했던 쁘락보디산 동굴을 한 번 둘러본 뒤 모짜림 마을에서 북쪽 저편에 있는 뺍팔라나무를 향해서 천천히 걸음을 옮겼다. 태자는 걸어가는 도중에 소년 목동 솟티야가 보시하는 꾸사(길상초)풀 한 단을 받았다. 마침내 태자는 삡팔라나무 밑에서 동쪽을 향해 꾸사풀을 깔고 앉아 맹세했다.

'여기서 위없는 깨달음을 얻지 못한다면, 차라리 이 몸이 부서지는 한이 있더라도 이 자리에서 일어서지 않으리.'

삡팔라나무 아래서 결가부좌를 튼 태자는 마라 파피야스가 나타난다면 자신의 의지를 시험해 보고 싶었다. 파피야스는 '더 이상 없는 나쁜 자'이고 그가 욕계의 왕이 된 까닭은 일찍이 전생에 단 한 번 보시한 공덕이 있기 때문이었다.

'욕계의 왕은 마라 파피야스다. 그가 모르는 사이 내가 위없는 깨달음을 얻는다는 것은 떳떳하지 못한 일이다. 마라가 나타난다면 나를 시험해 보자. 마라를 항복시키면 욕계의 신들은 모두 내 가르침에 고개를 숙일 것이다.'

이윽고 욕계의 왕 마라는 세 명의 딸을 보내 태자를 유혹했다.

"꽃 피는 봄이군요. 나무와 풀도 싱싱하게 자라고 있어요. 사람에게 봄이 있다면 젊은 시절일 것이에요. 젊음은 두 번 다시 되풀이되지 않죠. 당신은 젊고 풋풋하군요. 우리들이 어여쁘지 않은가요? 싯다르타여, 우리와 함께 놀아요."

태자는 조금도 마음에 흔들림이 없었다. 오히려 부드러운 말씨로 그녀들을 타일렀다.

"그대들의 몸은 비록 아름답지만 온갖 악으로 더러워져 생로병사가 따른다. 손에는 팔찌, 귀에는 귀걸이를 흔들면서 교태

섞인 웃음으로 욕망의 화살을 쏘지만 지혜로운 사람은 그대들의 욕망을 독약으로 여긴다. 칼날에 발린 꿀은 혀를 상하게 하고 사악한 욕정은 독사의 머리와 같으니 내 이미 모든 유혹을 뛰어넘었다. 그대들은 곧 본래의 모습을 드러내고 물러갈 것이다.”

그래도 마라의 세 딸이 물러가지 않자 태자가 다시 말했다.

“그대들이 천녀의 모습을 하고 있는 까닭은 옛날에 선업을 한 번 닦았기 때문이다. 나쁜 짓을 하게 되면 반드시 지옥에 떨어져 고통을 받게 된다. 그러니 어서 물러가라.”

태자의 이 한마디에 마라의 세 딸은 모두 추한 노파로 변해 탄식하며 물러갔다. 그러자 마라는 화가 나 뻽팔라나무를 향해서 태풍과 함께 폭우를 쏟았다. 뿐만 아니라 악귀를 보내 온갖 악행으로 태자의 선정을 방해했다. 그래도 태자가 뻽팔라나무 아래서 일어나지 않자, 이번에는 마라가 직접 나타났다.

“사끼야족 아들, 싯다르타여. 그대는 속히 일어나 이곳을 떠나라. 그대에게는 전륜성왕의 지위가 보장되어 있지 않은가. 이제 세상을 다스리는 위대한 왕이 되어 사람들을 지배하고 오감의 쾌락이 주는 미묘한 맛을 마음껏 즐겨라. 사끼야족 아들이여! 그대가 추구하는 담마는 얻을 수 있는 것이 아니다. 단지 피로만 더할 뿐임을 어찌 알지 못하는가!”

이에 태자가 말했다.

“마라여, 그대는 단 한 번 공양으로 욕계의 왕이 되었소. 반면에 나는 헤아릴 수 없이 많은 생애를 두고 내 몸까지도 중생을 위해 베풀어왔소. 그렇기 때문에 나는 붓다의 자리에 오를 수 있는 것이오."

마라는 쉽게 물러나지 않았다.

"전생에 내가 공양한 것은 방금 그대가 말한 바와 같소. 그런데 그대가 전생에 공양한 것을 증언할 자는 아무도 없소. 그러니 이 승부는 그대가 진 것이오."

태자는 당황하지 않고 자신의 손을 대지에 댄 채 말했다.

"만물이 의지하는 대지여, 움직이는 것이나 움직이지 않는 것이나 모든 것에 공평한 대지가 나를 위해 진실한 증인이 될 것이오. 자, 대지여. 나를 위해 증언해 다오."

그러자 대지의 여신인 수따바라가 나타나 증언했다.

"당신이 말씀하신 그대로입니다. 저희가 증인이 되겠습니다. 당신이야말로 인간과 하늘의 스승이 되실 분입니다."

결국 태자는 마왕 마라를 굴복시킴으로써 선정에 들 수 있었다. 첫 번째 선정과 두 번째 선정, 세 번째 선정, 네 번째 선정에 차례로 들었다. 그날 밤 초저녁에는 전생을 아는 지혜, 즉 숙명통을 얻어서 윤회하였던 수많은 생을 돌이켜 기억할 수 있었다. 한밤중에는 무량한 중생들이 업에 따라 오고 가는 것이 보이는 천안통을 얻었다. 또한 번뇌가 사라지고 그 자리에 지혜가 나타났다. 진리를 보지 못하게 하던 무명에서 벗어났다. 고통의 원인을 하나하나 거슬러 올라가 보니 모든 고통에는 무명이 자리 잡고 있었다. 이른바 십이연기(十二緣起)의 도리를 관했다. 붓다가 읊조렸다.

이것이 존재하면 저것 또한 존재한다.
이것이 생기면 저것 또한 생긴다.
이것이 존재하지 않으면 저것 또한 존재하지 않는다.
이것이 소멸하면 저것 또한 소멸한다.

마침내 붓다가 된 순간이었다. 생사해탈을 이룬 순간이었다.
'나의 해탈은 흔들리지 않는 것이다. 이것이 내 마지막 생애이고, 앞으로 다시 태어나는 일은 없을 것이다.'
생사윤회의 지배를 받지 않게 된 붓다는 다시 한번 더 자신의 깨달음을 확인한 뒤 선언했다.

다시 태어나야 할 일은 끝났다.
높은 수행을 하여 마쳤다.
해야 할 일을 모두 마쳤다.
해탈을 얻기 위해
다시 더 수행해야 할 일은 없다.
이러한 것을 스스로의 지혜로 알았다.

새벽이 되어서는 미세한 고뇌까지 말끔히 씻어버리는 누진통을 얻었다. 먼동이 트기 전 샛별이 반짝이고 있을 때였다. 그날

아침에도 수자따는 뻽팔라나무 주변을 청소하기 위해 시녀 웃
따라를 보냈다. 그러나 웃따라는 어제와 달라진 태자의 모습에
놀라 집으로 돌아와 수자따에게 알렸다. 잠시 후 웃따라를 앞세
우고 뻽팔라나무까지 달려온 수자따는 깨달음을 얻은 붓다에게
유미죽을 올리며 기뻐했다.

"웃따라여, 내 공양을 받은 분이 세상에 위없는 깨달음을 얻
으셨으니 얼마나 기쁜 일이냐!"

네란자라강에서부터 걸어서 온 아소까왕은 뻽팔라나무 주
위를 합장한 채 돌았다. 우빠굽따와 마힌다, 상가밋따, 악기브라
흐마, 수마나는 뻽팔라나무 앞에서 연신 오체투지하며 참배했
다. 이윽고 우빠굽따가 그 옛날 붓다처럼 뻽팔라나무 밑에서 결
가부좌를 틀었다. 아소까왕도 우빠굽따와 같은 자세로 앉았다.
정비 아상디밋따는 감격하여 소리 내어 흐느꼈다. 아소까왕도
뻽팔라나무와 한 몸이 되는 것 같은 감동을 받았다. 하늘로 치솟
은 뻽팔라나무의 키만큼이나 신심이 솟구치고, 무성한 뻽팔라
나무 이파리들만큼 담마에 대한 확신이 섰다. 아소까왕이 우빠
굽따에게 말했다.

"나는 이곳의 탑을 두 배로 키우고 석주를 세우겠소."

"석주에는 어떤 칙령을 새기시겠습니까?"

"싯다르타 태자가 위없는 깨달음을 이룬 가장 성스러운 곳
이라는 글을 새길 것이오."

"준비해 온 석주를 사용하시겠습니까? 아니면 이곳 부근에 있는 사암으로 기둥을 만들어 세우시겠습니까?"

"이곳의 사암이 좋을 것 같소. 가지고 온 석주보다 더 컸으면 좋겠소. 여기서 더 순례할 곳이 있소?"

"그렇습니다. 붓다께서 이곳에서 사르나트로 떠나시어 고행림에서 함께 수행했던 다섯 비구에게 깨달은 법을 설하셨습니다."

"그곳까지 거리는 얼마나 되오?"

"10요자나쯤 되는 거리입니다."

"그렇다면 여기서 빠딸리뿟따로 돌아가는 거리와 비슷하오. 빠딸리뿟따에서 가지고 온 석주는 사르나트로 보내시오. 때를 보아 그곳도 순례하겠소. 단 이곳의 탑은 두 배로 키우고 석주는 붓다의 위대함에 걸맞게 만들어 세우시오. 가지고 온 석주는 네 마리의 사자상이 정교하기는 하지만 이곳에 세우기에는 합당하지 않은 것 같소. 나는 석주 위에 코끼리를 조각해서 얹히고 싶소."

아소까왕은 싯다르타 태자가 위없는 깨달음을 성취한 곳인 만큼 거대한 불탑을 조성하고 싶었다. 또한 마야 왕비가 하얀 코끼리 꿈을 꾸고 붓다를 잉태하였으므로 코끼리 형상을 조각해 석주의 연화좌대 위에 얹혀 세우기를 바랐다.

삼보디 순례 4

아소까왕 순례 일행은 아소까왕의 지시로 뻽팔라나무 앞에서 하룻밤을 보냈다. 붓다가 깨달은 이후 7일 동안 뻽팔라나무 밑에서 해탈의 기쁨을 누렸듯 모두들 임시 숙소로 돌아가지 않고 기쁘게 밤을 새웠다. 다만 단 한 사람 띠쉬아락시따 왕비만 궁녀를 데리고 임시 숙소로 돌아가 잠을 잤다. 임시 숙소에 든 그녀가 시녀에게 투덜거렸다.

"차가운 안개 속에서 어떻게 잠을 잘 수 있니?"

"두터운 숄을 두르면 돼요."

"숄을 두른다고 추위가 가시겠니? 나는 피곤해. 잠을 편하게 자야 돼. 그런 곳에서 밤을 새우는 내왕님을 이해할 수 없어."

"아상디밋따 왕비님은 뻽팔라나무 이파리를 주워서 품속에 넣던데요."

"그까짓 나무 이파리가 무슨 값어치가 있겠어. 최소한 내 손목에 찬 팔찌 정도는 돼야지."

그러나 우빠굽따와 마힌다, 악기브라흐마, 상가밋따, 아소까왕은 새벽까지 단 한 순간도 졸지 않았다. 그래도 붓다가 보았던 샛별은 보지 못했다. 짙은 안개가 몰려와 뻽팔라나무를 덮어버렸다. 뻽팔라나무 가지에 깃든 새들이 우짖는 맑은소리만 들릴 뿐이었다. 아소까왕은 한 그루 나무에 이처럼 수많은 새들이 깃들 수 있을까 하고 신기해했다. 아소까왕은 그제야 띠쉬아락시따가 자리에 없음을 알고 아상디밋따에게 물었다.

"띠쉬아락시따는 어디에 있소?"

"피곤하다고 숙소로 갔습니다."

"왕비는 피곤하지 않소?"

"피곤하지 않습니다. 기뻐서 잠이 오지 않았습니다."

"붓다께서 깨달은 자리의 이 뻽팔라나무를 나는 앞으로 붓다를 대하듯 사랑할 것이오."

그때 상가밋따가 다가왔다.

"사문은 어떤 기도를 했는가?"

"저는 기도를 하지 않았습니다. 뻽팔라나무가 붓다와 같아서 그냥 무념무상의 선정을 즐겼습니다. 새들이 노래할 때는 붓다의 아름다운 음성을 듣는 것 같았습니다."

우빠굽따가 호위대장과 함께 와서 말했다.

"대왕이시여, 탑을 두 배로 키우려면 많은 흙이 필요합니다. 흙은 어디에서 가져오는 것이 좋겠습니까?"

"이 뻽팔라나무 옆의 흙을 파서 조성하시오. 탑에 쓰일 흙을 파면 연못도 하나 생길 것이오."

"연못을 파게 되면 반드시 용이 와서 살 것입니다. 용이 뻽팔라나무와 탑을 수호할 것입니다."

"대장, 우리 얘기를 들었는가? 호위부대 조장을 이곳에 남게 하여 탑을 지금보다 더 크게 조성하시오. 왕실로 돌아가자마자 나는 자금을 관리하는 마하맛따를 파견하겠소."

"예, 대왕님."

우빠굽따가 다시 말했다.

"대왕이시여, 이곳은 다시 오기 힘들 것입니다. 그러니 이곳으로 올 때 거쳤던 네란자라강을 다시 가보시겠습니까?"

"좋소."

아소까왕 순례 일행은 우빠굽따를 따라서 네란자라강으로 갔다. 이번에도 아소까왕은 대왕코끼리를 타지 않고 걸어갔다. 이 길을 맨발로 걸었던 붓다에 대한 예의를 갖추기 위해서였다. 우빠굽따는 길을 안내하면서 붓다가 깨달음을 성취한 뒤 이곳에서 어떻게 보냈는지를 이야기했다.

"붓다께서는 깨달음을 이룬 뒤에도 뻽팔라나무 아래서 7일을 보내시고, 유미죽을 공양받은 아자빨라나무 아래서 다시 7일을 보내시기 위해 이 길을 걸어가십니다."

붓다는 모짜림 마을로 가다가 교만한 브라만을 만났다. 그가 말했다.

"사문이여, 그대는 어떻게 해야 브라만이 되는지 아시오?"

붓다는 즉시 대답하지 않고 있다가 잠시 후 그에게 친절하게 설명해 주었다.

"브라만은 죄악을 멀리하고 마음이 교만하지 않소. 언제나 자제할 줄 알고 베다에 정통하여 청정한 수행을 완성하지요. 브라만이란 그런 사람을 두고 하는 말이니, 그에게 어디엔들 교만함이 있겠소?"

그러나 교만한 브라만은 깨달은 붓다를 알아보지 못하고 코웃음을 치고는 떠났다. 붓다는 모짜림 마을 무짤린다 연못가의 반얀나무 아래 앉았다. 그런데 갑자기 우기가 아닌데도 찬 바람이 불다가 큰비가 내리기 시작하더니 7일 동안이나 쏟아졌다. 그때 반얀나무에 살던 코브라가 나타나 붓다의 몸을 일곱 번 감고 납작한 머리를 쳐들면서 외쳤다.

"어떤 추위와 더위, 모기와 전갈, 바람과 열기, 뱀도 결코 붓다에게 범접하지 못할 것이다!"

붓다는 깨달은 지 4주째에는 네란자라강 건너에 있는 라따나라 마을로 갔다. 라따나라는 보석이라는 뜻이어서 보석 마을이라고 불렀다. 라따나라 마을에도 반얀나무가 있었다. 붓다는 반얀나무 그늘에서 7일 동안 선정삼매에 들어 해탈의 기쁨을 누렸다. 5주째는 수자따에게 유미죽을 공양받은 아자빨라니그로다나무 밑으로 자리를 옮겼다. 7주째는 무짤린다 연못과 네란자라강 사이에 있는 라자야따나나무 밑으로 갔다. 그곳은 마차가 다닐 수 있는 길이 나 있었다. 그때였다. 욱깔라 마을에서 온 뿟까리왓띠 출신의 상인 따뿟사와 발리까 두 사람이 소 수레에 팔 물건을 싣고 지나다가 근처의 라자야따나나무 아래에 앉아 있는 붓다를 발견했다. 붓다의 몸에서는 흰빛이 나고 있었다. 형제 간인 두 상인은 존경하는 마음이 들어 곡물가루와 꿀을 붓다에 게 공양하려고 했다.

"존자님이시여, 저희가 올리는 공양물을 받으소서. 존자님 과 존자님의 가르침에 귀의합니다. 저희 형제를 존자님의 신도 로 받아주소서."

붓다가 허락하자 두 상인은 붓다와 붓다의 가르침에 귀의 했고 최초의 재가제자가 되었다. 두 상인이 스승을 만난 징표를 받고 싶어 하자 붓다는 자신의 머리카락을 주었다.

아소까왕은 수자따가 6년 고행을 마친 싯다르타에게 유미 죽을 공양한 곳을 그냥 지나치지 않았다. 호위대장을 불러 지시 했다.

"이곳은 수자따 처녀가 붓다께 유미죽을 공양한 성스러운 곳이오. 삼보디 뻽팔라나무 옆의 탑을 두 배로 키울 때 이곳에는 수자따탑을 조성하시오."

우빠굽따가 말했다.

"조성하되 탑 맨 위에는 아자빨라나무를 심으면 어떠하겠 습니까?"

"좋은 생각이오. 백성들은 아자빨라나무를 보면 붓다와 수 자따를 생각할 것이오."

아소까왕은 수자따탑을 조성하라고 지시하면서 우빠굽따

에게 물었다.

"수자따가 무슨 뜻이오?"

"최고의 선을 행한 여성이란 뜻입니다. 처녀의 본래 이름은 아닙니다."

"붓다께 처음으로 공양을 한 처녀라고 하니 처녀의 이름도 알고 싶소."

"처녀의 이름이 무엇이었는지 자세히 알아본 뒤 말씀드리겠습니다."

네란자라강에 도착한 아소까왕은 우빠굽따에게 설법을 청했다.

"빠딸리뿟따로 돌아가기 전에 알고 싶은 것이 하나 있소. 붓다께서 십이연기를 관했다고 했소. 가르침의 내용을 자세히 듣고 싶소."

"대왕이시여, 말씀드릴 수 있습니다."

우빠굽따가 이동식 법당 수레에 올랐다. 아상디밋따 왕비가 궁녀들을 시켜 순례 일행에게 짜이를 한 잔씩 돌렸다. 순례 일행은 토기잔에 든 짜이를 받아들고 모래밭에 앉았다. 네란자라강 너머 우루웰라 고행촌의 수행자들도 모래밭으로 왔다. 이윽고 우빠굽따가 삡팔라나무 아래서 깨달은 붓다의 십이연기에 대해서 설법했다.

"붓다께서는 괴로움의 본질을 통찰했습니다. 그 결과 존재에 대한 무지와 그릇된 견해가 곧 고통의 원인이며, 감각적 욕망이 곧 고통의 뿌리임을 깨달았던 것입니다. 그런데 이것들은 붓다께서 사유와 숙고를 해보니 열두 가지의 연결고리로 맞물려 있었던 것입니다."

우빠굽따는 짜이가 식기를 기다렸다가 마셨다. 토기잔을 들고 있던 아소까왕과 순례 일행도 우빠굽따를 따라서 토기잔을 들었다. 마침내 우빠굽따가 십이연기에 대해서 설했다.

"붓다께서 '이것이 있으면 더불어 저것이 있고, 이것이 생기면 더불어 저것이 생긴다. 무지를 조건으로 하여 의지에 의한 형성작용(業, 行)이 일어나고, 이 의지에 의한 형성작용을 조건으로 하여 재생 식(識)이 일어나고, 식을 조건으로 하여 몸과 마음의 결합(名色)이 일어나고, 몸과 마음의 결합을 조건으로 눈·귀·코·몸·마음 등 여섯 개의 감각기관(六入, 六處)이 생겨나고, 여섯 개의 감각기관을 조건으로 접촉이 생겨나고, 접촉을 조건으로 느낌(受)이 일어나고, 느낌을 조건으로 갈애(愛)가 일어나고, 갈애를 조건으로 집착(取)이 일어나고, 집착을 조건으로 다시 태어나 존재하고자 하는 성향(有)이 일어나고, 태어남을 조건으로 늙음·죽음·슬픔·비탄·괴로움·근심·절망(老死)이 일어난다. 이렇게 해서 고의 무더기(苦蘊) 전부가 생겨난다'라고 통찰하셨습니다."

우빠굽따는 거꾸로도 붓다가 깨달은 십이연기를 설했다.

"붓다께서 '이것이 없으면 더불어 저것이 없고, 이것이 멸하면 더불어 저것이 멸한다. 무지가 완전히 멸하면 의지의 형성작용이 멸하고, 의지의 형성작용이 멸하면 재생 식이 멸하고, 재생

식이 멸하면 명색이 멸하고, 명색이 멸하면 느낌이 멸하고, 느낌이 멸하면 접촉이 멸하고, 접촉이 멸하면 집착이 멸하고, 집착이 멸하면 존재하고자 하는 성향이 멸하고, 존재하고자 하는 성향이 멸하면 태어남이 멸하고, 태어남이 멸하면 늙음·죽음·슬픔·비탄·괴로움·근심·절망이 멸하게 된다. 이리하여 모든 고의 무더기 전부가 멸하게 된다'라고 통찰하셨습니다."

마힌다와 상가밋따, 악기브라흐마와 수마나 사미, 아상디밋따 왕비는 비로소 붓다의 십이연기 가르침을 이해하고 사무치게 절감했다. 그러나 아소까왕은 뻽팔라나무 아래서 하룻밤을 보낸 것에 비해 감동을 받지 못했다. 뻽팔라나무가 아소까왕에게 밤새 신선한 공기를 선사했던 것은 사실이었다. 뻽팔라나무의 맑은 공기는 아소까왕의 몸은 물론이고 머릿속까지 정화시켜 주었던 것이다. 띠쉬아락시따 왕비는 처음부터 우빠굽따의 설법에 귀를 기울이지 않았으므로 기대할 것이 없었다. 그녀는 우빠굽따가 설법하는 동안 주위를 두리번거리거나 아소까왕의 표정을 살피곤 했다.

'대왕님은 왜 이 따분한 설법을 들으시는 걸까?'

젊은 궁녀에게 투덜대기도 했다.

"얘, 저 우빠굽따 장로의 설법은 항상 지루해."

"왕비님, 대왕님께서 존경하는 장로님이에요. 그런 말씀하지 마셔요. 대왕님께서 들으시면 크게 실망하실 거예요."

"그렇다면 재미있다고 말할까? 난 거짓말하기 싫어. 재미없다고."

　아상디밋따 왕비가 잡담하는 그녀들을 보고는 눈살을 찌푸렸다. 그러나 띠쉬아락시따 왕비는 아소까왕의 총애를 받고 있었으므로 아상디밋따 왕비의 눈총을 아랑곳하지 않았다. 아소까왕은 우빠굽따가 설법을 마치자 바로 일어나 합장의 예를 표했다. 그러자 순례 일행 모두가 우빠굽따를 향해 절을 했다. 다만 띠쉬아락시따 왕비만 붉은 사리에 모래가 묻을까 봐 절하는 시늉만 했다. 그녀는 한시라도 빨리 그녀의 별궁으로 돌아갈 생각만 했다. 마침내 아소까왕 순례 일행은 삼보디를 떠나 빠딸리뿟따로 향했다. 아소까왕이 순례 일행을 보고 소리쳤다.

　"나는 우빠굽따 장로와 함께 순례하는 동안 깊은 공경과 믿음이 생겨났소! 뻽빨라나무 옆에 있는 붓다의 유골이 봉안된 탑을 두 배로 키운다면 장차 태어날 백성들도 붓다에 대한 신심과 존경심이 생겨날 수밖에 없을 것이오! 수자따가 공양을 올린 곳에 수자따탑을 조성한다면 장차 백성들이 보시야말로 가장 아름다운 행동이란 것을 느낄 것이오!"

　아소까왕은 보석으로 장식한 일산이 고정된 대왕코끼리를 타고 이동했다. 왕비들은 수레를 탔다. 호위부대 기마군사들은 대왕코끼리 앞뒤에서 호위했다. 코끼리 두 마리가 끄는 이동식 법당 수레도 순례 일행을 뒤따랐다.

4장

목갈리뿟따띳사 떠나다

석주를 세우다

담마칙령 공포

마힌다, 스승을 찾아가다

삼고초려

돌아온 목갈리뿟따띳사

목갈리뿟따띳사 떠나다

삼보디 순례에서 돌아온 아소까왕은 한동안 붓다가 위없는 깨달음을 이룬 자리인 삡팔라나무를 잊지 못했다. 과거의 왕들과 자신을 비교하면서 몹시 흡족해했다. 할아버지 짠드라굽따대왕이나 아버지 빈두사라왕은 순례보다는 사냥이나 오락을 즐기기 위해 왕궁을 나섰던 것이다. 아소까왕은 혼잣말로 중얼거렸다.

'앞으로 나는 순례하는 동안 담마의 실천자로서 사문이나 브라만들을 만나면 보시를 하리라. 늙은이나 가난한 자들에게도 보시를 하리라. 백성들을 만나면 담마를 알리고 담마의 근본을 얘기하리라. 이것이 나의 가장 큰 즐거움이니까. 어떤 즐거움도 이것과는 비교할 수 없으리.'

그런데 그때 마힌다가 아소까왕 집무실로 들어왔다.

"장로시여, 무슨 일이오?"

마힌다는 출가한 뒤 3년 동안 목갈리뿟따띳사에게 경, 율, 론 삼장을 배워 장로의 지위에 올라 있었다.

"대왕이시여, 목갈리뿟따띳사 장로님께서 꾸띠를 청소하고 계십니다. 아소까라마를 떠나시겠다고 합니다. 저에게 아소까라마를 맡으라고 하시지만 저는 아직 부족합니다."

"우빠굽따 장로가 와 있기 때문이오?"

"그건 아닙니다. 두 분은 사이가 아주 좋으십니다."

"내가 순례하는 동안 무슨 일이 있었던 것이오?"

"이전부터 있었지만 더 심해진 것 같습니다."

마힌다는 아소까라마 내부사정을 말하고 싶지 않았지만 이제 때가 왔다고 생각했다. 목갈리뿟따띳사가 책임을 지고 떠나려는 마당에 더 이상 침묵하는 것은 이교도들의 잘못된 행태를 묵인하는 행위라고 보았기 때문이었다.

"대왕이시여, 6만 명이 머물고 있는 아소까라마에는 불교 사문보다 이교도들이 더 많습니다."

"얼마나 많소?"

"이교도들이 훨씬 더 많습니다."

"어찌 그렇게 됐소?"

"처음에는 이교도들이 사문에게 예의를 지켰지만 지금은 주인 행세를 하고 있습니다."

마힌다의 보고는 사실이었다. 왕족과 브라만들이 불교에 귀의하여 많은 이익과 명성을 누리자 차츰 이교도들의 설 자리가 없어졌다. 그런 까닭에 그들은 아소까라마로 오지 않을 수 없었다. 아소까라마에서 공양은 물론 의복을 제공하고 병들었을 때 치료까지 해주었으므로 그들에게는 지상낙원이나 다름없었던 것이다. 실제로 아소까왕이 즉위했을 때부터 아소까라마에 이교도들이 몰려들었다. 그런데 그들은 승원의 예법을 따르지 않았다. 머리를 소라고둥처럼 틀어 올린 결발행자들은 브라만의 전통인 베다를 중얼중얼 외면서 경내를 오갔다. 그런가 하면 곳곳에 제단을 만들어 하루 종일 불을 꺼뜨리지 않았다. 자이나교 수행자들은 몸에 실오라기 하나 걸치지 않고 알몸으로 다녔다. 또 아지비까교 수행자들은 붓다의 가르침과 달리 불교 신도들에게 극단적인 숙명론을 퍼뜨렸다. 그들은 아소까라마에서 주는 황색 가사를 입고 사문 행세를 하면서 붓다의 가르침을 헐뜯기까지 했다.

아무튼 아소까라마 경내에는 브라만 이교도들에 의해 불을 꺼뜨리지 않는 제단이 여러 곳 생겨났고, 둥그런 돌에 구멍이 뚫린 요니와 남성의 성기처럼 생긴 링가들이 이곳저곳에서 눈에 띄었다. 이교도들이 성 밖에서 가져온 것들이었는데, 그들이 믿는 종교의 상징물들이었다. 뿐만 아니라 이교도들은 그들의 교리에 따라서 그들만의 출가의식을 행하여 붓다에 대한 순수한 믿음을 손상시키기도 했다.

아소까왕이 마힌다에게 말했다.

"가장 큰 문제는 무엇이라고 생각하오?"

"우뽀사타 법회에 성스럽고 지혜로운 장로들이 참석하지 않는 것입니다."

우뽀사타란 포살법회를 뜻했다. 매월 1회 출가자와 재가자들이 참여하는 참회법회로 계율을 외우거나 장로의 설법을 듣는 전통의식이었다.

"이교도들이 우뽀사타 법회에 참석하여 법회를 방해하는 언동을 일삼아 왔습니다."

"또 다른 문제는 무엇이오?"

"빠와라나 법회에 장로들이 참석하지 않는 것입니다."

빠와라나란 자자법회를 뜻했다. 수행자들이 우안거가 끝나는 날에 우안거 기간 동안 저지른 잘못을 서로 지적하고 참회하는 의식이었다.

"빠와라나 법회 때도 이교도들이 참석하여 계율을 훼손하는 언동을 해왔습니다."

아소까왕은 크게 실망하여 얼굴빛이 어두워졌다. 왕자 시절 자신의 스승이었던 목갈리뿟따띳사를 믿고 아소까라마의 운영을 맡겼는데도 해결해야 할 문제가 많다는 마힌다의 보고에 아소까왕은 적잖이 불만스러웠다.

"그동안에 목갈리뿟따띳사 장로는 무엇을 했다는 말이오? 수석 장로라면 아소까라마의 질서를 바로잡았어야지요."

"율사이신 목갈리뿟따띳사 장로님은 누구보다 괴로웠을 것입니다. 그러나 자비로운 분이어서 나서지 않고 자정이 되기를 기다리셨을 것입니다."

아소까왕이 말했다.

"그래도 내가 믿는 장로 중에 한 분인데 어떡하겠소. 가시는 것을 만류하시오. 어서 가서 목갈리뿟따띳사 장로를 이곳으로 데려오시오."

"예, 대왕님. 장로님을 모셔 오겠습니다."

마힌다는 서둘러 아소까라마로 향했다. 아소까라마 경내는 여전히 삼지창 같은 장대를 어깨에 메고 다니는 이교도들로 북적거렸다. 마힌다는 아소까라마 비하르를 지나 목갈리뿟따띳사가 머물고 있는 꾸띠로 걸어갔다. 그러나 꾸띠는 텅 비어 있었다. 목갈리뿟따띳사는 이미 떠나버리고 없었다. 마힌다가 아소까왕 집무실에 있을 때, 목갈리뿟따띳사와 사문들이 우뽀사타와 빠와라나를 중지하기로 결의한 뒤 강가강으로 내려가 버렸던 것이다. 마힌다가 한 사문을 붙들고 물었다.

"목갈리뿟따띳사 장로님은 어디에 계시오?"

"방금 사문들과 우뽀사타와 빠와라나를 무기한 중지하기로 선언하신 뒤 떠나셨습니다."

마힌다는 잰걸음으로 강가강 나루터까지 달려갔지만 목갈리뿟따띳사는 보이지 않았다. 뱃사공들에게 수소문해서 물어보니 강가강 상류에 있는 아호강가로 가겠다고 배를 탔다는 것이었다.

"목갈리뿟따띳사 장로님을 보지 못했습니까?"

"장로님은 아호강가로 가는 상선을 타고 떠나셨습니다."

빠딸리뿟따에서 아호강가로 다니는 상선은 하루에 한 번 있으므로 뒤쫓아 가려면 내일이나 가능했다. 할 수 없이 마힌다는 왕궁으로 돌아와 아소까왕에게 사실대로 보고할 수밖에 없었다.

"대왕이시여, 장로님은 아호강가로 떠나셨습니다."

"사문들에게 남긴 말은 없었소?"

"예, 우뽀사타와 빠와라나를 사문들과 함께 중지하기로 결의했다고 합니다."

"떠난 장로를 붙잡을 방법은 없소. 장로가 돌아올 때까지 우리 힘으로 아소까라마를 정화할 수밖에 없소."

"대왕시이여, 아소까라마가 정화된다면 목갈리뿟따띳사 장로님이 돌아오실지도 모릅니다."

"나는 백성들에게 담마칙령을 내려 정화할 것이오. 마힌다 장로는 아소까라마 이교도들을 정화하시오."

아소까왕은 떠난 목갈리뿟따띳사를 포기했다. 아호강가로 마힌다를 보낼 생각도 하지 않았다. 어쩌면 왕의 자존심 때문에 그런지도 몰랐다. 그러면서도 아소까왕은 가장 온건한 방법을 선택했다. 아소까라마를 정화하고 나면 목갈리뿟따띳사가 돌아오지 않겠느냐는 희망 때문이었다. 그렇다고 하더라도 사문들이 포살법회에 참석하지 않는 것은 당장의 문제였다. 아소까왕은 마힌다에게 말했다.

"장로시여, 나는 사문들이 우뽀사타에 참석하지 않는 것도 큰 문제라고 생각하오. 장로시여, 내 명령을 사문들에게 전하시오. 사문들이 우뽀사타에 참석하여 종교 간의 화합을 도모해야된다고 전하시오."

"예. 그런데 대왕이시여, 사문들이 목갈리뿟따띳사 장로님

앞에서 우뽀사타를 중지하기로 결의했기 때문에 어떤 반응을 보일지 알 수는 없습니다.”

“나의 명령을 어기면 누구라도 극형에 처해진다는 것을 알아야 하오.”

아소까왕은 단호하게 잘라 말했다.

“예, 대왕님.”

아소까왕의 명을 받은 마힌다는 이러지도 저러지도 못했다. 사문들을 모아놓고 아소까왕의 명령이라며 앞으로는 우뽀사타에 참석하라고 전하기는 하겠지만 자신이 나서서 강요할 생각은 없었다. 스승 목갈리뿟따띳사가 결의한 사항을 제자인 자신이 뒤엎는다는 것은 있을 수 없는 일이었다. 그런데 아소까왕은 자신의 명령이 지켜지는가를 보기 위해 마하맛따 한 명을 아소까라마에 파견했다. 마하맛따란 우뽀사타에 참석하여 아소까왕의 명령이 집행되는지를 감독하는 신하를 뜻했다.

이후 아소까왕은 마하맛따 파견을 전국으로 확대했다. 붓다의 가르침은 물론이고 아소까왕의 담마정책이 효율적으로 스며들게 하기 위해서였다. 잠부디빠 각 지방에 마하맛따 사무소를 두어 그곳에서 붓다의 가르침을 알리고, 더 나아가 의료와 복지 등의 일을 관장하게 했다. 그러나 처음에는 아소까왕의 명령이 잘 집행되지 않았다. 아소까라마만 해도 사문들 중에는 왕의 명령을 받들어 우뽀사타에 참석하는 장로가 있고, 목갈리뿟따띳사와의 결의를 지키고자 완강하게 반대하는 장로가 있었다.

마하맛따가 보고하자 아소까왕은 격노했다.

"내 명을 어기면 사문이라도 극형에 처하시오."

"감옥으로 보내겠습니다."

"즉시 그렇게 하시오."

아소까왕은 '승가의 보호자'이자 '담마의 실천자'라는 자부심에 사로잡혀 있었다. 그렇기 때문에 승가의 화합을 위해 승가를 분열하는 자는 용서할 수 없었다. 마하맛따는 우뽀사타에 참석하지 않는 사문과 장로들을 지옥궁전이라 불리는 감옥의 옥주 짠달라기리까에게 보냈다. 그러면 짠달라기리까는 인정사정없이 그들을 사형 집행장으로 보냈다. 하루는 띳사꾸마라 장로도 여러 명의 장로와 함께 감옥으로 압송돼 왔다. 띳사꾸마라는 아소까왕의 친동생 비가따소까였다. 띳사꾸마라는 출가하여 얻은 그의 법명이었다. 다행히 마하맛따는 띳사꾸마라를 알아보고 아소까왕에게 보고했다. 아소까왕은 즉시 띳사꾸마라를 집무실로 불렀다.

"띳사 장로시여, 어찌하여 하나뿐인 동생을 내가 처형해야 한다는 말이오!"

"대왕이시여, 붓다께서는 내가 남에게 살해당하는 것을 싫어하듯이 남들도 나와 마찬가지니 살생을 하지 말라고 하셨습니다. 대왕님은 담마의 실천자입니다. 그런데 대왕님은 무슨 까닭으로 살생을 하십니까?"

"내가 명령을 내린 것은 승가의 화합을 위해서였소. 우뽀사타의 참석을 놓고 승가가 분열하고 있으니 내가 나선 것이오."

"그렇다고 하더라도 승가를 보호해 왔던 대왕님께서 담마를 수호해 왔던 사문을 죽이는 것은 앞뒤가 맞지 않는 처사입니다."

아소까왕은 띳사꾸마라의 말에 승복했다. 그의 짧은 설법에 반박할 말을 찾지 못했던 것이다.

"오! 띳사 장로의 말이 맞는 것 같소. 마하맛따에게 지시하겠소. 나는 오늘부터 내 명을 거역했다는 이유로 살생하는 것을 멈추게 하겠소."

"대왕님은 진정한 담마의 실천자이십니다."

"나는 이미 동생 장로가 출가 전에 내게 선물했던 칼을 다야강에 버린 왕이오. 그 자리에서 나는 담마로 세상을 정복하기로 맹세했소."

"훌륭하십니다, 대왕이시여."

아소까왕은 즉시 옥주 짠달라기리까를 불러 감옥에 있는 장로들을 다 풀어주라고 지시했다. 이 소식을 들은 마힌다 장로는 마하맛따 대관을 불러 부탁했다. 마하맛따는 마힌다가 아소까왕의 아들이란 사실을 알고 있기 때문에 무슨 말이든 다 들어주었던 것이다.

"대관이시여, 아소까라마 경내에는 이교도들의 상징물이 많습니다. 일단 이것들부터 제거해 정화시켜 주시오."

"장로님이시여, 걱정하지 마십시오. 이교도들이 설치한 요니와 링가, 불의 제단부터 당장 치우겠습니다."

"대관님의 수고를 대왕님께 말씀드리겠습니다."

"제가 진즉 정화했어야 할 일입니다."

마힌다는 사문들이 우뽀사타에 참여하고 경내가 정화되기를 서두르지 않고 기다렸다. 어느 정도 정화가 된다면 아호강가에 은둔하고 있는 목갈리뿟따띳사를 찾아가 다시 아소까라마로 와주기를 간청할 생각이었다.

석주를 세우다

담마칙령을 새길 거대한 석주를 옮기기 위해서는 많은 군사와 백성들을 동원해야 했다. 즉위 10년에 빠딸리뿟따에서 삼보디까지 석주를 운반하는 광경을 직접 목격한 아소까왕은 거리와 석질을 고려한 최적의 사암 채석장을 찾아야겠다고 판단했다. 수십 마리의 코끼리들이 끌고 바퀴가 42개 달린 긴 수레에 솜으로 둘둘 만 석주를 싣고 강가강 강변의 뗏목까지 이동하는 데만 몇천 명을 동원했기 때문이었다. 수레바퀴마다 1백여 명의 군사들이 붙어서 돌부리가 나타나면 목도를 해서 수레바퀴를 들어올리곤 했다. 아소까왕이 어느새 왕사 대접을 받고 있는 우빠굽따에게 말했다.

"장로시여, 지난번에 우리 군사와 백성들이 석주를 옮기느라고 너무 고생했소."

"대왕이시여, 군사와 백성들이 고생한 것은 사실입니다."

"그 석주는 빠딸리뿟따 근교 어디에서 캔 사암이었소?"

"아닙니다. 바라나시 부근 추나르 채석장에서 가져온 사암이었습니다."

추나르 사암 채석장은 바라나시 근교 강가강 강변에 있었다. 그러므로 석주를 만들어 강가강을 이용해 어디로든 운반하기가 쉬웠다. 우빠굽따가 품속에서 손거울을 꺼냈다. 지난번에 석주를 만들고 난 뒤 손바닥만 한 둥그런 사암 조각을 다듬어서 만든 손거울이었다. 아소까왕이 물었다.

"무엇이오?"

"손거울입니다. 대왕님께 드리려고 석공에게 부탁해서 사암 조각으로 만든 손거울입니다."

"사암으로도 거울을 만들 수 있소?"

"질이 좋은 추나르 사암은 가능합니다."

아소까왕은 추나르 사암 조각을 가공해서 만들었다는 우빠굽따의 말에 놀랐다. 석재인데도 균열이나 흠이 없고 유리알같이 맑았다. 담홍색 빛깔은 구리거울처럼 광택이 났다.

"돌이 이렇게 아름답다니 신기하오."

"추나르 사암 석질은 잠부디빠에서 최고입니다. 질은 단단하고 결은 섬세합니다. 그곳이 어디든 추나르 사암으로 석주를 세운다면 대왕님의 위엄이 더욱 드러날 것입니다."

"추나르가 바라나시 근교에 있다니 강가강을 이용하면 나라 어디든 석주를 운반할 때 좋겠소. 앞으로는 사암을 빠딸리뿟따로 가져오지 말고 최고의 석공들을 추나르로 보내어 그곳에서 만들도록 하시오."

"대왕이시여, 그렇게 조치하시면 군사와 백성들의 고생이 크게 줄어들 것입니다."

아소까왕이 석주에 관심을 보이는 까닭은, 그동안 바위에 칙령을 새겨왔지만 그 효과가 미미했기 때문이었다. 지금까지는 인적이 뜸한 천연의 바위에 칙령을 새겨왔는데, 그 내용이 백성들에게 잘 알려지지 않았다. 칙령을 새긴 바위들이 대부분 가파른 언덕이나 산자락 같은 곳에 있었으므로 사람들 눈에 쉽게 띄지 않았던 것이다. 따라서 아소까왕이 바위 대안으로 석주를 생각한 것은 자연스러운 일이었다. 이미 조성한 수많은 탑에 칙령을 새길 수도 있었지만 그 방법은 붓다에 대한 예의가 아니었기 때문에 장대한 돌기둥, 즉 석주를 고안해 냈던 것이다. 이전의 어떤 왕도 시도해 보지 않았던 석주 조성이었다.

"바위에 칙령을 새기기는 했지만 그것은 우리 마우리야왕국 영토를 알리는 데 목적이 있었소. 붓다를 존경하는 마음으로 이미 조성한 탑에 칙령을 새기는 것은 어색한 일이오. 그래서 석주를 세우고자 하는 것이오. 담마칙령이 새겨질 석주는 가능한 한 붓다 성지나 사람들이 오가는 길목에 세우는 것이 좋겠소. 우리 백성들이 보아야 하니까."

"대왕이시여, 대장 신하들에게 지시를 내리소서."

"그렇게 하겠소. 석주의 크기는 얼마만 한 것이 좋겠소?"

"대왕님 걸음으로 20보에서 30보 정도면 장대하여 위엄이 생길 것입니다."

"알았소. 장로께 또 하나 묻겠소."

"삼보디 석주 위에는 코끼리를 조각하라고 명했소. 또 사르나트로 간 석주 위에 얹힐 조각은 네 마리 사자였소. 또 다른 곳의 석주에는 무엇을 조각해야 좋겠소?"

우빠굽따는 아소까왕이 석주 위에 얹힐 조각까지 관심을 가지고 있다는 것에 경외심을 느꼈다. 그만큼 석주에 관심이 많고 집중하고 있다는 방증이었다. 우빠굽따는 대답하는 데 조금도 망설이지 않았다. 그동안 순례를 계속해 왔으므로 머릿속에서 영감처럼 떠올랐다. 우빠굽따가 말했다.

"붓다를 상징하는 상서로운 동물들이 있습니다. 삼보디에 세울 석주에 얹히는 동물은 이미 코끼리로 결정되었습니다. 코끼리는 붓다께서 태어나실 때 마야부인의 꿈속에서 나타난 동물입니다."

"내가 호위대장에게 큰 코끼리상을 조각하라고 지시했소. 뻽팔라나무 옆의 탑도 두 배로 증축하라고 명했소."

"예, 잘 알고 있습니다. 붓다를 상징하는 또 다른 동물로는 황소가 있습니다. 싯다르타 태자는 아기 때부터 황소와 같이 튼튼했고 늠름하였습니다.《숫따니빠따》에 나오는 말씀입니다."

모든 존재 중에서 견줄 바 없는 분,
가장 높은 분, 황소 같은 분,
모든 존재 중에서 으뜸입니다.

아시따 선인은 사끼야족의 황소를 팔에 안고

아기의 상호를 살폈다.

그리고 기쁨에 넘쳐서

"이 아기는 비교할 자가 없습니다.

인간 중에 가장 으뜸입니다"라고 환호성을 질렀다.

우빠굽따는 설법을 하듯 길게 말했다.

"대왕이시여, 또 말이 있습니다. 태자는 말을 타고 성을 나와 출가했습니다. 그리고 사자가 있습니다. 붓다의 설법은 사자의 포효와 같아 어느 누구도 당해낼 자가 없는 것입니다."

"우리가 삼보디에 갔을 때 석주에 얹힐 사자상을 사르나트로 보냈는데 잘된 일이오?"

"삼보디에서 위없는 깨달음을 이루신 붓다께서 사르나트로 가시어 고행림에서 함께 수행했던 다섯 비구에게 처음으로 설법했으므로 사자상이 그곳으로 간 것은 매우 합당한 조치였다고 생각합니다."

"한 곳에 석주를 두 개 세울 수는 없소?"

"왜 그러십니까?"

"붓다께서 처음으로 설법한 사르나트에 사자상 석주는 이미 보내졌고, 붓다께서 처음으로 설법하셨다니 담마의 수레바퀴를 조각한 석주까지 세워진다면 어떠하겠소?"

"담마의 수레바퀴로 세상을 정복하시겠다는 대왕님만이 하실 수 있는 말씀입니다. 저는 미처 생각하지 못했습니다만 참으로 지당하신 말씀입니다."

아소까왕은 왕궁에서 대기하고 있던 호위대장을 불렀다. 그가 집무실로 들어오자 즉시 담마의 수레바퀴, 즉 법륜을 조각하도록 지시했다.

"내년에나 늦어도 내후년에는 사르나트를 순례할 것이오. 그러니 법륜상 석주를 만들도록 추나르에 나가 있는 호위부대 조장에게 지시하시오."

"예, 대왕님. 그런데 석주에는 어떤 문자를 새겨야 합니까?"

"나는 왕자 시절에 브라흐미, 카로스티 등 63개의 언어를 배웠소. 그중에서도 나는 옛 마가다국과 사끼야족, 붓다께서 사용했던 브라흐미 문자를 잠부디빠 전역에 세울 석주에 새기겠소."

"붓다께서 사용했던 문자로 새길 것이라고 말씀하시니 참으로 감동스럽습니다."

"나는 붓다께서 사용했던 문자를 사랑할 수밖에 없고, 담마의 실천자가 되겠다고 맹세했으니 당연한 일이오."

이처럼 아소까왕은 잠부디빠 전역의 붓다 성지와 사람이 많이 다니는 교통 요충지에 석주를 세우려고 생각했다. 그렇다고 석주만 세우려고 한 것은 아니었다. 이전에 해왔던 바위에 칙령을 새기는 작업도 아주 없어지는 않았다. 즉위 12년 이후에도 바위에 담마칙령뿐만 아니라 때로는 코끼리 등을 조각했다. 문자도 마우리야왕국 서북쪽 변경 사람들이 읽을 수 있도록 그 지역에 맞게 그리스 문자, 아람어 문자, 카로스티 문자 등을 사용했다. 아소까왕이 즉위 12년에 마우리야왕국 서북쪽 끝인 칸다하르 지역을 순행하면서 남긴 바위 담마칙령에는 다음과 같이 음각되어 있었다.

우리의 군주이신 삐야다시 왕은 왕위에 오른 지 10년 후에 사람들에게 담마를 가르치기로 결심하셨다.

문장은 그곳 사람들이 아소까왕의 명을 받아서 새긴 형식으로 되어 있었다. 그리고 문자는 브라흐미가 아닌 그리스 문자와 아람어 문자를 사용했다. 같은 바위에 두 가지 문자를 사용한 것은 알렉산더 동방원정 이후 이곳에 다양한 인종이 살고 있기 때문이었다. 아소까왕이 서북쪽 변경 지방을 먼저 순행한 까닭은 말이 통하지 않는 그곳의 사람들을 먼저 돌보려는 마음과 왕자 시절에 딱사쉴라의 반란을 진압하러 갔던 기억이 선명해서였다. 칸다하르와 가까운 변경 사바즈 가르히라는 곳의 바위에는 카로스티 문자로 칙령을 새겼다.

아소까왕은 칸다하르 순행을 서둘러 마치고 빠딸리뿟따로 돌아왔다. 병석에 오랫동안 누워 있던 다르마 대비가 숨을 거두었기 때문이었다. 아소까왕은 예를 갖추어 강가강에서 화장한 뒤 강물에 재를 뿌렸다. 불제자로서 담마의 실천자가 된 아소까왕이었지만 아지비까 교단에는 호의적이었다. 어머니 다르마를 추모하는 뜻에서 가야 북쪽 깔라띠까 언덕의 동굴법당 두 개를 아지비까 교단에 기증했다. 불교에 귀의했던 자애로운 다르마가 항상 자신의 고향 쨤빠성에서 만났던 아지비까 교단의 지도자 자나사나 구루를 얘기하곤 했었기에 그랬다.

한편 아소까왕은 즉위 13년 이후부터 다시 석주를 세우고 담마칙령을 새기기 시작했다. 삼보디에 탑이 증축되었다는 보고를 받고서 코끼리상 석주를 세웠고, 사르나트에는 기존의 사자상 석주가 있음에도 불구하고 법륜상 석주를 또 세우라고 지시했다. 아소까왕은 사르나트를 순례하는 동안 우빠굽따의 설법을 들었다. 우빠굽따는 사르나트에서 다음과 같이 붓다의 말씀을 세 토막으로 들려주었다.

나는 선인들의 숲(녹야원)에서
짐승들의 왕인 사자가 포효하듯이
진리의 바퀴를 굴릴 것이니라.

나는 바라나시 이시빠따나의 사슴동산에서
다섯 명의 비구들에게 첫 번째 담마의 바퀴를 굴리었네.

나는 담마의 바퀴를 굴리네.
그 바퀴는 아무도 멈출 수 없네.

아소까왕은 우빠굽따의 설법을 들은 뒤 사자상 석주에는

붓다께서 다섯 명의 비구들에게 첫 번째 담마의 수레바퀴를 굴리셨다는 내용을 브라흐미 문자로 새기게 했고, 당시 사르나트 사원에는 수많은 비구와 비구니들이 살고 있었으므로 법륜상 석주에 승가의 화합과 재가신도들의 포살법회 참석과 법대관인 마하맛따들의 책임을 당부하는 칙령을 남겼다.

어떤 누구에 의해서도 승가가 분열되어서는 안 된다. 비구든 비구니이든 승가를 분열하는 사람은 누구나 흰옷을 입혀서 승원이 아닌 곳에 살게 해야 한다. 이와 같은 명령은 비구 승가와 비구니 승가에 잘 전달되어야 한다.

재가신도들은 바로 이 칙령에 의해 신심을 북돋우기 위해 우뽀사타에 참석해야 한다. 모든 마하맛따들도 반드시 우뽀사타에 참석해야 하는데, 그것은 바로 이 칙령에 의해 그대들의 신심을 북돋우고 이 칙령을 그대들이 이해하기 위해서이다. 더욱이 이 칙령의 명령대로 행하도록 그대들의 관할 지역을 순방해야 한다. 마찬가지로 다른 마하맛따들도 요새 지역을 순방하여 이 칙령의 명령대로 행하도록 해야 한다.

물론 바위나 석주에 새기는 칙령이 위와 같은 내용만 있는 것은 아니었다. 담마를 권장하고, 사람뿐만 아니라 동물을 보호하고, 사람들의 복지와 행복을 증진케 하는 칙령들이 아소까왕의 명으로 돌에 새겨졌다.

담마칙령 공포

아소까왕은 삼보디에 있는 호위부대 조장에게 지시했다. 아소
까왕의 지시란 추나르 사암 채석장으로 가서 가능한 한 석주를
많이 만들라는 것이었다. 그러나 사암 채석과 석주 공정은 결코
쉬운 일이 아니었다. 석주 한 개의 크기는 장대했다. 거대한 사암
덩어리에서 고작 석주 한두 개가 나오면 다행일 정도였다. 석주
한 개의 길이가 건장한 군사 걸음으로 22보쯤 되고, 밑동 지름이
성인 팔로 한 아름, 꼭대기 지름이 1보 반쯤 되기 때문이었다. 그
러한 조건을 갖춘 사암 덩어리를 채석했다고 하더라도 또 석공
의 작업장까지 운반이 녹록지 않았다. 수백 명의 군사나 젊은 장
정들이 사암 덩어리를 통나무 위에 올려놓은 뒤 여러 마리의 코
끼리가 끌고 와야 했다. 사암 덩어리가 작업장에 도착하면 수십
명의 석공들이 정으로 쪼아 석주 형태를 잡은 뒤 도구를 이용해
거울처럼 반질반질해질 때까지 갈았다. 때문에 1년에 만들어지
는 석주는 서너 개에 불과했다.

그러나 아소까왕의 의지는 강했다. 붓다에 대한 '믿음의 상
속자'에서 '담마의 실천자'가 된 아소까왕의 석주 조성 의지로 궁
중 창고의 금은보화가 텅 빌 정도가 됐지만, 신하들 중에서 누구

도 왕의 의지를 꺾지 못했다. 마힌다의 보고는 아소까왕의 마음을 더 격동시켰다.

"대왕이시여, 작년에 만들어진 석주에 새긴 대왕님의 담마 칙령은 저에게도 영감을 불러일으켰습니다."

"작년 석주에 새긴 담마칙령은 우빠굽따 장로의 자문을 받아 지시한 것이었소."

아소까왕은 그 내용을 한 글자도 빠짐없이 다 기억했다. 석주에 새긴 각문은 아소까왕의 열정과 의지에 다름 아니었다. 아소까왕이 두런두런 소리 내어 외웠다. 한때 아들이었던 마힌다에게 마치 자랑하듯이 기분 좋은 표정으로 중얼거렸다.

내가 왕위에 오른 지 12년이 됐을 때, 나는 백성들의 복지와 행복을 위해 처음으로 담마칙령을 석주에 새기도록 하였다. 백성들에게 폭력을 행사하지 않고도 백성들이 여러 면에서 담마로 인해 나아짐을 얻을 수 있기 때문이었다. 나는 깊이 생각했다. "어떻게 하면 백성들에게 보다 나은 복지와 행복을 줄 수 있을까?" 그러려면 나부터 내 친척들, 먼 곳에 사는 친척이나 가까운 곳에 사는 친척이나 그들 모두에게 관심을 기울이고, 그들에게 복지와 행복을 안겨주는 합당한 행동을 해야만 할 터였다. 나는 모든 종교 교단에게 다양한 방법으로 공경과 존경을 표해왔다. 그리고 그들을 직접 방문하는 것이 가장 중요하다고 생각했다.

"대왕이시여, 대왕님께서는 지금도 날마다 여러 교단의 수행자들에게 공양을 올리고 있습니다. 더욱이 붓다의 가르침에 귀의하신 대왕님께서 작년에는 아지비까 교단에 성스러운 동굴 법당 두 개를 기증하기도 했습니다."

"두 개만이 아니라, 존경하는 마음으로 앞으로도 더 기증할 수 있소."

"저에게 영감을 주는 부분은 대왕님께서 먼저 담마를 솔선수범해서 실천하겠다고 선언하신 내용입니다. 그러면 백성들도 따라서 모두 마음을 내어 담마를 실천하게 될 것이라고 생각합니다."

"내가 실천하지 않는다면 백성들이 나를 비웃을 것이오. 나는 붓다의 가르침을 모든 백성들과 나누고 싶은 마음에서 담마 칙령을 바위나 석주에 새기고 있는 것이오. 이전에도 그랬지만 앞으로도 그럴 것이오."

아소까왕의 의지는 확고했다. 석주의 조성이 늦어지면 이미 해왔던 방식을 계속하리라고 결심했다. 사람들 눈에 잘 띄지는 않지만 반반한 바위를 찾아서 담마칙령을 새겨왔던 것이다. 아소까왕은 자신의 의지를 담은 담마칙령을 이미 정해두기도 했다.

어떻게 하면 백성들이 담마를 따르게 할 수 있을까? 어떻게 하면 담마를 받아들여 백성들의 삶이 더 나아질 수 있을까? 어떻게 하면 담마를 받아들여 백성들의 삶이 향상될 수 있을까? 그래서 자비로운 삐야다시 왕은 이렇게 생각했다. "나는 사람들에게 담마를 공포하여 알려야겠다. 나는 사람들에게 붓다의 가르침을 가르쳐야겠다. 그러면 사람들은 담마를 듣고, 담마를 따르게 되고, 그들 자신을 향상시키고, 담마를 받아들여 아주 달라질 것이다." 이런 목적으로 나는 담마칙령을 공포해 왔고 많은 붓다의 가르침을 시달할 것이다.

삐야다시는 왕위에 오른 아소까왕의 공적인 명칭이었다. '신들에게 사랑을 받고 자비로운 용모를 가진 이'란 뜻을 가진 말이었다. 그때 장로니 상가밋따가 들어왔다. 마힌다와 상가밋따는 아소까왕의 집무실을 다른 장로나 장로니들과 달리 자유롭게 드나들었다. 아소까왕이 딸인 상가밋따를 부드러운 말투로 맞았다.

"장로니시여, 어서 오시오."

"다울리 언덕을 다녀왔습니다. 대왕님께서 칼을 버리시고 담마의 정복자가 되시겠다고 맹세한 다야강 강변도 걸어보았습니다."

"오, 상가밋따 장로니시여. 그대들이 출가하여 나는 믿음의 상속자가 된 것이오. 다만 목갈리뿟따띳사 수석 장로가 없어 아쉬울 뿐이오."

"대왕이시여, 목갈리뿟따띳사 장로님께서 곧 아소까라마로 돌아오실 것 같습니다."

"무슨 근거로 하는 말이오?"

"대왕님께서 석주나 바위에 담마칙령을 공포하고 계신다는 것을 수석 장로님께서도 잘 아실 것입니다. 아소까라마가 아직 완전히 정화된 것은 아니지만 강물이 흐르면서 스스로 맑아지듯 이제는 우뽀사타도 자리를 잡아가고 있습니다."

"마힌다 장로도 그렇게 생각하오?"

"상가밋따 장로니의 말이 맞습니다만, 아소까라마가 정화되려면 더 기다려야 합니다."

"나는 지금까지 잘 참아왔소. 더 이상 기다릴 수 없소. 그러니 목갈리뿟따띳사 장로를 모셔 와 하루 빨리 여법하게 정화하시오."

아소까왕은 마힌다에게 권유하기보다는 명령을 내렸다.

"대왕이시여, 당장 아호강가로 가겠습니다."

마힌다의 대답에 만족한 아소까왕이 상가밋따에게 시선을 돌리며 말했다.

"다울리에서 무엇을 보았소?"

"대왕님께서 올해 지시하여 조성한 바위 칙령을 보았습니다. 담마칙령들 중에서 불살생 계율이 돋보이는 바위 담마칙령이었습니다."

"담마의 실천자가 되려면 가장 먼저 불살생부터 지켜야 하지 않겠소?"

"대왕이시여, 붓다께서 가장 강조하신 것 중에 하나가 살생 금지였습니다. 대왕님께서는 불살생의 계율을 지키겠다고 의지를 보이신 것입니다."

다울리 언덕의 바위에 담마칙령을 새긴 것은 재위 13년만인 올해의 일이었다. 상가밋따는 다울리 바위에 새긴 담마칙령을 보고 나서야 아소까왕의 믿음을 확인했다. 다울리 언덕 바위의 각문은 다음과 같았다.

삐야다시 왕은 이 담마칙령을 새기도록 명했다. 여기(마우리야왕국)에서는 그 어떤 살아 있는 생명들을 제물로 바치기 위해 죽여서는 안 된다. 또한 사마자를 열어서는 안 된다. 왜냐하면 삐야다시 왕은 이와 같은 사마자 집회에서 많은 악행을 보았기 때문이다. 그렇지만 삐야다시 왕은 어떤 사마자는 허락한 것도 있다.

사마자란 왕이 백성들에게 베풀었던 축제로 아소까왕의 할아버지 짠드라굽따대왕과 아버지 빈두사라대왕은 야생 황소, 코뿔소, 숫양 등의 싸움을 경연하는 축제를 매년 열었다. 이때 많은 동물들이 죽었으므로 아소까왕은 동물들의 싸움 경연대회 축제를 금지하였다.

전에는 삐야다시 왕의 황실 요리실에서 매일 수백 수천 마리의 동물들이 요리를 위해 도살되었다. 그러나 이 담마칙령을 공포한 지금에는 단지 세 마리의 동물만이 도살되고 있다. 즉 두 마리의 공작새와 한 마리의 사슴이다. 그러나 이 한 마리의 사슴조차도 정기적으로 도살되지 않을 것이다. 이 세 마리의 동물들조차도 앞으로는 도살되지 않을 것이다.

또 아소까왕은 불살생의 계율을 넘어 백성들과 동물들을 위한 의료진료소를 짓게 하고, 약초밭을 조성하고, 목마른 행인들을 위해 우물을 파고, 나무를 심어 그늘이 드리워지는 시원한 쉼터를 만들게 했다.

삐야다시 왕의 왕국 어디에서나, 마찬가지로 국경 너머의 사람들에게도 즉 쪼다, 빵디야, 사띠야뿟따, 그리고 저 멀리 땅바빵니까지, 그리고 요나(그리스) 왕에게까지, 앙띠요까(시리아) 왕의 이웃 왕들에게까지, 어디든지 삐야다시 왕은 두 가지 종류의 의료진료소를 짓도록 하였다. 즉 사람과 동물을 위한 의료진료소였다.
사람과 동물에게 적합한 약초를 구할 수 없는 곳은 어디든지 약초를 가져다가 심도록 하였다. 어디든지 약초 뿌리나 약초 열매를 구할 수 없는 곳은 그것들을 가져다가 심도록 하였다. 사람과 동물들의 이익을 위해 길을 따라 우물을 파고 나무를 심게 하였다.

사람과 동물을 위한 병원이나 약초 재배지뿐만 아니라 양로원, 고아원, 무료급식소 등도 전국 방방곡곡에 짓도록 명했다. 짠드라굽따대왕이나 빈두사라대왕이 시도해 보지 않았던 복지정책들이었다. 마힌다가 말했다.

"대왕이시여, 마하맛따들 중에서 올해 담마마하맛따를 처음으로 임명하셨습니다. 선발된 그들은 대왕님의 담마정책을 위해 더욱더 헌신할 것입니다. 그리하여 그들은 백성들에게 담마를 가르치고, 담마를 증진하고, 담마를 실천하는 담마 대신의 역할을 다하며 모든 백성들의 복지와 행복을 위해 일할 것입니다."

"그렇소. 나는 담마마하맛따의 임무를 규정하기 위해 바위에 칙령을 또 새기게 했소."

"대왕님의 담마칙령에는 붓다라는 각문이 드뭅니다. 무엇 때문입니까?"

"나는 모든 종교의 수행자들이 나의 영토 안에서 자유롭게 살기를 원하오. 그들도 자기 절제와 청정한 삶을 추구하고 있기 때문이오."

"대왕이시여, 참으로 공평하십니다."

담마마하맛따의 역할을 규정하는 담마칙령은 다음과 같았다.

삐야다시 왕은 이와 같이 말한다. 다른 사람에게 선을 행하는 것은 어려운 일이다. 다른 사람에게 선을 베푸는 사람은 무언가 하기 어려운 일을 행한 사람이다. 나는 선한 일을 많이 해왔다.

나의 아들, 손자, 그리고 그들 후의 대대손손 대를 이어 이 세상이 끝날 때까지, 만일 그들이 나의 모범을 따른다면 그들 또한 선을 많이 행할 것이다. 그러나 누구든지 조금이라도 게을리하는 사람은 잘못을 짓는 것이리라. (중략)

담마마하맛따는 하인과 귀족, 브라만과 장자들, 가난한 사람과 노인들, 담마에 헌신하는 사람들 사이에서 이들 삶의 어려움을 없애주고 복지와 행복을 얻게 하기 위해 일한다. 담마마하맛따는 감옥의 죄수들이 합당한 처우를 받도록 일하며 또한 그들의 석방을 위해 일한다. 만일 담마마하맛따가 생각하기에 '이 사람은 부양할 가족이 있다, 이 사람은 자신의 의지와는 상관없이 남의 꼬임에 넘어갔다, 이 사람은 나이가 많다'라고 한다면 이런 사람들을 석방하기 위해 일한다. (중략)

이 담마칙령이 오래가도록 하기 위해 그리고 나의 자손들이 이 담마칙령에 따라서 행동하도록 하기 위해 이 담마칙령을 새긴다.

상가밋따가 말했다.

"대왕이시여, 다울리 언덕 바위의 담마칙령을 보고 놀랐습니다만, 저는 바위에 양각된 코끼리 머리를 보고 또 한 번 더 놀랐습니다. 코끼리의 동그란 두 눈은 또렷하고, 콧속까지 깊이 판 코에서는 곧바로 다야강의 강물이 뿜어져 나올 듯했습니다."

"상가밋따 장로니시여, 어째서 바위에 코끼리 머리만 조각하였겠소?"

아소까왕이 뜻밖의 질문을 하자 상가밋따는 아무 말도 못했다. 그러자 마힌다가 대신 대답했다.

"붓다의 가르침을 실천하는 자만이 코끼리 몸을 꺼내 볼 수 있지 않겠습니까? 코끼리 몸까지 꺼내 볼 수 있는 자는 대왕님의 마음을 알 수 있을 것입니다."

아소까왕은 마힌다의 대답에 소리 없이 웃었다. 그날 아소까왕의 명을 받은 마힌다는 바로 강가강 나루터로 내려가 아호강가로 가는 상선을 탔다. 목갈리뿟따띳사를 만나기 위해서였다.

마힌다, 스승을 찾아가다

아호강가는 강가강 북쪽 야무나강 안쪽에 있는 마투라 지근거리에 있었다. 마힌다는 마투라 동쪽 나루터에 상선이 멈추자 몇몇 상인들과 함께 내렸다. 멀리 언덕 같은 야트막한 산이 자리 잡고 있었다. 마힌다는 한눈에 숲이 울울한 그곳이 아호강가산(山)이라고 짐작했다. 낯선 이름은 아니었다. 우빠굽따의 스승 삼부타 사나와시 장로가 살아 있을 때, 웨살리 결집 당시에 아호강가 사문들도 직간접적으로 참여했다고 목갈리뿟따띳사 장로에게 몇 차례 들은 적이 있기 때문이었다.

야무나강 강변 들판의 널따란 밭에는 웃자란 사탕수수가 추수를 기다리고 있었다. 길옆에는 거친 풀을 뜯는 염소 떼들이 어슬렁거렸고 도랑을 흐르는 물줄기가 돌돌돌 소리치며 흘렀다. 마힌다는 갑자기 웨디사나가라에 머물던 시절이 그리웠다. 산치 동산이 가까운 웨디사나가라에는 웨디사 상인 수장이었던 외할아버지의 널따란 농원이 있었던 것이다. 아호강가산 가는 길은 웨디사나가라의 풍경과 별로 다를 바 없었다.

길 저쪽에서 발우를 든 한 사문이 걸어오고 있었다. 마투라로 탁발을 나가는 사문 같았다. 마힌다가 말했다.

"사문이시여, 목갈리뺏따띳사 장로를 아십니까?"

"삼부타 사나와시 아라한께서 머무셨던 꾸띠에 계십니다."

"아! 그렇군요."

누더기를 걸친 사문은 마힌다 곁을 바람처럼 휙 사라졌다. 마힌다는 아난다의 가풍을 흠모하고 따르던 사나와시가 우빠굽따 장로의 스승이라는 것을 알고 있기 때문에 자신도 모르게 '아!' 하고 탄성을 내질렀다. 사나와시 아라한은 평생 숲속의 아란냐(Araṇya)를 떠나지 않았으며, 탁발을 하는 걸식자였으며, 공동묘지에서 주위 온 누더기만 입은 분소의자였으며, 오직 세 가지 가사만 가진 철저한 율사로 알고 있었던 것이다. 순간 목갈리뺏따띳사가 왜 아호강가산으로 와서 은둔했는지, 그 이유를 비로소 이해했다. 아호강가에는 사나와시 아라한이 이미 열반에 들어 없었지만 계율을 중시하는 그 후예들이 아직도 살고 있기 때문이었다.

이윽고 마힌다는 목갈리뺏따띳사가 머물고 있는 꾸띠에 이르렀다. 반얀나무 한쪽에 자리한 꾸띠는 아소까라마의 벽돌집과 달리 갈대로 얼기설기 지붕을 덮은 초라한 움막이었다. 목갈리뺏따띳사가 꾸띠 밖 밝은 곳에서 해진 누더기를 깁고 있다가 마힌다를 맞이했다. 자신에게 비추는 햇볕을 가리자 마힌다를 쳐다보았던 것이다. 마힌다는 합장한 뒤 엎드려 오른손으로 목갈리뺏따띳사의 발을 만진 뒤 자신의 이마에 갖다 대었다. 이 세상 어느 누구보다도 존경한다는 표시의 인사였다. 목갈리뺏따띳사가 말했다.

"장로시여, 무슨 일로 왔소?"

"스승님이시여, 대왕님의 명으로 왔습니다."

"대왕님 명이 무엇이오?"

"스승님을 모셔 오라고 했습니다."

"나는 아소까라마로 돌아가지 않을 것이오. 계율을 철저하게 지키면서 수행하는 이곳 사문들과 함께 있는 것이 나는 더없이 행복하다오."

"대왕님은 아소까라마를 정화해 왔습니다. 특별히 담마마하맛따를 보내 이교도들이 사문 행세를 하지 못하도록 수시로 점검하고 있습니다."

"나는 대왕님께서 담마칙령을 새긴 석주를 곳곳에 세우신 것을 알고 있소. 그러나 그것만으로 외도들을 정화했다고는 볼 수 없소."

"대왕님은 동물끼리 싸우게 하는 사마자를 금지시켰고, 최근에는 살생을 금지하는 담마칙령을 내렸습니다. 대왕님 자신부터 담마를 실천하시겠다고 약속했습니다. 스승님이시여, 담마를 실천하고자 노력하는 대왕님을 위해 아소까라마로 복귀하십시오. 그렇게만 된다면 대왕님은 담마를 위해 더욱 힘쓰실 것입니다."

그래도 목갈리뿟따띳사는 완강하게 팔을 저었다. 마힌다의 간곡한 하소연에도 불구하고 자신의 의지를 굽히지 않았다.

"대왕님을 생각하면 나도 가슴이 아프오. 대왕님께 도움을 주고 싶지만 아소까라마는 내가 머물기에 적당한 곳이 아니오."

마힌다는 더 이상 권유하지 못했다. 마힌다가 아무 말도 못하고 있자 목갈리뿟따띳사가 말했다.

"오늘은 빠딸리뿟따로 가는 배를 타기에 늦었소. 나루터에서 자겠소? 아니면 내가 이곳에 처음 왔을 때 머물렀던 동굴로 가서 자겠소?"

"동굴에는 아무도 없습니까?"

"내가 기도하는 곳이라오."

"고맙습니다."

마힌다는 목갈리뿟따띳사를 따라서 동굴이 있는 곳으로 갔다. 동굴은 꾸띠에서 조금 멀었다. 아호강가산 동쪽 절벽에 있었다. 동굴인데도 내부가 어둡지 않았다. 햇빛이 동굴 안으로 흘러들어 와 있었다. 멀리 야무나강이 반짝거렸고 강변 모래밭까지 펼쳐진 들판이 보였다.

"여기서는 아소까라마와 달리 탁발해야 하오. 그러니 마투라로 나가 한 번은 탁발하시오."

"알겠습니다, 스승님이시여."

목갈리뿟따띳사는 벌써 등을 보이고 있었다. 마힌다는 문득 스스로 탁발해 본 적이 오래되었음을 상기했다. 아소까라마에 상주하는 모든 수행자들은 아소까왕이 날마다 베푸는 공양을 받기만 했던 것이다.

다음 날 오후. 마힌다는 빠딸리뿟따로 가는 상선을 탔다. 상선은 바라나시 나루터에서 하루 동안 멈추어 있다가 빠딸리뿟따로 출발했다. 바라나시에서 가장 많은 물품을 하역했다. 돌아온 마힌다는 즉시 아소까왕 집무실로 갔다. 아소까왕은 덤덤하게 마힌다를 맞았다. 마힌다가 보고했다.

"대왕이시여, 목갈리뿟따띳사 수석 장로님은 아호강가산을 떠나지 않겠다고 합니다."

"이유가 무엇이오?"

"그곳 사문들과 함께 있는 것이 행복하다고 합니다."

"그곳에 어떤 사문들이 살고 있기에 그렇소?"

"계율을 철두철미하게 지키는 사문들입니다."

"어떻게 지키기에 그렇다는 것이오?"

"제 눈으로 보았던 네 가지만 말씀드리겠습니다. 첫째는 숲을 떠나지 않는 삼림주자(山林住者)들이었고, 두 번째는 탁발하는 걸식자들이었고, 세 번째는 주운 천을 걸치는 분소의자(糞掃衣者)들이었고, 네 번째는 세 가지 가사만 소유하는 삼의자(三衣者)들이었습니다."

"그 네 가지가 어째서 중요한 것이오?"

"고따마 붓다는 물론 당시의 모든 비구들이 네 가지를 지켰기 때문입니다."

아소까왕은 목갈리뿟따띳사가 자신의 명을 어겼음에도 불구하고 화를 내지 않았다. 오히려 칭찬의 말을 했다.

"목갈리뺏따띳사 장로는 역시 내 기대를 저버리지 않았소. 장로가 그렇게 하니까 최고의 율사로 존중받는 것이오. 나는 더 기다리겠소. 마힌다 장로가 다시 가서 내 뜻을 전하시오."

"저도 스승님을 모셔 오고 싶습니다."

"이번에도 거절한다면 원하는 것이 무엇인지 알아가지고 오시오. 나는 목갈리뺏따띳사 장로에게 예전처럼 붓다의 가르침을 열정적으로 듣고 싶소."

"스승님은 원하시는 것이 없을 듯합니다. 현재 아주 만족하고 계시니까요."

"내 말을 전하면 장로님은 신통으로 무슨 뜻인지 바로 알 것이오."

마힌다는 아소까왕에게 그것이 무엇인지 더 묻지 않았다. 목갈리뺏따띳사를 만나면 알게 될 것이므로 굳이 물어볼 필요는 없었다.

"대왕이시여, 부탁이 하나 있습니다."

"무엇인지 말해보시오."

"이번에는 다른 장로를 보내는 것이 어떠하겠습니까? 저는 목갈리뺏따띳사를 뵙고 돌아오다가 발바닥에 상처가 나 지금은 치료를 받아야 하기 때문입니다."

"장로시여, 당장에 떠나라는 말은 아니오. 우기가 시작되면 강물이 범람할 것인데 위험한 시기에 배를 타고 어떻게 거기를 오갈 수 있겠소?"

"우기가 끝날 무렵에는 제 상처도 나을 것입니다."

"그때까지 기다렸다가 가도 되오."

마힌다는 문득 우기가 지나가는 동안 목갈리뿟따띳사가 생각을 바꿀지도 모른다고 생각했다. 바위나 석주에 담마칙령을 새기는 한편 스스로 담마의 실천자가 되겠다고 선언한 아소까왕을 마냥 외면할 수는 없을 것이기 때문이었다. 더구나 아소까왕은 한때 목갈리뿟따띳사의 부탁이라면 무엇이든 들어주었던 것이다. 아소까왕이 왕궁 의원을 불렀다. 그런 뒤 지시했다.

"마힌다 장로의 발을 치료하시오."

"대왕님이시여, 시기를 놓쳤으면 큰일 날 뻔했습니다. 지금 치료하면 곧 나을 것입니다."

"알았소."

마힌다는 아소까왕의 집무실을 나와 우빠굽따가 머무는 꾸띠로 갔다. 우빠굽따는 마힌다를 기다리고 있었다는 듯 반갑게 맞았다.

"마힌다 장로시여, 아호강가산의 목갈리뿟따띳사 수석 장로님께서는 잘 계시던가요?"

"그런데 스승님께서는 아소까라마로 돌아오실 생각이 없는 것 같았습니다."

"때가 되면 돌아오실 것입니다."

"그렇게 판단하시는 근거라도 있습니까?"

"목갈리뿟따띳사 수석 장로님처럼 아소까라마를 사랑하는

분도 없습니다. 수석 장로님께서 오시지 않는 까닭은 아직도 이 곳이 정화되지 않았기 때문입니다."

"스승님께서 어느 때인가는 오신다는 말씀입니까?"

"그렇소. 외도들이 아소까라마에서 모두 물러갈 때가 오기를 바라는 것이오."

"대왕님께서는 스승님의 설법을 몹시 기다리고 계십니다. 외도들을 당장 아소까라마 밖으로 추방할 방법은 없겠습니까?"

"담마마하맛따가 있지만 외도를 분간하기란 한계가 있지요. 게다가 장로들은 그들과 논쟁하기를 꺼려하고."

"대왕님께서 특별한 명을 내리는 수밖에 달리 방법이 없는 것 같습니다."

"그것도 방법이기는 하지만 대왕님께서 담마마하맛따처럼 사문과 외도를 어떻게 가려낼 수가 있겠소? 쉬운 일이 아니오."

우빠굽따에게서도 외도를 추방할 대책을 듣지 못한 마힌다는 실망했다. 담마마하맛따는 너무나 사무적이고 또한 장로들은 논쟁과 다툼을 꺼려하므로 별수 없었다. 마힌다는 우기가 끝나기를 기다렸다가 다시 목갈리뿟따띳사에게 가서 지혜를 구하기로 결심했다.

마침내 마힌다는 해를 넘긴 뒤 또다시 아호강가산으로 갔다. 목갈리뿟따띳사는 아침에는 마투라로 탁발 나가고, 낮에는 동굴에서 기도하고, 밤에는 자신의 꾸띠로 돌아와 어린 사미들에게 붓다의 가르침을 전했다. 그런데 목갈리뿟따띳사의 태도는 여전했다. 마힌다가 아소까왕의 말을 전하자마자 팔을 휘휘 저었다.

"나는 대왕님께서 무엇을 해주기를 바란 적이 없고 앞으로도 없을 것이오."

"대왕님께서는 스승님의 설법을 듣고자 간절히 원하고 있습니다. 아소까라마 상주와 상관없이 설법은 하실 수 있지 않습니까?"

"설법이라면 모를까 아소까라마에 상주한다는 것은 어려운 일이오."

"스승님께서 아소까라마로 돌아오시면 더 좋겠습니다만, 그것이 어려우시다면 잠시 오시어 설법이라도 해주신다면 고맙겠습니다."

마힌다는 아소까왕의 명을 다 실천하지는 못했지만, 그래도 목갈리뿟따띳사로부터 반승낙은 받아냈다고 자위했다. 그러나 이는 마힌다의 생각일 뿐 아소까왕이 어떻게 받아들일지는 몰랐다. 마힌다는 빠딸리뿟따로 빨리 돌아가 스승의 설법만이라도 아소까왕에게 재가를 받아야겠다고 생각했다.

삼고초려

아소까왕이 바위나 석주에만 칙령을 공포하는 것은 아니었다.
재위 17년부터는 전국의 마하맛따 사무소로 왕명이 적힌 목간
을 가끔씩 내려보냈다. 가정을 가진 백성들에게 집 안팎에 다섯
그루의 나무를 심고 돌보아야 한다는 목간 칙령도 내렸다. 사람
과 동물을 위해 길가에 반얀나무를 심어 그늘 쉼터를 만들고 우
물을 파라는 칙령을 내린 적은 있지만, 집 안팎에 다섯 그루의 나
무를 심으라고 지시한 왕명은 처음이었다. 다섯 그루 나무란 치
유력이 있는 약이 되는 나무, 열매를 맺는 과일나무, 땔감으로 쓰
이는 땔나무, 집을 지을 때 재목이 될 나무, 꽃을 피우는 꽃나무
등이었다. 물론 아소까왕은 다섯 그루의 나무를 정할 때도 우빠
굽따의 조언을 들었다. 우빠굽따는 순례자였으므로 보고 들은
것이 많았다.

　"대왕이시여, 약이 되는 약나무에는 님(Nim)나무가 있습니
다. 님나무 껍질을 달여 마시면 피가 맑아집니다. 또 독충에 물렸
을 때 해독을 해주기도 합니다. 작은 가지로 이를 닦으면 입안을
살균해 주고 잇몸을 튼튼하게 해줍니다. 열매즙은 피부병을 치
료해 줍니다."

256

"님나무는 백성들에게 약방이나 다름없소. 나무, 씨는 쉽게 구할 수 있소?"

"어디서나 쉽게 구할 수 있습니다. 님나무는 빨리 자라는 나무이니 식구들의 그늘 쉼터가 될 수도 있을 것입니다."

"과일나무로는 망고나무가 좋을 것 같소."

"대왕이시여, 그렇습니다. 망고는 옛 아완띠국 북쪽 변방의 것이 유명합니다. 그곳 망고나무에서 씨앗을 가져와 퍼뜨리면 달고 큰 망고를 백성들이 맛볼 수 있을 것입니다."

"땔나무로는 무슨 나무가 좋겠소?"

"화력이 좋고 빨리 자라는 나무가 적당할 것입니다."

"집 짓는 재목은 단단한 나무여야 할 것 같소."

"대왕이시여, 단단한 나무로는 살라나무만 한 것이 없습니다. 살라나무를 심도록 권장하십시오."

"꽃나무로는 무슨 나무가 좋겠소?"

"옛 앙가국의 수도 짬빠성에서 많이 보았던 꽃이 있습니다. 흰 꽃이 피는 짬빠까나무입니다. 또 붉은 마두말띠꽃도 아름답습니다."

"백성들 모두가 '다섯 그루의 작은 숲'이라고 불렀으면 좋겠소. 나무를 심는다는 것은 우리 백성들이 희망과 미래를 심는 것이오. 이 세상에 태어나서 내가 세상에 살았다는 증표를 남기는 것이오. 그러니 나무를 심는다는 것은 나를 위한 것이고 후손을 위한 것이오."

"대왕이시여, 생명을 소중하게 돌볼 줄 아는 것이 바로 붓다의 자비입니다. 백성들이 다섯 그루의 나무를 심고 돌보는 동안 붓다의 자비가 무엇인지 깨달을 것입니다."

"장로의 말을 듣고 보니 나무를 심는 것도 붓다의 자비를 실천하는 일이라는 것을 알겠소."

"대왕님께서 지금까지는 사람과 동물을 위한 담마칙령을 내렸습니다만, 이제부터는 대왕님의 자비가 식물들에게까지 내려지게 될 것입니다."

우빠굽따는 아소까왕의 자비가 살아 있는 모든 생명들에게 미치는 것 같아 감동했다. 선대의 어떤 왕도 아소까왕처럼 사람과 동물, 식물을 위해 자비를 베풀었던 군주는 없었던 것이다. 우빠굽따는 아소까왕보다 더 자비로운 이가 있었다면 그는 오직 고따마 붓다일 것이라고 생각했다.

한편 3년 만에 아소까왕의 지시를 받은 마힌다는 다시 상선을 타고 아호강가로 갔다. 목갈리뿟따띳사에게 아소까왕의 재가를 전하기 위해서였다. 3년 전 목갈리뿟따띳사가 아소까라마에 상주하지는 않더라도 아소까왕을 위해 잠시 왕궁으로 가서 설법은 해줄 수 있다고 말했지만 그때 아소까왕은 바로 재가하지 않았던 것이다. 어두운 표정을 지으면서 양미간을 잔뜩 찌푸렸을 뿐이었다. 목갈리뿟따띳사가 아소까라마에 상주하면서 자신을 위해 자주 설법해 주기를 바랐지만 뜻대로 되지 않았기 때문이었다. 아소까왕이 3년 만에 재가한 것은 그의 강한 자존심도 한몫했다. 시간이 지나면서 목갈리뿟따띳사의 설법을 듣고 싶은 욕구가 점점 더 강해지자 아소까왕은 자존심을 꺾지 않을 수 없었다. 얼마 전 마힌다는 아소까왕과 다음과 같은 대화를 나누었다.

"목갈리뿟따띳사 장로의 설법을 듣고 싶소. 장로가 아소까라마에 돌아오지 않아도 좋으니 나를 위해 설법을 해달라고 전하시오."

"대왕이시여, 장로님께서 저에게 이미 3년 전에 승낙했던 일입니다. 바로 아호강가로 가서 장로님을 모시고 오겠습니다."

마힌다가 아호강가에 온 것은 벌써 세 번째였다. 이제는 마힌다의 눈에 야무나강이나 마투라 나루터, 아호강가산으로 가는 들판 등이 낯익었다. 마힌다는 망설이지 않고 아호강가산 동굴로 갔다. 목갈리뿟따띳사가 낮에는 동굴에서 기도하면서 시간을 보냈던 것이다. 아호강가산 동쪽 절벽 위에 있는 동굴은 야무나강 강변과 드넓은 들판이 한눈에 보일 정도로 전망이 좋았다. 사탕수수밭 너머 하늘에는 흰 새 떼가 구름처럼 모였다가 흩어지면서 날고 있었다. 마힌다는 동굴 앞에서 합장한 뒤 목갈리뿟따띳사를 불렀다.

"스승님!"

그런데 목갈리뿟따띳사의 목소리는 들리지 않았다. 마힌다의 말이 동굴 안에서 공명할 뿐이었다. 마힌다는 다시 한번 더 부르고는 그래도 기척이 없자 동굴 안으로 들어갔다. 동굴 안쪽에 발우 한 개가 덩그러니 놓여 있을 뿐 목갈리뿟따띳사는 없었다. 마힌다는 발우를 보면서 중얼거렸다.

'어린 사문들에게 하시는 강론을 밤에서 낮으로 옮기셨나?'

마힌다는 동굴을 나와서 목갈리뿟따띳사가 머물고 있는 꾸띠로 갔다. 꾸띠는 아호강가산의 움막들 중에서 가장 오랜된 집이었다. 아난다의 제자이자 우빠굽따의 스승이었던 삼부타 사나와시가 살았던 꾸띠이기도 했다. 아호강가산 비하르에 상주하고 있는 사문들이 목갈리뿟따띳사를 수석 장로로 추대하여 그곳에 머물게 했을 터였다. 목갈리뿟따띳사의 위상은 아호강가산으로 와서도 여전했기 때문이었다.

마힌다는 꾸띠 앞에서 귀를 기울였다. 꾸띠 안에서 경을 외우는 소리가 났다. 마힌다의 예상은 정확했다. 특별한 날인지는 모르지만 강론 시간이 낮으로 옮겨져 있었다. 마힌다는 꾸띠 밖에서 기다렸다. 목갈리뿟따띳사의 강론은 석양이 기울 무렵에야 끝났다. 어린 사미들이 재잘거리며 밖으로 나와 숲속으로 사라졌다. 그제야 마힌다는 꾸띠 안으로 들어가 합장했다. 그런 뒤 자신의 오른손으로 목갈리뿟따띳사의 발을 만지고서는 자신의 이마에 대었다. 목갈리뿟따띳사가 합장하면서 말했다.

"3년 만이군요."

3년 만에 왔다고 타박하는 말이 아니었다. 오랜만에 만나니

반갑다는 말투였다. 마힌다는 3년이나 아소까왕의 재가가 늦어진 이유를 말하지 않고 왕명만 전했다.

"스승님께서 아소까라마에 상주하시지 않더라도 대왕님께서는 스승님의 설법을 들으시겠다고 청했습니다."

"내 설법을 원하는 곳이라면 왕궁이 아니라도 어디든 갈 수 있소."

"대왕님께서는 스승님 설법을 열정적으로 간절하게 듣고 싶어 하십니다."

"알겠소. 다만 사미들에게 하고 있는 강론을 멈출 수는 없소. 강론을 마치는 날 바로 왕궁으로 가겠소."

"대왕님께서는 스승님의 설법을 듣고자 변함없이 기다리고 계십니다."

"나 말고도 아소까라마 안팎에는 삼장에 능통한 천 명의 장로가 있지 않소?"

"그 이유는 잘 모릅니다."

"어떤 장로가 설법하든 붓다의 가르침은 같다오."

"대왕님께서 왕자 시절일 때 스승님이 대왕님을 가르쳤던 인연 때문인 것도 같습니다."

"그때의 인연은 선연이라기보다 악연이었소. 왕자에게 자비를 가르치려다가 어렵다는 것을 알고는 내가 왕궁을 떠나버렸으니까."

"니그로다 장로의 제안도 있었습니다만, 대왕님께서 어린 시절의 일을 뉘우치는 마음이 있었기에 스승님을 아소까라마 수석 장로로 부르신 것이 아니었겠습니까?"

"그럴 수도 있겠지요."

마힌다는 화제를 돌렸다.

"아소까라마는 정화돼 가고 있습니다. 외도들이 예전처럼 드러내 놓고 훼방하는 일은 없습니다. 겉으로 보아서는 외도인지 사문인지 구분이 안 될 정도입니다. 대왕님께서 파견한 담마마하맛따도 교묘하게 자신을 숨기고 다니는 외도는 가리지 못합니다."

"우뽀사타를 방해하는 외도들이 사라진 것이오?"

"스승님께서 떠나실 때 우뽀사타를 중지했습니다만, 대왕님께서 우뽀사타를 계속하라고 명했습니다. 이제 우뽀사타를 방해하는 외도는 사라지고 없습니다."

다만 아소까라마에 아직도 이교도들이 숨어들어 와 살고 있다는 것이 문제였다. 외도들이 자신의 신분을 숨기고 있는 한 구분하기 어려운 일이었다. 그러나 목갈리뿟따띳사는 율사로서 계율이 지켜지는 청정한 사원을 원했다.

"방법이 있기는 하지요."

"스승님, 무슨 방법이 있습니까?"

"시간이 걸리지만 그 방법밖에는 없을 것이오."

그제야 마힌다가 목갈리뿟따띳사가 생각하고 있는 방법을 알았다는 듯이 말했다.

"담마마하맛따가 한 사람씩 불러놓고 구두시험을 치르게 하면 되겠습니다."

목갈리뿟따띳사가 팔을 휘휘 저었다.

"담마마하맛따가 논쟁에서 외도에게 질 수도 있소."

"그렇다면 우빠굽따 장로가 나서면 되지 않겠습니까?"

"우빠굽따 장로는 절대로 나서지 않을 것이오. 왜 적을 만들 겠소? 다른 장로들도 마찬가지일 것이오. 붓다께서는 제자들에게 논쟁하지 말라고 가르치셨소. 논쟁하기보다는 차라리 침묵하라고 했소."

"스승님, 외도를 추방할 힘이 있는 분은 오직 한 분뿐일 것 같습니다."

"그렇소. 오직 대왕님뿐이오."

마힌다는 아소까왕만이 외도를 추방할 수 있는 힘이 있다는 혜안을 얻고는 아호강가산을 떠났다. 이제 목갈리뿟따띳사는 꾸띠의 강론이 끝나는 대로 빠딸리뿟따 왕궁을 방문할 터였다. 나흘 만에 빠딸리뿟따 왕궁으로 돌아온 마힌다는 바로 아소까왕 집무실로 갔다. 아소까왕은 경호대장에게서 마힌다가 돌아왔다는 보고를 받고는 밤늦은 시간인데도 집무실에 나와 앉아 있었다. 마힌다가 다소 들뜬 말투로 보고했다.

"드디어 대왕님께서 목갈리뿟따띳사 장로님의 설법을 들으실 수 있게 되었습니다."

"수고했소. 그런데 왜 혼자 왔소?"

"장로님은 그곳에서 해왔던 강론을 마치는 대로 오신다고 했습니다. 한두 달 후면 올 것입니다."

"장로의 노고로 목갈리뿟따띳사의 설법을 듣게 되었으니 기쁘오."

"대왕이시여, 장로가 아니라 아들로서 간곡하게 드릴 말씀이 있습니다."

"무슨 말인들 들어주지 못하겠소? 어서 말해보시오."

"아소까라마에 든 외도를 추방하는 일은 대왕님께서만 할 수 있는 일입니다."

"내가 어떻게 외도인지 사문인지를 구분한단 말이오?"

"붓다의 가르침에 답이 있습니다. 목갈리뿟따띳사의 설법 내용은 붓다의 가르침일 것입니다. 스승님의 설법을 들으신 뒤 의심이 가는 사문들을 한 사람씩 불러 붓다의 가르침을 질문해서 대답하지 못하면 외도일 것입니다."

"아, 좋은 방편이오."

마힌다는 몹시 흡족한 표정을 지었다. 이번에야말로 아소까라마를 완전하게 정화할 수 있는 때가 다가왔기 때문이었다. 마힌다는 아소까왕의 집무실을 나와 경전의 주춧돌이라고 할 수 있는《초전법륜경》을 소리 내어 외우며 아소까라마로 돌아갔다. 중천에 뜬 보름달이 마힌다를 뒤따르며 밤길을 밝혀주었다.

돌아온 목갈리뿟따띳사

빠딸리뿟따성이 보이자마자 목갈리뿟따띳사의 입가에 쓴웃음이 어렸다. 아소까라마를 떠난 지 7년 만에 보는 성이었다. 그동안 잊고 있었던 지난 일들이 고요했던 마음에 잔잔한 파문을 일으켰다. 강가강 나루터는 예나 지금이나 사람들이 북적거렸다. 화장터에서는 시신을 태우는 연기가 피어올라 자욱했다. 생과 사가 뒤섞인 강가강의 풍경이었다. 외성과 내성 안에는 벽돌 건물들이 즐비했고, 성안에 만개한 꽃들의 향기가 강가강까지 진동했다. 목갈리뿟따띳사는 혼잣말로 중얼거렸다.

'아소까라마 정화는 아직도 요원하다는 말인가.'

아소까왕이 담마마하맛따를 파견해 아소까라마를 관리하고 있고 장로들이 우뽀사타와 빠와라나를 이어가고 있지만, 그래도 외도들이 숨어 산다는 것은 이해할 수 없는 일이었다. 짠드라굽따대왕과 빈두사라대왕뿐만 아니라 아소까왕까지 여러 종교 수행자들을 관대하게 대해준 영향이라고도 할 수 있었다. 목갈리뿟따띳사는 외도들이 불교 사원인 아소까라마에 상주하면서 계율을 훼손하는 행위를 더 이상 두고 볼 수 없었으므로 7년 전 이때쯤 아호강가로 떠나버렸던 것이다. 목갈리뿟따띳사는 먼저 아소까라마로 가서 마힌다의 꾸띠를 찾았다. 그 꾸띠는 자신이 머물렀던 처소이기도 했다. 마침 마힌다는 사문들과 함께 우뽀사타 법회를 마치고 나오는 길이었다.

"스승님, 오셨군요."

"대왕님께 바로 가야겠으니 안내해 줄 수 있소?"

"방금 법회를 마쳤으니 그렇게 하겠습니다."

"우뽀사타야말로 사문의 생명이나 다름없는 일이지요."

"우뽀사타뿐만 아니라 빠와라나도 하고 있습니다."

"내가 이곳을 떠날 때 우뽀사타와 빠와라나를 중지하겠다고 선언을 했소만 두 법회를 되살려 이어오고 있다니 고맙소."

"다만 이교도들이 슬그머니 끼어들어 오는 것은 어쩔 수 없습니다."

목갈리뿟따띳사는 몇 달 전에 마힌다가 아호강가산으로 와서 외도를 추방할 수 있는 사람은 오직 아소까왕뿐이라고 했던 말을 떠올렸다. 아소까라마 안팎에 1천 명의 장로가 있지만 어쩔 수 없는 일이었다. 목갈리뿟따띳사가 말했다.

"대왕님은 이교도에 대해서 어떤 생각을 가지고 있소?"

"승가의 보호자로서 반드시 외도를 추방하겠다고 말씀하셨습니다."

"대왕님께 붓다의 어떤 가르침부터 설법했으면 좋겠소?"

"붓다께서 처음으로 다섯 수행자들에게 설했던 초전법륜의 가르침이 좋을 것 같습니다."

"마힌다 장로는《초전법륜경》을 어떤 경이라고 생각하오?"

"붓다께서 설한 가르침의 시작이자 모든 담마의 뿌리라고 생각합니다."

마힌다를 시중하는 사미가 항아리에 손발을 씻을 강가강 강물을 가져왔다. 목갈리뿟따띳사가 손과 발을 씻고 나자 마힌다가 말했다.

"아침 일찍 대왕님을 뵈었습니다. 대왕님은 스승님의 설법을 몹시 기대하고 있습니다."

마힌다가 목갈리뿟따띳사를 왕궁까지 안내했다. 마힌다는 왕궁을 수시로 드나드는 장로였으므로 왕궁 정문 수문장은 아무런 검문도 하지 않았다. 수문장 옆에 있던 경비부대 조장이 목갈리뿟따띳사를 검문하려고 하자 마힌다가 제지했다.

"대왕님께서 부르시어 아호강가에서 오신 장로님이오."

"아, 그렇습니까 장로님."

"대왕님은 어디에 계시오?"

"예, 대왕님은 가족분들과 함께 후원에 나가 계십니다."

왕궁 후원이라면 아소까왕이 가끔 장로들을 초대해 공양을 베푸는 장소이기도 했다. 후원 살라나무들 밑에는 장로나 구루들이 공양하는 자리가 마련돼 있었다. 아소까왕이 설법을 청하는 날도 있었는데 그런 날은 장로와 구루들이 긴장했다. 아소까왕의 눈에 들면 후원에서 일산이 펴진 가장 높은 자리에 오를 수 있었지만 그러지 못하면 다시는 초대받지 못했기 때문이었다.

후원으로 돌아가는 길은 마두말띠꽃들이 떨어져 마치 붉은 비단 천을 깔아놓은 듯했다. 아소까왕의 가족들은 과일이 놓인 야외 식탁에 앉아서 짜이를 마시고 있었다. 마힌다와 목갈리뿟따띳사는 아소까왕 앞으로 가서 합장을 했다. 아소까왕이 자리에서 일어나 반갑게 맞았다.

"장로시여, 어서 오시오."

"대왕님을 다시 뵙게 되어 감개무량합니다."

"장로님의 설법을 몹시 기다렸소. 당장 지금 이 자리에서 조금이라도 들을 수 없겠소? 내 가족에게 행운을 주고 싶소."

그제야 아소까왕의 가족들이 목갈리뿟따띳사 앞으로 와서 엎드려 절하며 합장했다. 아상디밋따 정비, 띠쉬아락시따 왕비, 아소까왕의 손자 삼빠딘과 다사라타, 아상디밋따를 시중하는 우두머리 궁녀 끼사락슈미 등의 순서로 목갈리뿟따띳사의 발에 오른손을 대는 인사를 했다. 목갈리뿟따띳사는 처음 보는 삼빠딘과 다사라타의 머리에 자신의 오른손을 얹어 축복해 주었다. 삼빠딘은 여러 왕손들 중에서 지략이 뛰어난 데다 용맹해서 아소까왕의 총애를 받고 있는 꾸날라의 아들이었다. 다사라타 역시 꾸날라의 아들이었는데, 곧 변방의 부왕으로 나갈 준비를 하고 있었다.

꾸날라는 딱시쉴라 부왕 때 두 눈을 실명한 채 성 밖으로 나가 탁발승이 되어 떠도는 상태였고, 그의 측근 심복들은 이웃 나라로 도망쳐 버렸기 때문에 띠쉬아락시따의 음모를 아는 사람은 이제 몇 사람에 불과했다. 책임이 있는 딱사쉴라의 세습 대관들도 아소까왕의 보복이 두려워서 띠쉬아락시따의 음모를 비밀로 묻어버렸기 때문에 지금까지 세상 밖으로 드러나지 않고 있었다.

목갈리뽓따띳사가 삼빠딘과 다사라타를 축복해 주자 누구보다도 아상디밋따 정비가 좋아했다. 아상디밋따 정비는 꾸날라를 갓난아기 때부터 키워준 양모였던 것이다. 그러나 띠쉬아락시따 왕비는 미간을 찌푸리며 고개를 돌렸다. 꾸날라가 자신의 사랑을 거절하자 그를 딱사쉴라로 보낸 뒤 불행하게 만든 장본인이 바로 그녀였던 것이다. 아소까왕이 말했다.

"나는 더 기다릴 수 없소. 장로님께서 이 자리에서 설법해 주시오."

"예, 대왕이시여."

목갈리뽓따띳사는 마힌다와 사전에 설법할 경을 미리 정해 두었으므로 망설이지 않고 대답했다. 모든 경의 근본이 되는《초전법륜경》을 설법하려고 했다. 물론 목갈리뽓따띳사는《초전법륜경》을 완벽하게 다 외우고 있었다. 경을 암기하는 것이 장로와 사문의 차이였다. 아소까왕은 자신의 자리를 목갈리뽓따띳사에게 양보한 뒤 가족들이 있는 낮은 자리로 가서 앉았다. 목갈리뽓따띳사가 눈을 지그시 감았다가 떴다.

"붓다께서 뻽팔라나무 아래서 위없는 깨달음을 이루신 지 7주가 지난 후였습니다. 붓다께서는 이 진리가 너무나 심오해서 어려우므로 세상 사람들이 이해하지 못할 것이라 생각하시어 진리를 설하지 않으려고 하셨습니다. 그때 붓다의 생각을 안 범천 사함빠띠는 붓다께 나아가 눈에 먼지가 덜 낀 사람들에게 진리를 설해주기를 청하였고 붓다께서는 설법을 하리라고 선언하셨습니다. 붓다께서는 깨달음을 얻기 전 고행을 하면서 시중들던 다섯 수행자를 생각하시고 진리를 설하시기 위해 삼보디에서 녹야원으로 가셨습니다. 붓다가 오시는 것을 보고 다섯 수행자들은 인사는 물론 시중도 들지 않기로 서로 약속하였습니다. 그러나 붓다의 위엄에 압도되어 자신도 모르게 정중히 모시게 되었고 붓다로부터 설법을 듣게 되었습니다. 이렇게 설하신 최초의 법문이 바로 중도와 사성제, 팔정도의 가르침을 담은 《초전법륜경》입니다."

목갈리뿟따띳사는 중도와 사성제, 팔정도를 설한 붓다의 가르침을 아소까왕 가족들에게 그대로 들려주었는데 병색이 완연하고 바짝 야윈 아상디밋따 정비가 자애로운 미소를 지으며 기뻐했다. 꾸날라를 많이 닮은 삼빠딘은 큰 눈을 두리번거릴 뿐 아소까왕처럼 목갈리뿟따띳사의 설법에 집중하지는 않았다.

"경은 '이와 같이 나는 들었다. 한때 세존께서는 바라나시의 이시빠따나에 있는 미가다야에 계셨다. 그때 세존께서는 다섯 명의 수행승들에게 말씀하셨다'라고 시작합니다."

수행승들이여, 출가자는 두 가지 극단을 따르지 말아야 한다. 두 가지 극단이란 무엇인가?

수행승들이여, 감각적 쾌락의 욕망에 탐착을 일삼는 것은 저열하고 비속하고 배우지 못한 일반 사람의 소행으로 성현의 가르침이 아니며 무익한 것이다. 또한 스스로 고행을 일삼는 것도 괴로운 것이며 성현의 가르침이 아니고 무익한 것이다. 수행승들이여, 여래는 이 두 가지의 극단을 떠나 중도를 깨달았다. 이것은 눈을 생기게 하고 앎을 생기게 하며 궁극적인 고요, 곧바른 앎, 올바른 깨달음, 열반으로 이끈다. 중도란 무엇인가? 그것은 바로 여덟 가지 고귀한 길이다. 곧 올바른 견해, 올바른 사유, 올바른 언어, 올바른 행위, 올바른 생활, 올바른 정진, 올바른 새김, 올바른 집중이다. 수행승들이여, 여래는 이 두 가지 극단을 떠나 중도를 깨달았다. 이것은 눈을 생기게 하고 앎을 생기게 하며 궁극적인 고요, 곧바른 앎, 올바른 깨달음, 열반으로 이끈다.

목갈리뿟따띳사는 앞에 놓인 짜이로 목을 축인 뒤 이번에는 붓다가 다섯 수행자에게 설한 사성제와 팔정도를 그대로 들려주었다.

수행승들이여, 괴로움의 거룩한 진리란 이와 같다. 태어남도 괴로움이고 늙는 것도 병드는 것도 괴로움이고 죽는 것도 괴로움이고 슬픔, 비탄, 고통, 근심, 절망도 괴로움이다.

사랑하지 않는 것과 만나는 것도 괴로움이고 사랑하는 것과 헤어지는 것도 괴로움이고 원하는 것을 얻지 못하는 것도 괴로움이다. 줄여서 말하자면 다섯 가지 존재의 집착 다발이 모두 괴로움이다.

수행승들이여, 괴로움 발생의 거룩한 진리란 이와 같다. 그것은 바로 쾌락과 탐욕을 갖추고 여기저기에 환희하며 미래의 존재를 일으키는 갈애이다. 곧 감각적 쾌락의 욕망에 대한 갈애, 존재에 대한 갈애, 비존재에 대한 갈애이다.

수행승들이여, 괴로움 소멸의 거룩한 진리란 이와 같다. 그것은 갈애를 남김없이 사라지게 하고 소멸시키고 포기하고 버려서 집착 없이 해탈하는 것이다.

수행승들이여, 괴로움의 소멸로 이끄는 길의 거룩한 진리란 이와 같다. 그것은 바로 여덟 가지 고귀한 길이다. 곧 올바른 견해, 올바른 사유, 올바른 언어, 올바른 행위, 올바른 생활, 올바른 정진, 올바른 새김, 올바른 집중이다.

그때 아소까왕은 경비대장의 귓속말을 듣고는 목갈리뿟따띳사에게 양해를 구한 뒤 바로 자리에서 일어났다. 그러자 목갈리뿟따띳사는 《초전법륜경》 후반부 설법은 초저녁으로 미루었다. 아소까왕이 바로 처리해야 할 공무가 있었기 때문이었다. 며칠 전에 예정돼 있던 공무였다.

'내가 장로님의 설법을 듣느라고 잊어버렸군!'

갑자기 목갈리뺏따띳사가 설법을 멈추자 가장 좋아하는 사람은 띠쉬아락시따 왕비였다. 그녀는 아소까왕의 눈치를 보며 자꾸 몸을 흔들면서 꾸날라를 연상시키는 삼빠딘을 쏘아보곤 했던 것이다. 아상디밋따 정비는 목갈리뺏따띳사의 설법을 다 듣지 못한 아쉬움 때문에 자리에서 가장 늦게 끼사락슈미의 부축을 받으며 일어났다.

아소까왕은 서둘러 집무실로 돌아왔다. 아소까왕 집무실 앞에는 각 도시로 파견될 신임 담마마하맛따들이 임명장을 받기 위해 기다리고 있었다. 아소까왕은 목갈리뺏따띳사의 설법을 듣느라고 담마마하맛따 임명장 수여식을 깜박 잊어버리고 있었던 것이다.

5장

외도들 추방

목갈리뱟따띳사는 아소까왕을 위해 장소를 바꾸어가며 일주일
동안 내내 설법했다. 《초전법륜경》에 이어 《팔정도경》, 《무아상
경》 등에 나오는 붓다의 가르침을 직접 암송해 주었던 것이다.
마지막 날은 특별히 아소까왕이 원했던 바를 설법했다. 아소까
왕은 일부러 가족들을 물리쳤다. 목갈리뱟따띳사와 마힌다, 아
소까왕 단 세 사람만 자리했다. 아소까왕이 원했던 것이란 외도
들의 교설이 무엇인지를 가르쳐달라는 요청이었다. 마힌다가
불자 왕비 아상디밋따를 거론하며 말했다.

　"대왕이시여, 마지막 설법을 듣지 못한 아상디밋따 왕비님
께서 섭섭해하실 것 같습니다."

　"오늘 듣는 설법이 밖으로 소문이 나서 돌면 나의 일이 틀어
질 수도 있기에 그랬소."

　아소까왕이 말한 '나의 일'이란 외도인지 아닌지를 심사해
서 아소까라마에서 추방하는 것이었다. 목갈리뱟따띳사는 이미
마힌다와 조율이 되어 있었으므로 아소까왕의 제안을 흔쾌하게
받아들였다. 목갈리뱟따띳사가 외도 가운데 아지비까 교단의
교조인 막칼리 고살라의 교설부터 설법했다.

"막칼리 고살라는 인간의 운명이 결정되었다고 결정론을 주장했으므로 외도라고 하는 것입니다. 붓다께서는 생사윤회하는 것은 인과업보에 의한다고 가르치셨지만 막칼리는 모든 운명은 이미 정해져 있다고 주장한 것입니다. 막칼리는 운명이란 인간의 노력으로 바꿀 수 없다고 합니다. 모든 것이 이미 결정돼 있으니까 어떠한 수행도, 선행도 운명을 바꾸지 못한다는 것입니다. 인간의 노력, 행위, 청정함 등이 운명과 상관없다는 것인데 붓다의 중도, 팔정도, 사성제의 가르침과는 정반대입니다. 또한 어떠한 수행을 하더라도 윤회의 길이는 더하지도 줄어들지도 않는다고 합니다. 인간은 괴로움 속에서 8백 40만 겁을 윤회하며 살아야만 비로소 해탈한다는 것이 막칼리의 주장입니다."

아소까왕은 막칼리 고살라의 주장이 터무니없다고 생각했다.

"생사윤회는 원인과 조건이 있기 때문이라고 알고 있소. 그렇다면 막칼리는 무엇 때문에 생사윤회를 한다고 주장하는 것이오?"

"인간뿐만 아니라 모든 생명은 원인이나 조건 없이 우연히 윤회할 뿐이라고 합니다. 그러니 막칼리의 주장은 결정론이자 우연론이라고 할 수 있습니다."

아소까왕과 마힌다가 소리 내어 웃었다. 아소까왕이 다시 말했다.

"막칼리가 살아 있다면 내가 공포하고 있는 담마칙령을 비웃었겠소. 그러나 붓다가 왜 위대한지 누가 외도인지는 자명해졌소."

"대왕이시여, 괴로움이 끝날 때까지 윤회하면서 괴로움 속에서 살아야 한다고 하니 터무니없는 외도의 교설입니다. 허황한 외도의 주장은 미구에 강가강의 물거품처럼 꺼지고 말 것입니다."

마힌다도 한마디 했다.

"막칼리의 주장은 숙명론입니다. 인간의 선한 의지조차 무용하다는 숙명론입니다. 운명이란 감긴 실타래 같은 것이니 실타래가 저절로 다 풀릴 때까지 기다려야 한다는 것과 다르지 않습니다."

"또 어떤 외도가 있소?"

"뿌라나 깟사빠는 도덕을 부정했습니다. 그를 추종하는 외도들은 사람을 괴롭히거나 슬프게 하거나 도둑질하거나 심지어는 살인을 해도 악업 짓는 행위가 아니라고 주장합니다. 반면에 보시나 공양 같은 선행을 해도 공덕을 쌓는 행위가 아니라고 합니다. 그들은 선업을 쌓아도 내생에 보상받지 못한다고 주장합니다. 그들은 보상을 받는다는 주장에 속지 말라고 선동하고 있습니다. 반대로 자이나교 창시자인 니간타 나따뿟따는 숨 막힐 정도로 도덕을 강요했고 극단적인 고행을 해야만 깨달음을 얻을 수 있다고 주장했습니다."

"도덕을 부정한다면 가정과 나라를 어떻게 잘 다스릴 수 있겠소?"

"도덕이 필요 없다는 도덕부정론자 외도들은 법이 있으니 아무런 문제가 없다고 합니다. 그러나 그들의 교설은 천박한 주장일 뿐입니다."

"그렇소. 천박한 주장이니 일고의 가치도 없소. 또 어떤 외도가 있소?"

"인간에게는 영혼이 없고 윤회하지도 않는다는 사후단멸론자 외도들입니다. 아지따 께사깜발린을 추종하는 외도들은 누구나 현재의 삶이 최초이자 최후라고 주장합니다. 현재의 삶이 유일하니 마음껏 욕망대로 즐기면서 살아야 한다고 선동합니다. 죽어서 물과 불, 흙과 공기로 돌아가면 끝이라는 단멸론자들입니다. 이들은 보시나 공양으로 삶이 바뀌지 않는다며 선동하고 다닙니다. 이는 붓다의 담마를 훼방하는 것이나 다름없습니다. 또한 그들은 선행이나 악행의 과보는 없다고 주장합니다. 저 세상은 없으니 이 세상을 즐기다가 죽음을 맞이해야 한다며 허황된 주장을 일삼고 있습니다."

"영혼이 없다고 믿는 것을 보니 한심한 외도들이오. 그런데도 사람들이 현혹되다니 이상한 일이오."

마힌다가 말했다.

"백성들이 대대로 족쇄 같은 브라만교 베다에 짓눌려 살아오다가 제사나 공양 등을 부정하니 잠시 해방감을 느꼈을 것입니다. 죽음이 다가오고 있는데도 꿀에 입을 대고 있는 하루살이 같은 미물처럼 당장은 쾌락이 좋으니까 자신도 모르게 현혹되었을 것입니다."

목갈리뿟따띳사는 산자야처럼 진리를 있는 그대로 인식하고 말하기란 불가능하다고 주장하는 회의론자 외도들도 있고, 빠꾸다 깟짜야나처럼 선악의 인과는 없는 것이며 생명은 태어나지도 죽지도 않는 영원한 존재라고 주장하는 영원주의자 외도들도 있다고 말했다.

"외도들이 주장하는 것이 무엇인지 비로소 알겠소. 고따마 붓다께서 중도와 팔정도, 사성제 담마를 설한 위대함에 대적할 자는 땅에도 하늘에도 없을 것이오. 과거에도 없었지만 미래에도 없을 것이오. 나는 앞으로도 붓다의 담마를 추종하는 승가를 보호할 것이며, 담마를 권장하고 실천하는 데 더욱더 힘쓸 것이오. 수석 장로님께서는 오늘 내게 설법한 것을 알기 쉽게 정리해 두는 것이 어떠하겠소?"

"대왕이시여, 이미 이교도들의 교설이 틀렸다는 것을 정리하고 있습니다. 완벽해지면 〈까타왓투(論事)〉라고 이름 붙일 것입니다."

아소까왕은 전날까지 목갈리뿟따띳사에게 《초전법륜경》을 듣고 '담마의 실천자'로서 신심을 다진 뒤, 오늘 비로소 외도들의 교설이 무엇인지를 알고서 결심했다. 목갈리뿟따띳사와 마힌다가 나가자 즉시 호위대장과 경비대장을 불렀다. 호위대장은 추나르에 나가 있는 호위부대 조장의 공무부터 보고했다.

"대왕님의 명을 받들어 추나르에서 만든 석주들이 예정대로 각 지방으로 운반되고 있다고 합니다. 산치 언덕에 있는 사원에도 석주를 보낼 것이라고 합니다. 호위부대 조장이 감독하고 있습니다."

"조장은 물론이고 석주를 만들고 운반하는 백성과 군사들에게 포상하도록 하시오."

"예, 대왕님이시여."

경비대장도 보고했다.

"아소까라마에 외도들이 몰래 반입하려고 한 물건들을 적발해 압수했습니다."

"잘한 일이오. 다만 외도들에게 폭력을 행사하지는 마시오. 그들도 수행자들이오. 아소까라마를 벗어난 지역에서 그들 방식대로 수행한다면 왜 막겠소? 불교 사원인 아소까라마 안에서는 안 된다는 것일 뿐이오."

"대왕님이시여, 참으로 관대하십니다."

아소까왕은 두 대장에게 일일보고를 짧게 들은 뒤 조만간에 아소까라마에서 외도를 추방할 것이라고 알려주었다.

"나는 더 이상 미루지 않겠소. 아소까라마 안에 있는 수행자들을 한 사람씩 심사하여 외도를 추방할 것이오. 그러니 호위대장은 아소까라마 안에 당장 임시 군막을 설치하시오. 나는 거기에서 휘장을 쳐놓고 심사할 것이오. 경비대장은 군사를 동원하여 아소까라마 수행자들을 통제하고 검문검색을 강화하시오.

마힌다 장로의 허락을 받아 출입을 통제하시오. 또한 경비대장은 궁중 창고지기 우두머리를 찾아가 흰 천을 가능한 한 많이 확보해 두시오. 나는 외도라고 판단되면 흰옷을 입혀 아소까라마를 떠나게 명할 것이오.”

“대왕님이시여, 명대로 하겠습니다.”

“누설이 되지 않도록 하시오. 나는 내일부터 철저하게 심사를 할 것이오.”

그날 밤. 아소까왕은 목갈리뿟따띳사와 마힌다를 다시 집무실로 불렀다. 마침 아상디밋따 정비 별궁으로 가서 아상디밋따 정비를 문병하고 있던 두 장로는 왕이 부른다는 우두머리 궁녀의 말을 듣자마자 집무실로 달려왔다.

“내일 아침에 심사할 때 목갈리뿟따띳사 장로님은 내 옆에서 나를 도와주시오. 그리고 마힌다 장로는 우빠굽따 장로가 순례를 떠나고 없으니 아소까라마 수행자들이 동요하지 않도록 잘 살피시오.”

목갈리뿟따띳사가 힘주어 말했다.

“대왕님께서 원하신다면 옆쪽에 서서 조언을 아끼지 않겠습니다.”

“군막 안에 휘장을 치고 심사할 것이니 외도들은 내 옆에 있는 사람이 누구인지 모를 것이오. 낯익은 외도도 있지 않겠소? 장로님을 배려한 것이오.”

"대왕님의 담마에 대한 열정은 그 누구도 따르지 못할 것입니다."

목갈리뿟따띳사는 사소한 것까지 배려하는 아소까왕의 태도에 감격했다. 뿐만 아니라 아소까왕은 마힌다에게도 말했다.

"마힌다 장로시여, 비록 외도라고는 하지만 군사들이 함부로 대하지 못하게 하시오. 군사들이 외도들에게 정중하게 행동하도록 지도하시오."

"대왕이시여, 잡음이 없도록 하겠습니다."

다음 날 이른 아침. 군사들이 아소까라마에 들어와 경계를 섰다. 사원으로 들어오는 문에서는 십여 명의 군사가 검문을 했고, 사원 안 곳곳에는 몇 명씩 조를 짠 군사들이 순찰을 돌았다. 비하르 앞에는 이미 임시 군막이 가설되어 있었다. 새벽에 아소까왕이 수행자들을 한 사람씩 심사할 것이라는 공지가 되어 있었으므로 임시 군막 앞에는 벌써 수많은 수행자들이 북적거렸다. 물론 1천 명의 불교 장로들이 자신이 계를 준 비구나 사미라고 알려 온 수행자들은 심사를 면제해 주었다. 이윽고 황색 가사를 입은 수행자들이 한 사람씩 담마마하맛따를 따라서 아소까왕이 기다리고 있는 임시 군막으로 들어갔다. 담마마하맛따가 "대왕님이시여, 말씀하십시오"라고 말하자 아소까왕이 휘장 뒤에서 목갈리뿟따띳사와 함께 앉아 있다가 물었다.

"사문이시여, 온전히 깨달으신 붓다께서는 무엇을 가르치셨소?"

"고행으로 깨달음을 이루시고 고행만이 깨달음에 이를 수 있다고 가르쳤습니다."

아소까왕은 고행주의자 외도라는 것을 알고 더 묻지 않았다. 목갈리뿟따띳사가 아소까왕 옆에서 합장으로 외도임을 확인해 주었다. 그러자 호위대장이 군사에게 명령하여 그를 강당에 가두었다. 임시 군막에 또 다른 수행자가 들어왔다. 아소까왕은 같은 질문을 했다.

"온전히 깨달으신 붓다께서는 무엇을 가르치셨소?"

"인간은 윤회하지 않는다고 가르쳤습니다. 인간이 죽으면 불과 물, 공기와 흙으로 사라질 뿐이라고 했습니다."

사후단멸론자 외도가 분명했다. 그 역시 강당에 갇혔다. 인간은 태어나지도 죽지도 않는 영원한 존재라고 말한 영원주의자 외도나, 진리란 있는 그대로 인식하기 불가능하다고 말한 회의주의자 외도나, 인간의 운명은 이미 정해져 있으니 수행이 필요 없다고 말한 숙명론자 외도 역시 강당으로 붙잡혀 갔다. 아소까왕의 심사는 밤을 새우다시피 했고 이틀 만에 끝났다. 강당에는 외도들이 넘쳐났다. 군사들은 외도들이 도망치지 못하게 감시했다. 마침내 수십 명의 군사를 거느리고 나타난 호위대장이 수많은 외도들에게 황색 가사를 벗게 하고는 흰옷을 입혔다. 그런 뒤 정중하게 대해주라는 아소까왕의 당부와 달리 인정사정없이 아소까라마 밖으로 추방했다. 그러자 마힌다가 아소까라마에 남은 수행자들을 불러 모았고 아소까왕은 소리쳐 물었다.

"온전히 깨달으신 붓다께서는 무엇을 가르치셨소?"

"붓다께서는 논리적이고 타당한 담마를 가르치셨습니다."

아소까라마에 남은 수행자들이 똑같은 말로 합송하듯 대답했다. 그러자 아소까왕이 옆에 있는 목갈리뿟따띳사에게 물었다.

"붓다께서는 논리적이고 타당한 담마를 가르치셨습니까?"

"그렇습니다, 대왕이시여."

목갈리뿟따띳사가 대답하자마자 아소까왕은 앞에 서 있는 1천 명의 장로들에게 선언했다.

"장로들이시여, 이제 아소까라마는 청정해졌소. 앞으로는 목갈리뿟따띳사 장로님이 참석할 것이니 온전한 우뽀사타를 행하시오."

목갈리뿟따띳사는 두 손을 이마까지 올려서 합장했다. 다시는 아소까라마를 떠나지 않겠다고 마음속으로 맹세했다.

아소까라마 3차 결집

아소까라마가 정화되자마자 목갈리뿟따띳사 수석 장로는 이교도들의 교설을 논박하는 〈카타왓투〉를 머릿속으로 정리했다. 목갈리뿟따띳사가 〈카타왓투〉를 정리한 까닭은 외도 추방을 일단락 짓고 아소까라마에 모인 1천 명의 장로들과 여러 논서를 암송해 결집하기 위해서였다. 오래전에 붓다의 가르침을 모은 경장과 계율을 모은 율장은 합송으로 결집한 바 있지만 논서들은 아직 그런 기회를 갖지 못했던 것이다. 결집이란 장로들이 모여 붓다 가르침에 대한 기억을 명확하게 말한 뒤 합송하여 추인하는 의식을 뜻했다. 이번 결집은 아소까왕의 허락을 받아야 했다. 1천 명의 장로가 아소까라마에서 서로 이견이 없을 때까지 토론해야 하고, 그 기간 동안 아소까왕은 장로들에게 불편함이 없게 공양해야 하기 때문이었다.

"대왕이시여, 외도들의 교설이 왜 정법이 아닌지를 논박하는 일을 제 나름대로 정리해 왔습니다."

"마힌다 장로가 내게 와서 들려준 다른 장로들의 주장이나 논박하는 내용을 들은 일이 있소."

"이제는 제각각 흩어져 있는 논서들을 한 바구니에 담듯이 모아 정리해 두고자 합니다."

"기간은 얼마나 걸릴 것 같소?"

"반년이 걸릴지 1년이 걸릴지 알 수 없습니다. 1천 명의 장로들 중에서 단 한 명이라도 틀렸다고 거부하면 동의할 때까지 합송할 수 없기 때문입니다."

"마힌다 장로도 참석하는 것이오?"

"대왕이시여, 당연한 일입니다. 마힌다 장로는 아소까라마를 책임지고 있는 수석 장로입니다."

"장로께서 아소까라마에 복귀하셨으니 이제 마힌다는 수석 장로가 아니지 않소."

아소까왕이 틀린 말을 한 것은 아니었다. 앞으로는 목갈리뿟따띳사가 아소까라마에 상주할 것이므로 수석 장로는 예전처럼 그리고 해야 옳았다. 그제야 목갈리뿟따띳사가 아소까왕의 생각을 간파하고는 물었다.

"마힌다 장로를 어디로 보낼 생각이십니까?"

"마힌다 장로를 산치 동산으로 보냈다가 땅바빵니국 왕이 간절하게 원하고 있으니 그곳에 파견하려고 하오."

"대왕이시여, 결집이 끝나고 나서 보내소서. 마힌다 장로는 경, 율, 논 삼장을 저에게 익힌 몇 명 안 되는 제자입니다. 마힌다 장로 없이 논장을 결집한다는 것은 큰 손실입니다. 마힌다 장로가 이번 결집을 마치고 떠난다면 삼장을 암송하는 훌륭한 전법사가 될 것입니다."

"장로의 말을 이해는 하겠소. 완벽한 전법사가 되어 떠나는 것이 좋겠지요. 장로께서도 마힌다 장로와 함께 산치 동산으로 떠나주시오. 이 세상에서 가장 크고 아름다운 산치 탑을 조성하는 데 조언을 해주시오. 마힌다 장로는 산치에 들렀다가 바로 땅바빵니국으로 가야 하니 산치 탑 조성을 감독할 사람은 수석 장로밖에 없는 것 같소."

"대왕이시여, 늙은 제가 어찌 다른 생각을 하겠습니까? 아소까라마 결집을 마친 뒤에는 대왕님 명이라면 어디든 떠나겠습니다."

아소까왕은 마힌다가 결집에 참여해야 한다는 목갈리뿟따 띳사의 의견을 마지못해 받아들였다. 그러나 아소까왕은 산치 탑 조성이 늦어지는 것이 아쉽고 안타까웠다. 산치 동산에 먼저 세상을 떠난 데비를 위해 탑을 조성하고, 산치 동산 사원에도 외도의 출입을 금하고 승가를 분열케 하는 자를 추방하라는 담마 칙령을 새긴 석주를 세울 참이었던 것이다.

"장로시여, 마힌다 장로의 의견을 들어보는 것도 중요할 것 같소."

"대왕이시여, 저는 마힌다 장로가 어떤 의견을 내든지 따르겠습니다."

"나도 그러겠소."

아소까왕은 은근히 마힌다가 결집에 참여하지 않고 산치로 가기를 바랐다. 아소까왕이 산치 동산에 탑을 조성하고 석주를 세우는 데는 데비를 향한 사랑과 추모 외에 두 가지 목적이 더 있었다. 첫 번째는 변방인 웃제니와 웨디사 백성들의 민심을 얻어 영토를 더욱 군건하게 하고, 두 번째는 남쪽의 잠부디빠 소국의 왕들에게 마우리야왕국의 힘을 과시하는 것이었다.

아소까왕은 집무실에서 목갈리뿟따띳사가 물러간 뒤 경비대장에게 마힌다를 오후 늦게 불러오도록 지시했다. 점심 직후 옛 앙가국을 암행순찰하고 돌아온 삼빠딘의 보고를 받기로 돼 있기 때문이었다. 아소까왕은 왕손들 중에서 손자 삼빠딘을 가장 총애했다. 삼빠딘은 두 눈을 실명한 뒤 사라져 버린 아버지 꾸날라를 닮아 눈이 크고 악기를 잘 다뤘다. 그런 데다 승마와 검술에 능했다. 삼빠딘은 주로 암행순찰을 하면서 아소까왕을 도왔다. 그런데 삼빠딘은 딱사쉴라 부왕이었던 아버지 꾸날라의 비극을 아직 모르고 있었다. 점심을 마친 아소까왕이 집무실로 들어서 기다리고 있던 삼빠딘을 맞았다.

"오, 사랑하는 삼빠딘아."

"대왕님 명대로 옛 앙가국을 암행순찰하고 왔습니다."

"내가 백성들에게 다섯 그루 나무를 심으라고 지시했는데, 그곳 사람들이 내 지시를 따르고 있더냐?"

"살라나무, 짬빠까나무, 망고나무 등을 심어서 돌보는 사람들이 많았습니다. 제사 지내는 브라만교 사원에서 양을 죽이는 살생도 점점 사라지고 있었습니다."

"짬빠성은 네 할머니의 고향이니라."

"붓다의 제자 소나 꼴리위사 존자의 고향이란 사실을 짬빠성에 가서 알았습니다. 그런데 짬빠성에는 아직도 아지비까 교세가 강했습니다. 불교 사문들이 있기는 했지만 교세가 미미했습니다."

"짬빠성의 아지비까교 브라만들이 일찍이 내가 깔링가국을 정벌하고자 그곳을 지났을 때 내게 아주 호의를 보였느니라."

"대왕님께서 외도인 그들에게도 자비롭고 관대하셨기 때문일 것입니다."

"그들에게 동굴법당을 기증한 적이 있기는 하지. 네 할머니를 생각해서였지."

아소까왕은 자신이 지시한 칙령이 빠딸리뿟따성으로부터 먼 거리의 지역까지 받아들여지고 있다는 것에 흡족해했다. 아소까왕은 적당한 시기에 삼빠딘을 딱사쉴라 부왕으로 보내려고 생각했다. 변방부터 통치 경험을 쌓게 한 뒤 빠딸리뿟따로 불러들일 계획이었던 것이다.

"삼빠딘아, 피곤하겠구나. 별궁으로 돌아가서 쉬거라."

"어른들께 가서 인사드리고 쉬겠습니다."

삼빠딘의 아버지 꾸날라의 양모는 아상디밋따 정비였다. 첫째 왕후 빠드마바띠가 꾸날라를 낳고 죽자 아상디밋따 정비가 갓난아기 꾸날라를 키웠고, 그런 까닭에 꾸날라가 성년이 되어 삼빠딘을 낳았을 때 누구보다도 기뻐했던 사람이 아상디밋따 정비였던 것이다.

"띠쉬아락시따 왕비 별궁에는 가지 않느냐?"

"예, 띠쉬아락시따 왕비님은 저에게 오지 말라고 말씀하셨습니다."

"그래? 왕비가 너를 가리는구나."

아소까왕은 띠쉬아락시따 왕비의 까칠한 성격을 잘 알고 있었기 때문에 더 묻지 않고 삼빠딘을 내보냈다.

핏덩이처럼 붉은 석양이 강가강 너머 지평선으로 기울고 있을 무렵이었다. 마힌다가 아소까왕의 집무실로 왔다. 경비대장은 뒤따라 들어오지 않고 왕궁 순찰을 돌았다. 아소까왕은 우두머리 궁녀를 앞세우고 들어왔다. 우두머리 궁녀는 바나나와 포도가 놓인 소반을 들고 있었다. 아소까왕이 말했다.

"장로시여, 내일은 중요한 날이오."

"대왕이시여, 무슨 일이십니까?"

"내일부터 아소까라마에서 결집을 시작한다고 들었소. 나는 하루라도 빨리 장로를 산치 동산으로 보내고 싶소. 그런데 목갈리뿟따띳사 수석 장로는 결집을 마치고 장로가 가기를 바라고 있소."

"산치는 고향입니다. 늘 가고 싶었던 곳이 산치입니다. 더구나 산치에 탑을 세워달라는 어머니의 유언이 서린 곳입니다. 어찌 뿌리칠 수 있겠습니까?"

"산치에 가겠다고 하니 기쁘오."

"그러나 대왕이시여, 산치를 가되 수석 장로님께서 말씀하시는 대로 결집을 마치고 떠나겠습니다."

"이유가 무엇이오?"

"저는 산치에서 다시 바다를 건너 땅바빵니국으로 가야 할 전법사가 아닙니까? 대왕님께서는 땅바빵니국 사신들이 왔을 때 저를 통해서 붓다의 가르침을 전해주겠다고 약속했습니다. 또 비구니 장로인 상가밋따 편에 삼보디의 삡팔라나무 가지를 보내주기로 약속했습니다."

"땅바빵니로 가는 것과 결집이 무슨 상관이오?"

"대왕이시여, 이번 결집에서는 붓다의 가르침에 대해 장로들이 논한 것들을 합송하여 정리할 것입니다. 이미 오래전에 합송한 경장과 율장에 이어 논장을 명확하게 정리하는 일입니다."

그제야 아소까왕은 마힌다를 이해했다. 경과 율에다 논까지 삼장을 정확하게 외우고 있어야만 붓다의 가르침이 땅바빵니국에 올바르게 전해질 터였다.

"장로가 왜 이번 결집에 참여하겠다는 것인지 알겠소."

"저와 상가밋따 장로니가 삼장을 가지고 땅바빵니로 간다면 더없이 좋은 일이 될 것입니다. 붓다의 가르침을 온전하게 전해줄 수 있기 때문입니다."

아소까왕이 미소를 지으며 말했다.

"장로들이 삼장을 정확하게 외운다는 것이 매우 중요한 일임을 알겠소. 그래야만 다른 나라에 두따(담마사절단)를 보낼 수 있을 것 같소."

"담마로 세상을 정복하시겠다는 대왕님의 뜻은 두따를 보내어 이룰 수 있을 것입니다."

"나는 두따를 이웃 나라 말고도 피부색이 다른 아주 먼 나라까지 보낼 것이오."

실제로 아소까왕은 마우리야왕국에 인접해 있는 10개국 외에 먼 나라인 이집트나 마케도니아 등 6개국에 장로 다섯 명씩을 묶어 담마사절단을 파견하려는 계획을 갖고 있었다. 장로 다섯 명을 한 조로 엮은 까닭은, 그래야만 그 지역 출가자들에게 붓다가 정한 대로 계를 줄 수 있기 때문이었다. 그런데 다섯 명의 담마사절단이 가다가 도중에 병들어 병사하거나 불가피하게 포기하는 일이 생길 때를 대비해서 목갈리뿟따띳사는 담마사절단을 다섯 명 이상으로 하자고 아소까왕에게 건의한 바 있었다.

아소까왕이 담마사절단을 파견하려고 결심한 까닭은 안보적인 측면도 있었다. 최근에 경비대장과 호위대장 등 여러 명의 대장들이 '만약 이웃 나라가 쳐들어오면 어떻게 대처하시겠습니까?' 하고 질문했을 때 담마로 방어하겠다고 고심 끝에 대답했던 것이다.

"붓다의 가르침이 멀리멀리 퍼져갈 때 세상에는 전쟁이 없어지고 평화가 찾아올 것이오."

그때 호위대장이 들어와 두 사람의 대화는 잠시 중단되었다. 호위대장은 아소까라마에 장로들이 모이고 있다는 동향을 보고했다.

"대왕님이시여, 아소까라마에 수백 명의 장로들이 와 있습니다."

"1천 명의 장로들이 얼마간 아소까라마에 상주할 것이니 불편하지 않도록 지원하시오."

"예, 알겠습니다. 외도들이 없으니 분쟁이나 불상사는 없을 것입니다."

"다른 대장들에게도 아소까라마에 1천 명의 장로들이 당분간 상주할 것이라고 전하시오."

"장로들은 얼마나 상주합니까?"

"나도 모르겠소. 수석 장로께서 정할 것이오. 아마도 빠와라나 하는 날이 마지막 날이 될 것이오."

빠와라나란 안거 마지막 날에 수행자끼리 허물을 지적하고 참회하는 의식을 뜻했다. 결집도 마찬가지일 터였다. 장로들끼리 기억하고 있는 논서들을 두고 쉽게 동의하지 못하고 다툴 수도 있으므로 반드시 빠와라나를 통해서 서로의 상한 감정을 해소해야 할 것이었다.

9개월 후. 마침내 목갈리뿟따띳사 수석 장로와 마힌다 장로의 주도로 시작한 아소까라마 결집이 빠와라나 의식을 치른 뒤 끝났다. 아소까왕 통치 17년의 일이었다. 아소까왕은 1천 명의 장로들을 왕궁 후원으로 초대하여 가사와 석제발우, 음식을 공양했다. 목갈리뿟따띳사와 마힌다에게는 대왕코끼리를 하사했다. 두 장로가 산치까지 타고 갈 대왕코끼리였다. 추나르에 있는 호위부대 조장에게는 석공 수백 명과 장대한 석주 한 개를 산치 동산으로 보내라고 지시했다. 석공 수백 명을 보내라고 한 까닭은 산치 탑에 붓다의 아버지 숫도다나왕과 어머니 마야부인, 붓다를 상징하는 뻽팔라나무와 불족(佛足), 천신과 악신, 붓다가 전생에 만난 동물들과 아소까왕은 물론 첫사랑 데비부인을 상징하는 그림까지도 조각하라고 지시했기 때문이었다. 호위대장에게는 붓다의 유골을 호위할 1만 명의 군사를 차출하라고 명했다. 아소까왕은 변방인 산치 지역의 백성들에게도 잠부디빠 여덟 곳의 불탑에서 꺼낸 유골을 공평하게 분배했다는 것을 보여주고 싶었다. 뿐만 아니라 아소까왕은 담마로 세상을 정복하는 데 있어서 산치를 남방 잠부디빠의 전진기지로 활용하고자 했다.

담마사절단 파견

건기인데도 소나기가 한바탕 쏟아졌다. 빗방울이 굵고 짧은 소나기였다. 소나기가 뚝 멈추자마자 지평선 가까운 하늘에 쌍무지개가 떴다. 목갈리뿟따띳사는 내일 담마사절단들이 각국으로 떠나는데 상서로운 징조라고 생각했다. 빠딸리뿟따 성민들도 하늘이 축복을 내리는 것이라고 환호했다.

아소까왕은 담마사절단의 활동이 성공하기를 누구보다도 원했다. 그런 바람으로 담마사절단을 파견하기에 앞서 두 가지 조치를 취했다. 하나는 이웃 나라 왕들의 환심을 끌어내기 위해 그 나라 지방에 사람과 동물을 치료하는 의료진료소를 지어주었고, 두 번째는 상인들이 넘나드는 국경지방에 다음과 같은 바위 칙령을 새기게 했다.

나 자신의 자녀가 행복하기를 바라는 것처럼 나는 모든 사람이 이 세상과 저세상에서 행복하기를 염원한다. 국경 너머에 사는 사람들은 이렇게 생각할 것이다. '우리에 대한 왕의 의도는 무엇일까? 우리를 정복하지는 않을까?' 그러나 나의 유일한 의도는 그들이 나를 믿고 나에 대한 두려움 없이 사는 것이며 그들에게 불행이 아닌 행복을 주기 위한 것임을 알아야 한다.

이웃 나라에 복지를 지원하는 한편, 바위 칙령을 통해 침략하지 않겠다고 왕의 이름으로 약속함으로써 담마사절단이 가더라도 이웃 나라의 왕이나 백성들로부터 환대받게 하자는 것이 아소까왕의 의도였다.

다음 날. 목갈리뿟따띳사는 아침 일찍 왕궁으로 가서 아소까왕에게 보고했다. 마힌다는 전날 미리 인사를 했으므로 따라가지 않았다. 아소까라마에는 아소까왕이 하사한 대왕코끼리 두 마리가 온순하게 대기하고 있었다. 목갈리뿟따띳사와 마힌다가 산치 동산까지 타고 갈 대왕코끼리였다.

마힌다는 땅바빵니 담마사절단 대표였다, 마힌다를 땅바빵니까지 보좌할 장로는 잇티야, 웃띠야, 삼발라, 밧다살라 등이었다. 장로는 아니지만 상가밋따의 아들인 수마나 사미도 땅바빵니 담마사절단과 동행하기로 했다. 땅바빵니 담마사절단 및 각국의 담마사절단들 앞에서 목갈리뿟따띳사가 말했다.

"장로들은 오직 세상 사람들에게 헌신한다는 자비심을 내어 이웃 나라로 가서 훌륭한 담마를 자애롭게 전하고 가르치시오."

마힌다 옆에는 담마사절단을 이끌고 간다라와 까슈미르로

가는 맛잔띠까 장로가 앉아 있었다. 그리고 그 바로 뒤에는 잠부디빠 최남단의 나라 빵디야로 가는 담마사절단의 대표 락키따 장로가 있었다. 그 밖에도 아빠란따까국으로 가는 담마사절단의 대표 요나까담마락키따 장로, 마하랏다국으로 가는 마하담마락키따 장로, 야와나 지방으로 가는 마하락키따, 히말라야 쪽에 있는 나라들로 가는 깟사빠고따 장로와 맛지마 장로 그리고 두라빗사라 장로와 사하데와 장로 및 물라까데와 장로 등이 목갈리뿟따띳사의 말을 듣고 있었다.

"담마는 우리나라뿐만 아니라 국경지방 사람들과 6백 요자나의 거리만큼 멀리 떨어져 있는 모든 나라들까지 담마사절단들에 의해 퍼져나갈 것이오. 대왕님은 오래전에 전쟁터의 북소리로, 무력으로 이웃 나라를 정복하는 것을 포기하셨소. 그러나 담마에 의한 정복은 목숨이 다하는 날까지 포기하지 않을 것이오. 따라서 이웃 나라 왕과 백성들은 담마에 대한 믿음을 갖게 될 것이고 전쟁 없는 평화로운 땅에서 살게 될 것이오."

각국의 담마사절단이 아소까라마를 벗어나자, 빠딸리뿟따의 모든 성민들이 거리로 나와 장로들의 목에 꽃목걸이를 걸어주며 전송했다. 아소까왕은 늙은 마하데와라 수상과 함께 미리 강가강 강변에 나와 임시 군막에 있었다. 환송연을 위한 임시 군막이었다. 마하데와라는 깔링가국 정벌 때만 해도 왕성하게 활동했지만 최근 몇 년 동안에는 그러지 못했다. 건강 때문이기도 했지만 실제적인 이유는 아소까왕과의 잦은 이견 때문이었다.

아소까왕은 그때를 정확하게 기억했다. 아소까왕 군대가 깔링가국을 정벌하고 나서 15만 명을 포로로 끌고 온 뒤였다. 아소까왕과 마하데와라, 그리고 군부대 대장들이 포로들을 어떻게 할지를 놓고 회의하는 자리였다. 아소까왕은 담마의 정복자가 되기로 선언했으니 포로들을 풀어주고 싶어 했다.

"나는 다야강에서 북소리를 멈추고 담마의 정복자가 되기로 맹세한 왕이오. 15만 명의 포로들을 풀어주는 것도 담마를 실천하는 일이오. 진정한 담마의 실천자가 되는 것이오. 수상의 생각은 어떻소?"

"대왕님이시여, 모든 일에는 원인과 결과가 있는 법입니다. 깔링가국 정벌 때 우리 군사들이 많이 희생했습니다. 그 결과로 포로들을 데리고 온 것입니다. 포로들은 희생당한 군사를 대신해서 할 일이 많습니다. 석주를 운반하고, 도로를 닦고, 우물을 파고, 약초밭을 일구는 등의 일은 포로들의 몫입니다."

마하데와라가 반대하자 들떠 있던 자축 분위기가 금세 가라앉았다. 경비대장이나 코끼리부대장도 마하데와라의 반대 의견에 동조하는지 침묵하기만 했다. 다만 호위대장이 아소까왕의 의견에 동조하는 듯한 발언을 했다.

"석주를 운반하고, 도로를 닦고, 우물을 파고, 약초밭을 일구는 일 등은 전쟁이 사라졌으니 우리 군사 60만 명으로 감당할 수 있을 것입니다. 그런 일을 포로들에게 맡긴다면 그들이 기회를 엿보아 도망칠지도 모릅니다. 포로들을 감시하는 우리 군사들의 숫자도 많아야 하는 번거로움이 따를 것입니다."

그런데 아소까왕이 포로 해방보다 더한 충격적인 발언을 했다.

"도로를 닦고, 우물을 파고, 약초밭을 일구는 일 등은 거의 끝난 일이라고 보고받았소. 그러니 포로들은 할 일이 없는 것이나 다름없소. 더구나 전쟁이 사라졌으니 우리 군사 60만 명도 필요 없어졌소. 경비부대나 호위부대 등 최소한의 부대만 남겨놓고 대부분의 군사들을 고향으로 돌려보내 생업에 종사하게 한다면 우리 백성들이 더 행복해질 수 있을 것이오."

군대를 해산하겠다는 아소까왕의 발언에 군부대의 모든 대장들이 경악했다. 모두가 한목소리로 반대했다.

"군대를 해산한다면 깔링가국 군사들이 가장 먼저 쳐들어올 것입니다. 대왕님이시여, 군대를 해산하겠다는 말씀만은 거두어주십시오."

마하데와라가 큰소리로 반대했다.

"대왕님이시여, 늙은 저는 깔링가국 정벌이라는 소망을 이루었으니 이제 죽어도 여한이 없습니다. 그러나 대왕님께서 포로를 풀어주고 군대를 해산하시겠다는 말씀에 죽어도 눈을 감지 못하고 죽을 것 같습니다. 이 세상에 군대 없는 나라가 어디 있겠습니까? 포로들이 자기 나라로 돌아가면 반드시 복수하려고 날카로운 창을 이쪽으로 겨눌 것입니다. 나라는 강력한 군대가 있어야만 유지되는 것입니다."

그래도 아소까왕은 물러서지 않았다.

"나는 국경지방 바위에 이웃 나라를 정벌할 의도가 없다는 칙령을 새겼소. 뿐만 아니라 이웃 나라에 의료진료소를 세워주고 약초밭을 일구어주었소. 그러니 이웃 나라 왕들이 나를 의심하지 않고 나를 믿을 것이오."

"나라와 나라 사이는 호의만 가지고 평화가 유지되는 것이 아닙니다. 우리에게 빈틈이 생기면 반드시 우리를 정벌하려고 할 것입니다. 이는 예나 지금이나 약육강식의 불문율입니다."

"담마의 정복자가 되겠다는 나의 의도는 누구도 꺾을 수 없을 것이오. 군대를 해산하지 않고 포로를 돌려보내지 않고서야 어찌 담마의 정복자라고 할 수 있겠소?"

이에 마하데와라가 소리 내어 울면서 하소연했다.

"군대를 해산하는 것은 언제든지 할 수 있는 일입니다. 다만 지금은 때가 아닙니다. 이웃 나라의 왕들이 어떤 생각을 가지고 있는지 확실히 모르기 때문입니다. 다시 숙고해 주십시오."

마하데와라가 자신의 목숨이라도 내놓을 듯 완고하게 나오자 아소까왕이 이맛살을 찌푸렸다가 펴면서 말했다.

"좋소. 수상의 의견을 참고해 미구에 결정하겠소."

"대왕님이시여, 이제는 정말로 죽어도 여한이 없습니다."

코끼리부대장이 조심스럽게 물었다.

"대왕님이시여, 수상님의 의견을 앞으로 어떻게 참고하시겠습니까?"

"담마사절단을 파견해 본 뒤 결정하겠소. 이웃 나라 왕들이 담마사절단을 어떻게 받아들이는지를 보면 그들의 마음을 알 수 있지 않겠소?"

아소까왕의 고집도 마하데와라처럼 강했다. 담마사절단을 받아들이는 이웃 나라 왕들의 마음을 확인한 뒤 군대해산을 결정하겠다는 것이었다. 마하데와라는 더 이상 자신의 주장을 말하지 않았다. 조건부이기는 하지만 군대해산을 유예시킨 것만도 천만다행이라고 생각했던 것이다.

담마사절단을 환송하는 임시 군막에는 아소까왕과 마하데와라 말고도 왕실 왕족들이 함께 자리하고 있었다. 아상디밋따 정비와 띠쉬아락시따 왕비, 상가밋따 장로니, 삼빠딘 등이 아소까왕 뒤에 앉아서 담마사절단을 기다렸다. 왕궁 악단이 연주를 시작하자 환송연은 시작부터 달아올랐다. 북소리와 현악기들의 합주가 강가강 너머로 울려 퍼졌다. 이윽고 대왕코끼리 두 마리가 나타났다. 대왕코끼리는 아소까왕만 이용할 수 있는 특별한 짐승인데 목갈리뿟따띳사와 마힌다가 하사받아 타고 있었다. 대왕코끼리 뒤로는 담마사절단인 수십 명의 장로들이 합장한 채 걸어오고 있었다. 뿐만 아니었다. 아소까라마에 상주하는 수만 명의 사문들이 《초전법륜경》을 외며 따라왔다. 강가강에 모인 성민들이 일시에 꽃을 뿌리고 박수를 쳤다. 아소까왕이 임시 군막에서 나와 맨 먼저 도착한 목갈리뿟따띳사와 마힌다의 땅바빵니 담마사절단을 맞았다.

"목갈리뿟따띳사 장로시여, 나는 오늘을 기다렸소. 담마사절단의 장로들은 담마의 정복자인 나의 진정한 군대요. 세상을 담마가 넘쳐나는 땅으로 만들어주시오."

"대왕이시여, 담마의 군대는 이웃 나라는 물론이고 지중해 연안의 나라 에피루스, 마케도니아, 키레네, 이집트, 시리아까지 갈 것입니다. 저희들은 국내에 있는 담마마하맛따와 다를 것입니다. 저희들은 담마도 가르치고 대왕님께서 주신 외교적 임무도 다할 것입니다."

"오, 장로시여. 그대도 떠나기로 한 것이오?"

"아닙니다. 저는 원래대로 산치까지만 갔다가 대왕님께서 명하신바 그곳의 석주와 탑 조성을 감독한 뒤 돌아올 것입니다."

마침내 아소까왕이 임시 연단에 올랐다. 그러자 왕궁 악단의 연주가 멈추었다. 아소까왕이 담마사절단의 장로들을 보고 외쳤다.

"장로들이시여! 나는 전쟁터의 북소리를 담마의 북소리로 바꾸었소. 장로들이시여, 그대들은 나라와 나라 간의 우호를 위해 선발돼 가는 사신이오. 그러나 외교만을 위한 사신이 아니라 특별하고 훌륭한 사신들이오. 담마를 가르치고 담마를 전하는 임무를 띠고 있기 때문이오. 그대들을 나는 담마로 무장한 장수라고 부르겠소."

이번에는 마힌다가 전체 담마사절단을 대표해서 말했다.

"대왕이시여, 저희들은 대왕님의 뜻을 받들어 담마를 전하는 데 몸과 마음을 다 바치겠습니다. 대왕님께서 담마의 정복자가 될 수 있도록 열정과 헌신과 희생을 다하겠습니다."

빠딸리뿟따 성민들이 담마사절단 장로들에게 다가가 금잔화 꽃으로 만든 꽃목걸이를 걸어주고 짬빠까나무 흰 꽃을 뿌렸다. 허공에서 꽃비가 내리는 것처럼 환송연 자리가 하얗게 변했다. 이윽고 담마사절단 장로들은 각자 정해진 배로 가서 승선했다. 그사이에 마힌다는 병색이 더 깊어진 아상디밋따 정비에게 다가가서 합장을 했고, 상가밋따는 마힌다를 따라가는 수마나를 찾아가서 손을 잡았다.

"수마나여, 나도 곧 땅바빵니국으로 갈 것이다."

"어머님은 왜 늦으시나요?"

"땅바빵니국 사신들에게 삼보디의 뻽팔라나무 가지를 꺾어가기로 약속했단다."

"예, 기다리겠어요."

아소까왕은 배들이 떠나기 전에 대왕코끼리를 타고 곧 왕궁으로 돌아왔다. 총애하는 삼빠딘에게 지시할 건이 있었다. 상가밋따가 삼보디로 갈 때 동행해서 신변을 보호하라는 지시였다. 상가밋따가 여성 장로이므로 신변보호에 신경을 더 써야 했다. 뿐만 아니라 아소까왕은 이미 배를 타고 떠난 담마사절단 장로들의 건강도 걱정했다. 아소까왕이 마하데와라에게 말했다.

"수상이여, 담마사절단 장로들 중에 병이 나서 돌아오는 이가 생길지 모르겠소."

"대왕님이시여, 분명히 그런 경우가 있을 것입니다. 그러니 앞으로는 다섯 명보다 많은 숫자를 보내야 할 것 같습니다."

"목갈리뿟따띳사 수석 장로가 나에게 건의한 바 있소. 발병뿐만 아니라 불가피한 일이 생겨 전법을 포기하는 장로가 있을 것이니 담마사절단의 인원이 다섯 명보다 많은 열 명은 돼야 한다고 말이오."

"대왕님이시여, 아직 그런 일이 발생하지 않았으니 더 기다려봐야 할 것 같습니다."

아소까왕이 담마사절단에 거는 기대는 누구보다도 컸다. 담마사절단이야말로 자신이 꿈꾸었던 담마의 정복자를 실현시켜 줄 수 있다고 믿었기 때문이었다.

룸비니 순례

상가밋따 장로니는 열 명의 장로니들과 함께 무사히 삼보디를 다녀왔다. 삼빠딘이 아소까왕의 지시를 받아 군사들과 함께 한 치의 빈틈없이 호위했기 때문이었다. 검술에 능한 삼빠딘은 뻽팔라나무 가지 이운대장(移運大將)이란 임시 직책을 맡아 군사를 거느렸다. 상가밋따 장로니 일행이 빠딸리뿟따에 도착했다는 삼빠딘의 보고를 받자마자 아소까왕은 지체하지 않고 강가강 나루터로 나가기 위해 대왕코끼리를 준비시켰다. 삼보디 뻽팔라나무 가지를 참배하기 위해서였다. 우두머리 궁녀의 연락을 받은 띠쉬아락시따 왕비는 마지못해 나섰다. 병상에 누워 있던 아상디밋따 정비는 "오! 고따마 붓다시여" 하고 기뻐하더니 끼사락슈미의 부축을 받으면서 강가강으로 내려갔다. 아소까왕은 삼빠딘을 앞세우고 강가강 나루터로 갔다. 대왕코끼리에 탄 아소까왕이 일산 밖으로 고개를 내밀면서 말했다.

"사랑하는 삼빠딘아, 마치 붓다를 뵈러 가는 것 같구나."

"삼보디 백성들은 뻽팔라나무를 붓다라고 불렀습니다. 하루 한 번 삼보디 뻽팔라나무에게 기도하러 갈 때 붓다를 뵈러 간다고 했습니다."

"오, 아름다운 백성들이구나."

대왕코끼리 뒤에 말을 타고 오는 기마대장은 황금항아리를 들고 있었다. 황금항아리가 유난히 햇볕에 반짝거렸다. 아소까왕이 강가강 나루터에 도착하기 직전 상가밋따 장로니는 검은 석제발우에 든 뻽팔라나무 가지를 들고 배에서 내렸다. 검은 빛깔의 석제발우는 상가밋따가 출가 이후 줄곧 사용했던 것이었다. 뻽팔라나무 가지는 아기 손바닥만 한 싱싱한 잎들을 달고 있었다. 시든 잎은 하나도 없었다. 삼보디를 떠나오면서 석제발우 속의 물을 강가강 강물로 수시로 바꿔주곤 했던 것이다. 아소까왕은 삼보디 뻽팔라나무 가지를 붓다 대하듯 경건하게 강가강 강물로 채운 황금항아리에 손수 꽂았다. 그런 뒤 합장하고 엎드려 절했다. 아소까왕이 상가밋따에게 말했다.

"땅바빵니국 왕이 감격할 것이오."

"황금항아리를 하사하시니 남쪽으로 뻗어 있던 뻽팔라나무 가지가 더욱 고귀해지는 것 같습니다."

아상디밋따 정비도 끼사락슈미의 부축을 받으며 절을 했다. 그러나 띠쉬아락시따 왕비는 끝내 뻽팔라나무 가지를 외면했다. 우두머리 궁녀가 하소연을 했으나 모른 체했다.

"왕비님, 대왕님께서 보고 있어요!"

"나뭇가지 따위에 절을 할 게 뭐람."

마침 까슈미르 부왕으로 나가 있다가 휴가를 받아 돌아온 아소까왕의 아들 잘로까도 앞으로 나와 합장했다. 왕족으로서는 삼빠딘이 마지막으로 절을 했다. 뒤이어 마하데와라 수상과 군부대 대장들이 예를 표했다. 끝내 절하지 않은 사람은 띠쉬아락시따 왕비뿐이었다. 아소까왕은 유별난 띠쉬아락시따 왕비가 못마땅했다. 여러 왕족과 신하들 앞에서 띠쉬아락시따 왕비에게 한마디 했다.

"몸이 아픈 정비도 예의를 지키는데 그대는 무엇 때문에 이 자리에 나와 있소?"

"우두머리 궁녀가 나가자고 해서 왔습니다."

"우두머리 궁녀를 탓할 일이 아니오. 내가 지시한 일이오."

띠쉬아락시따 왕비의 얼굴은 금세 붉어졌다. 여러 사람들 앞에서 망신을 당한 듯 당황했다. 사람들의 시선이 그녀에게 쏠리자 급기야는 두 손으로 얼굴을 감쌌다. 궁중 악단이 다시 연주를 시작했다. 북소리가 둥둥둥 울리고 현악기와 타악기 소리가 환영 분위기를 고조시켰다. 상가밋따 장로니가 황금항아리를 들고 승선한 뒤에야 아소까왕은 상가밋따 장로니가 탄 배를 향해 손을 한 번 흔든 뒤 대왕코끼리에 올라탔다. 온갖 보석으로 장식한 일산이 펴졌다. 그제야 뻽팔라나무 가지 이운행사에 모였던 사람들도 삼삼오오 무리 지어 흩어졌다.

상가밋따 장로니는 강가강이 흐르는 방향대로 동쪽으로 가서 바다가 있는 따말릿띠까지 일단 갈 예정이었다. 따말릿띠에서 남쪽으로 며칠 동안 항해하면 땅바빵니국 북쪽에 있는 잠부꼴라에 당도할 터였다.

왕비 별궁으로 돌아온 띠쉬아락시따 왕비는 분통을 터뜨렸다. 삼보디 뻽팔라나무 가지가 자신을 비참하게 만들었다고 생각했다. 뿐만 아니라 삼보디 뻽팔라나무 가지가 자신에게 돌아올 아소까왕의 사랑을 10여 년 전 삼보디 순례 때부터 빼앗아 갔다고 여겼다. 띠쉬아락시따 왕비는 꾸날라를 실명시켰던 것처럼 삼보디 뻽팔라나무를 무슨 수를 써서라도 없애버리겠다고 원망을 퍼부었다.

몇 달 후. 아소까왕은 상가밋따 장로니 담마사절단이 땅바빵니국에 잘 도착했다는 보고를 받고는 한시름 놓았다. 상가밋따 장로니 일행이 잠부꼴라에 도착했을 때 땅바빵니국 데와남삐야띳사왕이 영접한 뒤 성대한 환영행사를 했으며 삼보디 뻽팔라나무 가지를 마하메가와나에 직접 심었다고 돌아온 사신이 보고했던 것이다. 아소까왕은 우빠굽따에게 말했다.

"장로시여, 처음에 순례하자고 추천한 성지가 룸비니였소?"

"맞습니다. 붓다께서 탄생한 성지입니다."

"붓다께서 마야부인 옆구리로 탄생하셨다는데 사실이오?"

"제가 직접 보지 않았기 때문에 모릅니다. 다만 브라만교에서는 신분에 따라 출생하는 위치가 다르다고 말합니다. 제사장 브라만은 신의 입에서, 귀족은 신의 옆구리로, 바이샤는 신의 배로, 천민인 수드라는 신의 발바닥에서 태어난다고 합니다."

"나는 담마의 실천자로서 믿지 못하겠소."

"대왕이시여, 붓다께서는 세습이 되는 신분을 부정했습니다. 신분은 사람이 하는 행위에 따라서 달라질 뿐, 천한 신분의 여자라도 깨달으면 거룩한 스승이 된다고 했습니다. 붓다께서는 자비를 베푸는 이는 거룩한 사람이고 남에게 피해를 주는 이는 천박한 사람이라고 했습니다."

"장로시여, 룸비니에 간 뒤 더 순례할 곳이 있소?"

"빠탄이라는 곳이 있습니다."

"그곳은 어떤 곳이오?"

"까삘라성이 멸망했을 때 사끼야족 바이샤들 소수가 멀리 웨디사 쪽으로 내려가기도 했습니다만, 대부분은 두 지방으로 크게 무리를 지어 피난을 갔습니다. 한 무리는 상카시아로 갔고, 또 다른 무리는 히말라야산 쪽으로 올라가다가 빠탄에 머물렀습니다. 붓다께서는 아난다를 데리고 두 군데를 모두 가서 사끼야족 사람들을 위로하며 담마를 전해주었습니다."

"그렇다면 나는 룸비니 말고도 사끼야족 사람들이 사는 두 군데를 모두 가고 싶소."

"대왕님께서 가신다면 그곳 사람들은 사끼야족이라는 자부심이 더할 것 같습니다."

아소까왕은 호위대장을 불러 상카시아와 룸비니에 석주를 보내도록 조치했다. 그러나 빠탄은 가는 길이 험준하여 석주를 운반하기가 어려우므로 그곳의 흙으로 탑을 세우기로 했다.

즉위 20년. 상가밋따 장로니가 떠난 뒤부터 룸비니 순례를 준비하는 데 2년이 걸렸다. 추나르에서 룸비니까지 석주를 운반하는 일도 녹록지 않았다. 순례에 사용할 비용을 마련하는 것도 쉬운 일은 아니었다. 그런데도 아소까왕은 빈손으로 순례하지 않았다. 많은 금은보화를 가지고 움직였다. 탑을 조성하고 석주를 세우는 데 드는 비용은 기본일 뿐이었다. 가시덩굴과 말루와 덩굴로 뒤덮인 붓다 유적지를 정비하는 비용이야말로 만만찮았던 것이다. 뿐만 아니라 아소까왕은 순례지 부근에 거주하는 불교 사문과 브라만교 및 아지비까 구루들은 물론 가난한 백성들에게도 보시를 했다. 아소까왕은 호위대장이 순례지의 사문과 구루들을 조사해 오면 선별해서 금전을 하사했다. 보통은 공평하게 보시했지만 자기밖에 모르는 인색한 수행자에게는 본보기로 아주 적은 금전을 주었다.

이번에도 우빠굽따 장로가 길잡이를 했는데 일행은 단출했다. 아상디밋따 정비가 병석에 누워 있었으므로 왕비와 왕손들이 빠졌던 것이다. 우빠굽따는 휴식을 취하기 위해 나무 그늘에 들 때마다 붓다의 탄생에 얽힌 이야기를 들려주었다. 고목이 된 나무들은 아소까왕의 명으로 오래전에 가로수로 심은 반얀나무나 삡팔라나무들이었다.

"붓다는 태어나기 전에 도솔천에 머물렀습니다. 도솔천이란 선한 공덕으로 태어나는 하늘입니다. 도솔천에서 붓다의 이름은 호명보살이었습니다. 하루는 천인들이 호명보살에게 이렇게 청했습니다.

존귀하신 스승이시여, 당신이 10바라밀을 행하심은 제석천이나 마왕, 범천, 전륜왕의 영광을 위해 이룬 것이 아니옵고, 오직 저 세상의 모든 중생을 제도하고자 일체지(一切智)를 추구하여 이루신 것이옵니다. 스승이시여, 바야흐로 붓다가 되기 위한 때가 왔나이다. 존귀하신 스승이시여, 붓다가 될 때나이다.

호명보살은 자신의 마음과 천인들의 마음이 하나 된 것을 기뻐했습니다. 중생을 제도하고자 10바라밀을 닦아왔으나 새들이 허공에 발자국을 남기지 않듯 자신의 원을 드러내지 않고 때를 기다렸던 것입니다. 호명보살은 먼저 자신이 태어날 때와 장소를 생각했습니다. 시기를 살펴본 까닭은 인간세상이 너무 평화로우면 신앙심이 생기지 않고, 반대로 인간세상이 너무 타락한 상태라면 신앙심이 메말라 있을 것 같아서였습니다. 그래서 보살은 그 중간 정도의 시기를 찾았습니다. 장소는 번성한 바라나시를 수도로 한 까시국보다는 명상하기 좋은 변방의 작은 도시국가 중에서 하나를 선택하기로 했습니다. 태어날 출신 계급은 귀족인 끄샤뜨리야가 좋을 것 같았습니다. 귀족은 세습 종교인인 브라만과 무사귀족인 끄샤뜨리야가 있지만, 보살은 편견이 강한 브라만보다는 무슨 사상이든 받아들일 수 있는 끄샤뜨리야가 알맞다고 생각했습니다. 또한 어머니는 무슨 일이든 이해하고 자비심이 뛰어난 분이어야 했습니다. 결국 이런 모든 조건을 갖춘 땅은 사끼야족의 숫도다나왕이 지배하고 있는 까삘라성이었고, 어머니는 마야 왕비가 되었습니다. 보살은 어머니의 태 안에 들기 전에 마지막으로 신들과 천인들에게 설법을 했습니다. 설법 가운데 주목할 만한 것은 미륵보살에게 언젠가 자신처럼 인간세상에 내려와 말세중생들을 제도하라고 당부하는 대목이었습니다."

마침내 아소까왕 일행은 룸비니에 도착했다. 룸비니에는 이미 살라나무 숲 한쪽 연못가에 석주가 운반돼 놓여 있었다. 아소까왕 일행은 살라나무 숲 그늘로 들어가 뜨거운 오후 햇살을 피했다. 우빠굽따가 말했다.

"마야 왕비는 아기를 낳고자 숫도다나왕의 허락을 받고 친정인 데와다하로 갑니다. 그런데 가는 도중 여기 룸비니 살라나무 숲 동산에 이르러 산기를 느끼고서 살라나무 가지를 붙잡고는 아기를 낳습니다. 그때 허공에 있던 용왕의 형제들이 갓난아기를 더운물과 찬물로 목욕을 시켜주었습니다. 이윽고 아기 붓다께서 홀로 일곱 걸음을 옮기셨는데, 옮기는 걸음 자리마다 수레바퀴만 한 큰 연꽃들이 솟아올랐습니다. 이에 아기 붓다께서 오른손은 위를, 왼손은 아래를 가리키며 말했습니다.

하늘 위와 아래 오직 나 홀로 존귀하도다. 삼계가 모두 고통에 헤매나니 내 마땅히 이를 편안케 하리라.

이는 아기 붓다께서 갑자기 외친 것이 아닙니다. 도솔천에서 세운 원력을 세상에 드러낸 것입니다."

우빠굽따가 설법을 마치자 아소까왕은 연못을 돌아 석주가 있는 곳으로 갔다. 룸비니에 세워질 석주 상단부에는 다른 곳과 달리 뛰어오를 것 같은 말이 조각돼 있었다. 아소까왕이 의아한 눈길을 보냈다. 그러자 우빠굽따가 말했다.

"싯다르타 태자께서 29세 때 수행하기 위해 말을 타고 까삘라성을 나왔습니다. 그러니 말 역시 붓다와 인연이 깊은 동물입니다."

아소까왕은 함께 온 석공에게 석주에 다음과 같은 칙령을 새기도록 명했다.

많은 신들의 사랑을 받고 있는 삐야다시 왕은 즉위 20년에 이곳을 친히 참배하였다. 여기서 사끼야무니 붓다께서 탄생하셨기 때문이다. 그래서 돌로 말의 형상을 만들고 석주를 세우도록 명했다. 이곳에서 위대한 분이 탄생하셨으므로 경배하기 위한 것이다. 이를 기리어 룸비니 마을은 조세를 면하고 생산물의 8분의 1만 징수할 것이니라.

아소까왕 일행을 환영하기 위해 나와 있던 룸비니 마을 사람들이 기뻐서 날뛰었다. 마을 촌장은 "사끼야무니여! 사끼야무니여!" 하고 외치면서 존경심을 나타냈다. 아소까왕 일행은 히말라야 빠탄을 순례한 뒤 이곳에 다시 들러 완성된 석주를 보기로 하고 룸비니 동산을 떠났다.

아소까왕은 까삘라성 멸망 이후부터 사끼야족이 피난 가서 살았고 붓다와 아난다가 들러 담마를 전했다는 빠탄으로 가서, 석주는 세우지 못하더라도 동서남북으로 작은 탑 네 개를 흙으로 조성하려고 했다. 그런 뒤 네 개의 탑이 보이는 빠탄 땅을 사끼야족 사람들에게 하사할 마음을 갖고 험준한 히말라야 산자락과 고갯길을 넘었다.

아상디밋따의 죽음

아소까왕 못지않게 담마의 실천자로 살았던 아상디밋따 정비가 결국 눈을 감았다. 알 수 없는 병에 걸린 지 10여 년 만에 유명을 달리했다. 왕궁 의원들이 온갖 약을 다 써보았지만 소용없었다. 아소까왕 즉위 26년의 일이었다. 아소까왕은 몹시 침통해했다. 삼보디 뺍팔라나무를 한 번 더 참배하고 싶다는 아상디밋따 정비의 원을 들어주지 못했기 때문이었다. 아소까라마의 모든 장로와 사문, 빠딸리뿟따 성민들도 아상디밋따 정비가 숨을 거두었다고 하자 모두가 슬픔에 휩싸였다. 마우리야왕국 변방의 백성들도 마찬가지였다. 8만 4천 군데의 사원과 마하맛따 사무소에서 아상디밋따 정비의 죽음을 전했던 것이다.

마우리야왕국이 복속한 옛 소국의 백성들이 하나둘 빠딸리뿟따로 올라왔다. 강가강 강변에 자리한 왕실 사원의 화장터로 옮겨진 아상디밋따 정비의 모습을 보기 위해서였다. 아상디밋따 정비가 누운 전단향나무 관은 하얀 짬빠까나무꽃과 주황색 금잔화 꽃이 수북하게 덮여 있었다.

아상디밋따 정비의 관에 불을 붙이기 하루 전날 밤이었다. 아소까왕은 침실 베란다로 나와 잠을 이루지 못한 채 강가강 왕실 사원 쪽을 바라보고 있었다. 보름달이 떴으나 강가강에서 피어오른 짙은 안개 때문에 왕궁 정원은 음음하게 어두웠다. 자정 무렵이었다. 아소까왕은 높고 가느다란 공후 소리에 귀를 기울였다. 강가강 쪽에서 들려오는 공후 소리는 낯익었다. 아소까왕은 자신도 모르게 중얼거렸다.

'행방불명이라던 꾸날라가 나타난 것일까?'

예전에도 꾸날라가 연주하는 공후의 높고 가는 소리는 가슴을 후벼 파듯 구슬펐다. 반면에 낮고 두터운 소리는 어머니가 부르는 자장가처럼 한없이 부드럽고 따뜻했다. 꾸날라가 딱사쉴라 부왕으로 떠날 때 쨤빠성 명장이 만든 공후를 구해 선물했는데, 그 소리가 분명했다. 아소까왕은 우두머리 궁녀를 시켜 친위대장을 불렀다. 꾸날라가 딱사쉴라 부왕으로 갈 때 친위대 조장으로서 사신 일행을 호위한 적이 있기 때문이었다. 친위대장은 때때로 호위대장이 되기도 했다. 호위대장이 지방으로 순행을 나가면 친위대장이 왕궁을 지켰고, 또 반대가 되면 서로 역할을 바꾸었다. 왕궁에서 순찰을 돌고 있던 친위대장이 바로 아소까왕 침실에 딸린 다실로 왔다.

"대왕님이시여, 부르셨습니까?"

"저 공후 소리를 들어보시오. 꾸날라가 연주하는 소리 같지 않소?"

친위대장이 갑자기 몸을 부르르 떨었다.

"왜 놀라는 것이오?"

"아, 네. 꾸날라 부왕님은 두 눈을 실명한 채 딱시쉴라성을 나가 수행자가 된 것으로 알고 있습니다."

"나도 오래전에 그런 보고를 받았던 적이 있소. 그러나 저 슬픈 공후 소리는 꾸날라의 연주가 아니면 낼 수 없소. 강가강으로 내려가서 데리고 오시오."

"대왕님이시여…."

친위대장은 말을 더 잇지 못하고 약간 비틀거리며 다실을 나갔다. 친위대장은 바로 친위대 군사 몇 명을 데리고 띠쉬아락시따 왕비 별궁으로 달려갔다. 친위대장은 늙은 궁녀를 찾아 말했다.

"화급한 일이 생겨 왔으니 왕비님을 깨우시오."

"예, 대장님."

늙은 궁녀는 오래전에 띠쉬아락시따 왕비 별궁 경비 책임자였던 친위대장과 구면이었기 때문에 의심 없이 띠쉬아락시따 왕비 침실로 가서 그녀를 깨웠다. 친위대장은 기름불이 켜진 왕비 다실로 들어가서 띠쉬아락시따 왕비를 기다렸다. 이윽고 띠쉬아락시따 왕비가 잠이 덜 깬 눈을 비비며 말했다.

"대장, 무슨 일이오?"

"왕비님, 큰일 났습니다. 꾸날라가 왔습니다. 눈을 감은 아상디밋따 정비님을 만나러 온 것 같습니다."

"그럴 리가 있나요? 행방불명된 지가 수십 년이 됐어요."

"아닙니다. 대왕님께서 강가강 왕실 사원 화장터 쪽에서 들려오는 공후 소리를 들으시고는 저를 불러 데려오라고 명했습니다."

"꾸날라가 자기를 키워준 양모를 찾아온 것일까?"

"왕비님, 걱정하지 마십시오. 만약에 꾸날라라면 제가 군사를 시켜 감쪽같이 없애버리겠습니다."

"내가 정비가 되는 데 마지막 장애인 것 같으니 잘 처리해 주세요."

띠쉬아락시따 왕비는 짜이를 마시지 못했다. 수전증 환자처럼 손이 심하게 떨려 짜이가 잔 밖으로 흘러넘쳤다. 짜이를 가지고 온 늙은 궁녀도 두 사람의 대화를 듣고는 놀랐다. 그런데 늙은 궁녀는 당시의 일은 전혀 알지 못했다. 그때 띠쉬아락시따 왕비의 지시를 받고 움직인 궁녀는 왕궁의 우두머리 궁녀가 됐다가 아소까왕의 눈 밖에 나 빠딸리뿟따성 멀리 추방당했던 것이다.

늙은 궁녀는 왕비 다실을 나온 뒤에도 너무 놀란 채 걸음을 잘 걷지 못했다. 자신의 방으로 돌아와서도 심장이 쿵쾅거리어 잠을 이루지 못했다. 한숨도 자지 못한 채 밖으로 나와 왕비의 목욕물을 데우고 띠쉬아락시따 왕비의 외출복을 챙겨놓았다. 오전에 아상디밋따 정비의 시신을 불태우는 다비식이 있기 때문이었다. 그런데 바로 그때였다. 또다시 친위대장이 와서 띠쉬아락시따 왕비를 찾았다. 마침 띠쉬아락시따 왕비가 목욕을 한 뒤였다. 친위대장의 표정은 자정 무렵보다 한결 밝았다. 늙은 궁녀는 띠쉬아락시따 왕비가 눈치를 주어 자리를 피했다. 그러자 친위대장이 편안하게 말했다.

"왕비님, 안심하셔도 될 것 같습니다."

"어떻게 처리했소?"

"다행히 제가 왕실 사원으로 갔을 때는 꾸날라가 사라지고 없었습니다. 군사들이 수색하다가 강가강 강변에서 시신을 하나 발견했지만 꾸날라는 아니었습니다. 분명 꾸날라는 멀리 떠나버린 것이 분명합니다. 양모의 죽음을 확인했으니 다시 나타날 리 없을 것입니다."

"오, 이제 내가 정비가 되는 것은 의심의 여지가 없소. 대왕님께 보고는 했소?"

"왕궁으로 바로 달려가서 대왕님께 공후를 연주한 사람이 사라지고 없다는 보고를 했습니다."

"다행이오. 정비가 되면 꼭 하나 하고 싶은 일이 있소."

"무엇입니까?"

"삼보디 뻴팔라나무를 베어버리는 것이오. 대왕님의 사랑을 정비인 내가 받아야지 왜 나무가 받아야 하오. 나는 오래전부터 참을 수 없었소. 그러니 친위대장님이 알아서 확실하게 처리해 주세요."

"걱정하지 마십시오."

"나는 친위대장께서 은퇴하더라도 부귀영화를 누릴 수 있게 해주겠소."

"제가 친위대 조장에서 대장에 오른 것도 꾸날라가 딱사쉴라 부왕일 때 왕비님께서 저를 사신 일행으로 보내주셨기 때문입니다."

"꾸날라가 불행하니 대장님이 행복해진 것이오. 모두가 다 행복할 수는 없어요."

두 사람은 더없이 만족한 표정을 지으며 헤어졌다. 띠쉬아락시따 왕비는 늙은 궁녀 대신 젊은 궁녀들을 데리고 강가강 강변 왕실 사원으로 내려갈 채비를 했고, 친위대장은 아소까왕을 호위하러 왕궁으로 서둘러 갔다. 띠쉬아락시따 왕비는 늙고 못생긴 궁녀보다는 젊고 아리따운 궁녀를 더 좋아했다. 어리고 건강한 궁녀를 보면 자신의 젊은 왕비 시절이 떠올라 흐뭇했던 것이다.

늙은 궁녀는 갈등했다. 꾸날라의 아들이 삼빠딘이라는 것을 알고 있기 때문이었다. 더구나 삼빠딘은 늙은 궁녀가 곤경에 처했을 때 도움을 준 적이 있었다. 띠쉬아락시따 왕비가 늙었다는 이유로 궁녀를 왕비 별궁에서 내쫓으려 하자, 삼빠딘이 아소까왕에게 보고해서 그녀의 억울함을 해결해 주었던 것이다. 늙은 궁녀는 삼빠딘에게 은혜를 갚을 기회가 왔다고 생각했다. 왕비 별궁 궁녀들이 띠쉬아락시따 왕비를 따라 강가강 강변 왕실 사원으로 간 뒤 늙은 궁녀는 삼빠딘 왕손 별궁으로 잰걸음했다. 마침 삼빠딘은 아직 왕실 사원으로 내려가지 않고 있었다.

"대장님, 긴히 드릴 말씀이 있어 왔습니다."

삼빠딘이 삼보디 뻽팔라나무 가지를 옮겨 오면서 이운대장을 맡은 뒤로는 왕실 사람들이 그를 대장으로 호칭했다.

"시간이 없소. 내일 다시 오시오."

"아닙니다. 지금 말씀드려야 합니다."

"그렇다면 말해보시오."

늙은 궁녀는 어젯밤에 띠쉬아락시따 왕비와 친위대장이 나누었던 이야기를 그대로 전했다. 그러자 삼빠딘은 충격을 받고는 한동안 말을 잃은 채 두 손으로 머리를 감쌌다. 헤어진 이후 사문이 되어 사라져 버렸던 아버지 꾸날라가 강가강 강변 왕실 사원에 나타났다니 믿어지지 않았다. 삼빠딘의 어머니는 남편 꾸날라가 사문이 됐다는 소식을 들은 직후 실어증에 걸렸다가 몇 달 후 생을 마감했으므로 삼빠딘은 실제로 고아나 다름없이 살아왔던 것이다.

"대장님, 왕비 별궁이 비어 있어서 저는 이만 돌아가 봐야겠습니다."

삼빠딘은 왕실 사원으로 가지 않고 그 자리에 주저앉아 한나절을 보냈다. 아무 생각도 나지 않았고 무슨 일도 할 수 없었다. 띠쉬아락시따 왕비의 음모로 아버지 꾸날라가 두 눈을 잃고 딱시쉴라성을 나와 떠돌이 탁발승이 되었다는 전언에 정신이 나가버렸던 것이다. 삼빠딘이 정신을 차린 것은 석양이 기울 무렵이었다. 강가강 강바람이 온몸을 부드럽게 감싸 안았을 때 그제야 정신이 들었던 것이다. 삼빠딘은 띠쉬아락시따 왕비에게 복수하는 것보다는 아버지 꾸날라를 찾아야겠다는 생각부터 했다. 아소까왕은 삼빠딘에게 일부러 꾸날라의 공후 소리를 들었다고 얘기하지 않았다. 세상을 떠난 아상디밋따 정비 얘기만 했다.

"참으로 자애로운 정비였지. 돌아가신 다르마 대비께서도 좋아하셨어. 비가따소까도 출가 전에 정비를 따랐고."

"아버지도 좋아하셨겠군요."

"그랬지. 갓난아기 때부터 네 아버지를 돌보았으니까."

아소까왕은 애써 꾸날라를 입에 올리지 않았다. 화제를 돌렸다.

"삼보디 뻽팔라나무를 참배하러 갈 때 함께하자구나."

"예, 대왕님. 언제 참배 가실 생각이십니까?"

"새로 정비를 정한 뒤 왕실을 안정시켜 놓고 가야겠지."

"정비님으로 삼으실 분은 정해놓으셨습니까?"

"순서대로 하자면 띠쉬아락시따 왕비이지."

삼빠딘은 겉으로 담담한 척했다.

"정비님께서 돌아가신 지 얼마 되지 않습니다. 그러니 천천히 결정하셔도 될 것 같습니다."

"삼빠딘의 말이 옳다. 나는 서두르지 않고 결정할 것이다."

삼빠딘은 아소까왕의 집무실을 나와 강가강으로 내려갔다. 이제 왕실 사원은 조용했다. 어디에서도 공후 소리는 들려오지 않았다. 너울너울 나는 갈매기 소리만 허전하게 들릴 뿐이었다. 사라져 버린 아버지 꾸날라를 어디서 찾을지 막막했다. 삼빠딘은 아버지 꾸날라를 만나면 아소까라마로 모셔 오고 싶었다.

'사문이 되신 아버지는 참혹했던 지난 과거의 일을 강가강 강물에 이미 흘려보내 버리셨을지도 모르지.'

그러나 삼빠딘은 고개를 흔들었다.

'띠쉬아락시따 왕비가 아버지를 가만 놔두지 않을 거야. 아버지가 행복하면 자신이 불행해지니까.'

삼빠딘은 문득 할아버지 아소까왕이 원망스러웠다. 아소까왕이 아들 꾸날라를 딱사쉴라로 보내지 않았더라면 비극은 일어나지 않았을지도 몰랐다. 젊고 아름다운 띠쉬아락시따 왕비의 간교한 음모 때문에 아버지 꾸날라는 두 눈을 뽑힌 채 떠돌이 탁발승이 되어버렸던 것이다. 삼빠딘은 말을 타고 강가강 강변 끝까지 미친 듯이 달렸다.

아소까왕, 최후 식사마저 보시하다

아소까왕의 정비는 모두가 예상한 대로 띠쉬아락시따가 차지했다. 그녀의 아들 따발라 부왕은 좋아했지만 삼빠딘은 분노가 치밀었다. 그러나 삼빠딘은 지켜볼 수밖에 없었다. 삼빠딘 형제는 빠딸리뿟따성을 벗어나 모든 것을 잊어버리고 싶었다. 차라리 아소까왕이 삼보디 뻽팔라나무를 참배하러 갈 때 따라가서 그곳에 정착해 살기를 바랐다. 꾸날라의 아들 삼빠딘과 다사라타는 그것 말고는 달리 생각이 나지 않았다. 아소까왕이 삼보디 뻽팔라나무를 참배하고자 순례 준비를 하고 있기 때문이었다.

한편 띠쉬아락시따 정비는 기회가 왔다고 별렀다. 삼보디 뻽팔라나무를 아예 없애버릴 적기라고 생각했다. 띠쉬아락시따 정비는 한밤중에 친위대장을 정비 별궁으로 불렀다. 정비 별궁이 따로 있는 것은 아니었다. 띠쉬아락시따의 왕비 별궁을 승격시킨 것뿐이었다. 어둠과 짙은 안개 때문에 몇 걸음 앞도 분간할 수 없는 한밤중이었다. 강가강을 넘나드는 까마귀 떼 울음소리가 음산하게 들려왔다. 친위대장은 약속 시간보다 더 빨리 정비 별궁의 다실에 와 있었다. 띠쉬아락시따 정비는 통금 시간을 알리는 왕궁 망루의 종소리를 들은 뒤 다실로 왔다. 궁녀들이 과일과 짜이를 들고 들어왔다가 곧 나갔다. 띠쉬아락시따 정비가 말했다.

"대장님, 준비는 잘돼가고 있나요? 대왕님이 도착하기 전에 뻽팔라나무를 없애버려야 합니다."

"염려 마십시오. 마침 제가 삼보디로 순행을 나갑니다. 아무도 모르게 처리한 뒤 대왕님께 보고하려고 합니다."

"잘 부탁해요. 나는 대왕님께서 나보다 뻽팔라나무를 더욱 아끼고 사랑하는 것을 견딜 수 없어요."

친위대장은 띠쉬아락시따 정비가 어리석고 질투심이 많다고 생각했지만 자신에게 돌아올 금은보화를 계산했다. 삼보디 뻽팔라나무만 없앤다면 띠쉬아락시따 정비가 자신에게 크나큰 보상을 해줄 것이라고 믿었다.

"옥리 마땅가는 주술을 할 줄 압니다. 마땅가는 옥주가 되려고 하는 야망이 있습니다. 그의 야망을 이용하면 됩니다."

현재 지옥궁전의 옥주는 짠달라기리까였다. 짠달라기리까는 아소까왕이 즉위한 뒤부터 옥주를 맡아왔는데 마땅가는 그의 자리를 탐하는 옥리들 중 한 사람이었다.

"제가 말하기보다는 정비님께서 직접 마땅가를 불러 지시하시면 그는 더 분발할 것입니다."

"내일이라도 당장 데리고 오세요."

"마땅가를 삼보디 순행 군사로 차출한 뒤 보내겠습니다."

다음 날부터 친위대장은 삼보디로 순행할 군사를 지원받고 또 차출해서 강가강 모래밭으로 나가 훈련을 했다. 며칠이 지난 뒤였다. 띠쉬아락시따 정비를 만나고 온 마땅가는 더욱더 분발했다. 자신의 출셋길이 환히 열려 있다고 생각했던 것이다.

아소까왕은 친위대장을 불러 명했다.

"삼보디 순례는 규모가 가장 클 것이오. 왕궁이 텅 빌 만큼 왕비들과 왕족들, 신하들과 대장들, 아소까라마 사문들이 함께할 것이오."

"저는 삼보디에 먼저 순행을 가서 대왕님께서 참배 오실 때까지 뻽팔라나무를 돌보고 있겠습니다."

"대장, 그렇게 하시오."

친위대장은 삼보디로 순행 가기 전날 밤에 또 띠쉬아락시따 정비를 정비 별궁에서 만났다. 띠쉬아락시따 왕비가 말했다.

"마땅가는 잘할 수 있을 겁니다. 내게 방법을 말했어요."

"뻽팔라나무를 어떻게 없애겠답니까?"

띠쉬아락시따 왕비가 말했다.

"독 묻은 실로 뻽팔라나무를 묶은 뒤 주술을 할 거라고 합니다. 그러면 뻽팔라나무가 곧 시들어 죽는답니다."

"시들어 죽게 하는 것이 사람들의 눈에 바로 띄는 베어버리는 방법보다 좋을 듯합니다."

두 사람의 대화는 이번에도 늙은 궁녀의 귀에 들어갔다. 다실에 과일과 짜이를 날랐던 어린 궁녀가 너무 놀란 채 오들오들 떨고 있다가 해가 뜨고 나서야 늙은 궁녀에게 보고했던 것이다. 그때 그녀는 어린 궁녀에게 누구에게도 발설하지 말라고 단단히 주의를 주었고, 자신은 기회를 보아 삼빠딘을 만날 생각을 했다.

그러나 늙은 궁녀는 두 사람의 음모를 삼빠딘에게 바로 전하지 못했다. 띠쉬아락시따 정비가 늙은 궁녀에게 정원 일을 시켰기 때문이었다. 궁녀들을 데리고 정원의 꽃나무 가지치기 일을 하라고 시켰던 것이다. 동이 트자마자 세 척의 배에 탄 친위대장의 순행 군사들은 이미 강가강 멀리 가고 있을 터였다. 늙은 궁녀는 하루 종일 젊은 궁녀들과 함께 꽃나무 가지치기를 했다. 이후에도 늙은 궁녀는 삼빠딘을 만나지 못했다. 어머니가 돌아가시어 한 달간 특별 휴가를 받아 웨살리를 다녀왔던 것이다.

아소까왕의 대규모 순례단이 삼보디로 떠나기 며칠 전이었다. 삼빠딘이 뒤늦게 늙은 궁녀의 소식을 듣고 위로하러 왔을 때였다. 늙은 궁녀가 쭈뼛거리며 실토했다.

"대장님, 말씀드릴 일이 있었습니다. 죄송합니다."

"무슨 말이오?"

"정비님과 친위대장님이 삼보디 뻽팔라나무를 죽이려고 합니다. 친위대장님은 주술을 하는 옥리 마땅가를 데리고 갔습니다. 지금쯤 뻽팔라나무가 죽어가고 있을지 모릅니다."

"정비님과 친위대장 사이를 눈치는 채고 있었소만."

삼빠딘은 놀란 기색 없이 담담하게 말했다.

"대장님, 기가 막히지 않습니까?"

"그 사람들이 잘하는 짓은 늘 음모였소. 그러니 이제는 놀랍지 않소."

"이 일을 어찌하면 좋겠습니까? 대왕님께서 얼마나 실망하시겠습니까?"

"삼보디 뻽팔라나무가 그들에게 큰 벌을 내릴 것이오. 선인선과 악인악과라는 것이 붓다의 가르침이오."

삼빠딘은 뻽팔라나무가 훼손된 사실을 확인한 뒤, 띠쉬아락시따 정비와 친위대장의 음모를 아소까왕에게 보고해야겠다고 결심했다. 순례에 대한 기대로 마음이 들뜬 아소까왕은 자신이 소유한 황금과 금전을 가능한 한 많이 챙겼다. 삼보디 사원에 보시하고 대규모 순례단 비용을 충당하기 위해서였다. 이번에는 띠쉬아락시따도 정비가 된 것을 과시하기 위해 자발적으로 참여했다.

아소까왕의 삼보디 순례단이 떠나는 날이었다. 삼빠딘은 선봉대장을 자원했다. 기마부대장 못지않은 승마 실력 때문에 순례단보다 사흘은 빨리 도착해 삼보디를 수색하고 정찰할 수 있을 것이었다. 아소까왕은 옥주 짠달라기리까를 순례단에 참가시키자는 삼빠딘의 제안을 흔쾌하게 받아들였다. 삼빠딘은 선봉부대를 기마군사로만 편성하여 지체 없이 빠딸리뿟따를 떠났다. 삼보디는 바라나시와 달리 배를 이용할 수 없었다. 말을 타고서 남쪽으로 쉬지 않고 달려가다가 수심이 얕은 네란자라강을 건너면 삼보디에 이르렀다. 삼빠딘의 선봉부대는 밤늦게 야영을 하고 낮에는 바람처럼 내달렸다. 삼빠딘의 머릿속에는 삼보디의 뻽팔라나무만 어른거렸다.

마침내 삼빠딘의 선봉부대는 한낮에 삼보디에 도착했다. 삼보디 주민들은 뻽팔라나무에 접근을 못 한 채 수심 어린 얼굴들을 하고 다녔다. 아소까왕이 참배 온다는 이유로 친위대장이 뻽팔라나무에 다가가지 못하게끔 금족령을 내렸기 때문이었다. 삼빠딘은 아소까왕의 특명을 받은 선봉대장으로서 그곳의 경계 군사를 물리치고 들어갔다. 과연 뻽팔라나무 푸른 이파리들이 노랗게 변한 채 땅바닥에 수북이 쌓여 있었다. 나뭇가지들은 병든 것처럼 하나같이 시들시들했다. 상가밋따 장로니가 왔을 때만 해도 새들이 날갯짓을 하고 날아다녔는데 단 한 마리의 새도 보이지 않았다. 그때였다. 친위대장과 마땅가가 삼빠딘에게 다가왔다. 친위대장이 말했다.

"뻽팔라나무가 말라가고 있소. 이유를 모르겠소. 빠딸리뿟따로 돌아간 순행 부대 조장에게 이런 사실을 대왕님께 자세히 보고하라고 조치했소."

"순례 오시는 대왕님을 맞이하기 위해 대장께서는 여기 남았군요."

"이곳을 청결하게 유지하고자 이곳 사원의 사문들과 주민들을 모두 내보냈소."

삼빠딘의 쏘아보는 눈길에 마땅가는 안절부절못했다.

"알겠소. 선봉부대는 오늘부터 여기서 야영을 하겠소."

"사원이 비었으니 숙소로 이용해도 되오."

친위대장이 불길한 예감이 들었던지 돌아서려 했다. 순간 삼빠딘이 선봉부대 군사들에게 눈짓을 보냈다. 그러자 선봉부대 군사들이 번개처럼 빠르게 친위대장과 마땅가를 체포했다. 선봉부대 조장과 미리 짜놓은 작전이었다. 친위대장과 마땅가는 손발이 묶인 채 사원 창고에 갇혔다. 그날 밤 삼빠딘은 마땅가를 불러내 심문했다.

"사실대로 말하면 목숨만은 살려주겠다. 누구의 지시를 받고 뻽팔라나무를 죽이려고 했는지 말하라. 뻽팔라나무를 어떤 방법으로 죽이려고 했는지 말하라."

마땅가는 의외로 겁이 많았다. 온몸을 벌벌 떨면서 띠쉬아락시따 정비와 친위대장의 소행을 다 털어놓았다. 더 심문할 것도 없었다. 삼빠딘은 아소까왕이 올 때까지 마땅가를 사원의 기도실에, 친위대장은 사원의 창고에 가두었다. 마땅가에게는 날마다 짜빠띠 세 장과 물을 주었지만 친위대장에게는 아무것도 넣어주지 않았다. 아버지 꾸날라를 참혹하게 만든 조력자이기 때문이었다.

삼빠딘은 선봉부대 조장과 함께 뻽팔라나무를 감은 흰 천을 풀었다. 흰 천을 벗겨내자 뻽팔라나무 껍질을 도려낸 자리에 독 묻은 실이 보였다. 선봉부대 조장은 칼로 뻽팔라나무를 친친 감은 실을 제거했다. 사흘 후. 마침내 아소까왕의 대규모 순례단이 삼보디에 도착했다. 아소까왕이 탄 대왕코끼리 뒤로 수백 명의 일행이 거리를 걸어 들어오자 삼보디는 뿌연 흙먼지로 휩싸였다. 삼빠딘은 대왕코끼리 앞에서 아소까왕을 뻽팔라나무까지 인도하면서 사실대로 다 보고했다. 아소까왕이 분기탱천했다.

"아무도 내 분노를 막지 못하리라!"

아소까왕이 말라죽어 가는 뻽팔라나무를 보더니 비틀거렸다. 그러자 젊은 왕비 두 명이 가까이 다가와 부축했다. 아소까왕이 너무 괴로워하자 뒤에 있던 한 장로가 소리쳤다.

"대왕이시여! 뻽팔라나무를 살릴 수 있습니다. 정성을 다해 물을 주면 살아날 것입니다."

"오, 살릴 수만 있다면 나는 지금 바로 수천 개의 항아리를 보시할 것이오."

삼빠딘은 아소까왕이 임시 군막에서 휴식을 취하고 있는 동안 찾아가 말했다.

"대왕님이시여, 친위대장과 옥리 마땅가는 극형으로 다스려야 마땅합니다."

"난 그자들을 보기도 싫으니 삼빠딘이 처형하라. 다만 이곳은 붓다의 성지이니 1요자나 밖으로 데리고 가서 처형하라."

"예, 알겠습니다."

"띠쉬아락시따 정비도 삼빠딘이 처리하라."

"정비는 옥주 짠달라기리까에게 맡기면 어떠하겠습니까?"

삼빠딘은 자신의 칼에 띠쉬아락시따 정비의 더러운 피를

묻히고 싶지 않았다. 짠달라기리까라면 그가 즐기는 가장 고상한 방법으로 처형할 터였다.

"내 명이다. 짠달라기리까에게 띠쉬아락시따를 체포해 알아서 처형하라고 전하라."

삼빠딘은 지체하지 않았다. 친위대장을 1요자나 밖으로 끌고 가서 단칼에 목을 베어버렸다. 그러자 선봉부대 조장이 시신의 사지를 찢어 날아온 독수리들을 향해 던졌다. 마땅가는 짠달라기리까가 그의 몸에 바위를 묶고는 네란자라강으로 던져 물고기 밥이 되게 했다. 띠쉬아락시따 정비는 짠달라기리까가 군사 몇 명과 함께 빠딸리뿟따 지옥궁전으로 압송했다. 그런 뒤 그녀를 아담한 집에 넣고 아교로 문을 봉한 뒤 불을 질러 화형에 처했다.

한편 띠쉬아락시따 정비가 화형을 당하는 동안 아소까왕은 한 장로의 말대로 수천 개의 항아리에 네란자라강 강물을 담아와 삡팔라나무에게 밤낮으로 부어주었다. 순례단의 왕비와 왕족과 사문들이 항아리 한 개씩을 들고 시도 때도 없이 물을 주자 며칠 만에 놀라운 기적이 일어났다. 삡팔라나무 온 가지에서 연초록 빛깔의 새 움이 텄고, 비로소 사라졌던 새들이 몰려와 우짖었다.

"추나르에서 온 호위부대 조장은 들어라. 조장은 즉시 산치로 내려가 탑에 삡팔라나무가 되살아난 이 사실을 조각하라."

아소까왕은 삡팔라나무를 보호하기 위해 당장 주변에 담장을 치게 했다. 담장이 완성되자 아소까왕은 신하들과 함께 직접 항아리를 들고 뻽팔라나무에 물을 주는 의식을 치렀다.

몇 달 후였다. 빠딸리뿟따로 돌아온 아소까왕은 뻽팔라나무의 회생을 기념하는 무차회를 열었다. 산치 동산에서 돌아온 목갈리뿟따띳사, 상카시아를 순례한 우빠굽따, 니그로다, 악기 브라흐마, 삼빠딘 등이 참석했다. 무차회에는 사문과 장로 30만 명이 모였는데, 3분의 1은 아라한 장로들이었고 3분의 2는 아직 깨달음을 얻지 못한 사문들이었다. 황색 가사를 수한 30만 명이 빠딸리뿟따에 모이자 성은 숫제 황색 물결의 도시로 변했다. 아소까왕은 기쁜 나머지 막대한 재물을 또 승가에 보시했다. 이후 노환으로 가쁜 숨을 몰아쉬면서도 아소까왕의 보시는 끝이 없었다. 아소까왕은 1백 꼬띠의 금을 승가에 보시하겠다며 기회가 되는 대로 내놓았다. 꾸날라가 잠시 머물었던 딱사쉴라성 밖 사원 터에 꾸날라탑을 조성하라고 라주까에게 지시하기도 했다. 아소까왕이 아들 꾸날라에게 해줄 수 있는 마지막 선물이었다.

그러나 아소까왕의 보시는 삼빠딘이 왕권을 빼앗아 버림으로써 끝났다. 삼빠딘이 병석에 누운 아소까왕의 금접시와 은접시 한 개씩만 남기고 나머지 재산을 모두 몰수해 버렸던 것이다. 삼빠딘은 마하데와라 수상을 실각시킨 뒤 할아버지 아소까왕에게 품었던 원망을 그런 식으로 매몰차게 풀었다. 아소까왕은 보시할 재물이 없어지자 두 개의 접시도 아소까라마 주지 야샤스 장로에게 보냈다. 뿐만 아니었다. 아소까왕은 병석에서 식사로 반 조각의 아말라까 과일을 받았는데, 그것마저 야샤스 장로에게 보시했다. 이에 야샤스는 아말라까 과일 반 조각을 갈아서 국에 넣어 모든 사문과 장로들이 보시받을 수 있게 했다.

마침내 아소까왕은 즉위 37년 71세로 숨을 거두었다. 임종 전에 남긴 잠부디빠 전체를 승가에 보시하겠다는 유언은 삼빠딘이 곧바로 묵살해 버렸다. 그런 뒤 삼빠딘은 극적으로 중병을 극복하고 복귀한 늙은 라다굽따 수상의 도움을 받아 마우리야 왕국의 제왕에 올랐고 잠부디빠의 상속자가 되었다. 이윽고 빠딸리뿟따성에는 또다시 피바람이 불었다. 띠쉬아락시따의 아들 따발라, 친위대장, 친위대장 편에 섰던 신하들, 꾸날라의 실명과 추방을 묵인했던 딱사쉴라의 대신들까지 자고 나면 한두 명씩 사라지거나 죽었다.

칠십 년 동안 지지 않는 단심의 꽃

윤재웅(동국대학교 총장, 문학평론가)

1.

정찬주 선생과 나는 동국대학교 국문과에서 동문수학했다. 아쉽게도 선생은 내가 입학하기 전에 졸업하여 한 강의실에서 함께 수업을 받지는 못했다. 그래도 우리는 한 스승 밑의 같은 제자였다. 동국대학교 국문과의 문학청년들은 홍기삼 교수라는 청산(靑山) 아래서 자라나는 파릇파릇한 지초(芝草)들이었다. 이제 그 지초들이 자라 이 나라의 원로작가도 되고 대학의 총장도 되니 청산의 그늘이 얼마나 크고 풍요로운지 실감이 난다.

정찬주 선생과 선후배로 교분이 깊어진 것은 선생의 불교소설들을 정독했던 작년부터였다. 나는 동국대 출판문화원의 기획위원으로 위촉받아 선생의 작품들을 보고 공감한 바가 컸다. 남도산중 이불재로 내려가 깊은 대화를 나누었다.

정찬주 선생은 지초가 아니라 어느덧 또 다른 청산이 되어 있었다. 그는 내가 정독했던 불교소설 작가만이 아니었다. 그의 문학은 크고 많았으며 그의 사유는 깊고 넓었다. 내가 읽지 못한 선생의 불교소설과 명상적인 산문집 수십 권이 이미 발간돼 있었다. 〈현대불교신문〉(2022.12.19)에 작가가 직접 밝힌 대표작품들을 보면 다음과 같다. 장편소설인《시간이 없다》《산은 산 물은 물》《소설 무소유》《인연》《가야산 정진불》《야반삼경에 촛불춤을 추어라》《천강에 비친 달》《다산의 사랑》《단군의 아들》그리고 산문집인《암자로 가는 길》《선방 가는 길》《불국기행》《법정스님 인생응원가》《정찬주의 다인기행》《행복한 무소유》등이 그것이다. 그 밖에도 대하소설《이순신의 7년》(전 7권)《나는 조선의 선비다》(전 3권) 등과 현대사의 비극인 광주 5·18을 정면으로 다룬《광주아리랑》(전 2권) 같은 역사적 인물과 사건을 재조명한 소설들도 많다. 이 작품들의 정체성은 한국문학과 불교문학을 아우르는 복합적 습합성에 있다. 한국문학과 불교문학. 다른 개념임에도 불구하고 서로에게 스미는 성향이 지속된다는 게 정찬주 문학의 특성이었다.

정찬주 작가는 최근작《아소까대왕》(전 3권)을 집필하기 위해 인도를 열다섯 번이나 답사했다고 한다. 한 작품을 위한 발원과 열정이 이보다 더할 수 없다. 단심(丹心)이다. 칠십 년 동안 지지 않는 붉은 꽃 같다. 푸른 하늘 밑에 불꽃처럼 타오르는 부겐빌리아 꽃숭어리들. 청색과 적색이 서로의 몸을 안고 도는 태극 탄생의 순간이다. 한국의 정체성을 늘 탐구하면서 불교문학을 문학의 중심부로 복귀시키려는 작가의 신념이 내게는 이런 이미지로 보인다. 푸른 하늘과 붉은 꽃. 한국문학과 불교문학을 습합시킨 《아소까대왕》은 어떤 작품인가. 칠십 년 생애를 바쳐 마침내 피운 창작의 꽃! 평생토록 한국과 불교를 사랑한 작가가 이제 스스로 청산을 이룬 절대구경의 경지를 나는 여기에서 본다.

정찬주 작가는 왜 한국문학과 불교문학의 복합적 습합성을 평생토록 추구하고 있는 것일까? 그 이유에 대한 단서는 〈불교신문〉(2003.7.19)에 보이는 자기 고백에서 찾을 수 있다.

내가 불교적인 소재의 작품만을 고집하는 이유는 내 나름대로의 신념이 오랫동안 뿌리내리고 있었기 때문이었다. 삼국시대의 향가나 고려시대의 시가, 해방전후의 이광수, 한용운 스님, 서정주의 작품 등등 그때만 해도 불교문학이 우리 문학의 중심부로서 이어져오다 왜 현대로 와서는 적극적으로 대응하지 못하고 주변부로 밀려나 있느냐는 의문이었다. 나는 무속이나 유교도 우리 문학의 주제전통이라고 생각하고 있는데, 현재 우리 문단이 높이 평가하는 작품들에 과연 우리의 정체성과 역사의식이 얼마나 형상화되어 있는지 늘 상쾌하지 못한 터였다. 이런 불만은 내가 불자이기 때문이 아니라 그보다 먼저 한국의 한 작가로서 갖는 자발적인 회의였다.

나는 작가의 문제제기에 공감한다. 문학인 안팎에서 한 번쯤 되돌아봐야 할 지적이다. 최근에 발간한《아소까대왕》도 작가의 그러한 문제제기의 연장선상에 있는 작품이다.

2.

장편소설《아소까대왕》은 사실(fact)과 작가적 상상력(fiction)이 섬세하게 직조된 팩션(faction)이다. 소설이란 원래 공인된 허구인데 여기에 실제를 공교롭게 결합시키면 사실의 적확성과 허구의 상상력이 결합된 독특한 형태가 나오게 된다. 일컬어 팩션이라 하는데 이는 소설 영역의 확장을 위한 새로운 도전이자 즐거움이다.

'모든 역사는 현대사다(All history is contemporary history).' 이탈리아 역사가 베네데토 크로체(Benedetto Croce, 1866~1952)의 말이다. 역사는 과거에 일어난 일 자체라기보다는 현재의 관점에서 불러내고 해석한 과거라는 의미이다. 정찬주 작가는 200자 원고지 3천 매가 넘는 분량의 장편소설《아소까대왕》을 베네데토 크로체의 말처럼 우리 앞에 선보이고 있다.

B.C 250년경에 살았던, 인도를 통일한 아소까대왕을 현재의 관점에서 불러낸다는 것은 단지 필력이나 여건이 주어졌다고 해서 가능한 일이 아니다. 작가가 섭렵한 참고문헌이나 논문들이 집필에 도움은 주었겠지만 학자적인 연구가 아닌 만큼 작가로서의 주제의식과 있을 법한 상상력, 수없이 부침하는 인물들의 성격창조, 사건들의 필연적인 구성 등 과학자의 엄밀함과 건축가의 아름다운 상상력과 메스를 든 의사의 치밀함이 없으면 감내하기 어려운 작업이다. 이 작품이 어찌 작가의 회심작이 아니겠으며 우리 모두에게 회향하는 고마운 선물이 아니겠는가.

　　《아소까대왕》1권 1장은 아소까의 어머니 다르마가 빠딸리뿟따성으로 들어가 빈두사라왕의 열여섯 번째 왕비가 되는 과정부터 시작한다. 작가가 다르마를 왜 첫 장에 등장시켰는지 그 의도는 어렵지 않게 짐작할 수 있다. 아소까의 성격창조를 하는 데 필연성을 부여하고자 그랬을 터이다. 아소까는 아버지 빈두사라왕의 잔인한 성격과 어머니 다르마의 자애로운 성격이 혼재된 이중적인 성격의 소유자이다. 이런 이중성은 그가 왕이 되는 과정과 왕이 된 이후의 삶과도 밀접한 관련이 있다. 그는 99명의 이복형제들을 직간접으로 죽이고 왕좌에 오른다. 잔인함이 극단적 형태로 노골화되는 것이다. 왕좌에 오른 뒤에는 상황이 달라진다. 그는 '담마의 정복자'가 되기로 맹세하며 '북소리의 정복자'를 포기한 뒤 인도 전역에 8만 4천 개의 사원을 조성하고 스리랑카는 물론 지중해 연안의 그리스, 이집트까지 전법사신인 담마사절단을 보낸다. 왕의 내면에 숨어 있는 자비로운 성격의 발현이 왜 아니겠는가.

특히 소설 속에 등장하는 아소까왕이 부처님 성지를 순례하는 장면은 오늘 우리들이 부처님의 성지를 순례하는 의미를 배가시켜 주고 있다. 아소까왕 석주에 새겨진 각문은 부처님 진리를 더욱 사무치게 해주고 있기 때문이다. 《아소까대왕》 3권 4장 '석주를 세우다'와 '담마칙령 공포'에는 석주나 바위 등에 새겨진 아소까왕의 칙령을 다음과 같이 소개하고 있다.

내가 왕위에 오른 지 12년이 됐을 때, 나는 백성들의 복지와 행복을 위해 처음으로 담마칙령을 석주에 새기도록 하였다. 백성들에게 폭력을 행사하지 않고도 백성들이 여러 면에서 담마로 인해 나아짐을 얻을 수 있기 때문이었다. 나는 깊이 생각했다. "어떻게 하면 백성들에게 보다 나은 복지와 행복을 줄 수 있을까?" 그러려면 나부터 내 친척들, 먼 곳에 사는 친척이나 가까운 곳에 사는 친척이나 그들 모두에게 관심을 기울이고, 그들에게 복지와 행복을 안겨주는 합당한 행동을 해야만 할 터였다. 나는 모든 종교 교단에게 다양한 방법으로 공경과 존경을 표해왔다. 그리고 그들을 직접 방문하는 것이 가장 중요하다고 생각했다.

어떻게 하면 백성들이 담마를 따르게 할 수 있을까? 어떻게 하면 담마를 받아들여 백성들의 삶이 더 나아질 수 있을까? 어떻게 하면 담마를 받아들여 백성들의 삶이 향상될 수 있을까? 그래서 자비로운 삐야다시 왕은 이렇게 생각했다. "나는 사람들에게 담마를 공포하여 알려야겠다. 나는 사람들에게 붓다의 가르침을 가르쳐야겠다. 그러면 사람들은 담마를 듣고, 담마를 따르게 되고, 그들 자신을 향상시키고, 담마를 받아들여 아주 달라질 것이다." 이런 목적으로 나는 담마칙령을 공포해 왔고 많은 붓다의 가르침을 시달할 것이다.

삐야다시는 왕위에 오른 아소까왕의 공적인 명칭이다. '신들에게 사랑을 받고 자비로운 용모를 가진 이'란 뜻을 가진 말이다. 사르나트(녹야원) 사원에는 수많은 비구와 비구니들이 살고 있었으므로 법륜상 석주에 승가의 화합과 재가신도들의 포살법회(우뽀사타) 참석과 법대관인 마하맛따들의 책임을 당부하는 칙령을 남겼다.

어떤 누구에 의해서도 승가가 분열되어서는 안 된다. 비구든 비구니이든 승가를 분열하는 사람은 누구나 흰 옷을 입혀서 승원이 아닌 곳에 살게 해야 한다. 이와 같은 명령은 비구 승가와 비구니 승가에 잘 전달되어야 한다.
재가신도들은 바로 이 칙령에 의해 신심을 북돋우기 위해 우뽀사타에 참석해야 한다. 모든 마하맛따들도 반드시 우뽀사타에 참석해야 하는데 그것은 바로 이 칙령에 의해 그대들의 신심을 북돋우고 이 칙령을 그대들이 이해하기 위해서이다. 더욱이 이 칙령의 명령대로 행하도록 그대들의 관할 지역을 순방해야 한다. 마찬가지로 다른 마하맛따들도 요새 지역을 순방하여 이 칙령의 명령대로 행하도록 해야 한다.

부처님의 불살생 계율을 지키라는 칙령도 보인다.

삐야다시 왕은 이 담마칙령을 새기도록 명했다. 여기(마우리야왕국)에서는 그 어떤 살아 있는 생명들을 제물로 바치기 위해 죽여서는 안 된다. 또한 사마자를 열어서는 안 된다. 왜냐하면 삐야다시 왕은 이와 같은 사마자 집회에서 많은 악행을 보았기 때문이다. 그렇지만 삐야다시 왕은 어떤 사마자는 허락한 것도 있다.

사마자(Samaja)란 왕이 백성들에게 베풀었던 축제인데, 아소까왕의 할아버지 짠드라굽따왕과 아버지 빈두사라왕은 야생 황소, 코뿔소, 숫양 등의 싸움을 경연하는 축제를 매년 열었다. 이때 많은 동물들이 죽었으므로 아소까왕은 동물들의 싸움 경연 대회 축제를 금지하였다.

전에는 삐야다시 왕의 황실 요리실에서 매일 수백 수천 마리의 동물들이 요리를 위해 도살되었다. 그러나 이 담마칙령을 공포한 지금에는 단지 세 마리의 동물만이 도살되고 있다. 즉 두 마리의 공작새와 한 마리의 사슴이다. 그러나 이 한 마리의 사슴조차도 정기적으로 도살되지 않을 것이다. 이 세 마리의 동물들조차도 앞으로는 도살되지 않을 것이다.

아소까왕의 칙령은 국경 너머에 있는 바위에 새겨지기도 했는데 이는 담마사절단을 보내기 위한 사전 작업이었다.

삐야다시 왕의 왕국 어디에서나, 마찬가지로 국경 너머의 사람들에게도 즉 쪼다, 빵디야, 사띠야뿌따, 그리고 저 멀리 땅바빵니(스리랑카)까지, 그리고 요나(그리스) 왕에게까지, 앙띠요까(시리아) 왕의 이웃 왕들에게까지, 어디든지 삐야다시 왕은 두 가지 종류의 의료진료소를 짓도록 하였다. 즉 사람과 동물을 위한 의료진료소였다.
사람과 동물에게 적합한 약초를 구할 수 없는 곳은 어디든지 약초를 가져다가 심도록 하였다. 어디든지 약초 뿌리나 약초 열매를 구할 수 없는 곳은 그것들을 가져다가 심도록 하였다. 사람과 동물들의 이익을 위해 길을 따라 우물을 파고 나무를 심게 하였다.

석주에 새긴 칙령의 하이라이트는 아마도 룸비니 순례 때 새긴 석주의 각문이 아닐까 싶다. 우리 불자들이 룸비니를 순례하면서 직접 확인할 수 있는 석주의 각문이다.

많은 신들의 사랑을 받고 있는 삐야다시 왕은 즉위 20년에 이곳을 친히 참배하였다. 여기서 사끼야무니 붓다께서 탄생하셨기 때문이다. 그래서 돌로 말의 형상을 만들고 석주를 세우도록 명했다. 이곳에서 위대한 분이 탄생하셨으므로 경배하기 위한 것이다. 이를 기리어 룸비니 마을은 조세를 면하고 생산물의 8분의 1만 징수할 것이니라.

아소까왕의 담마칙령을 몇 개 예를 들어 보았는데, 이것만으로도 아소까왕의 진면목이 드러났다고 생각된다. 부처님 진리를 본인이 먼저 실천하고, 부처님 진리에 의거한 인간은 물론 동물의 생명까지 사랑하고 보호했으며, 담마를 통해 이웃 나라와 평화적 공존을 모색한 아소까왕이야말로 불가에서 말하는 전륜성왕의 면모를 여실히 드러내고 있는 것이다.

《아소까대왕》의 소설적 성취를 또 하나 든다면 소설의 공간적 배경이 되고 있는 빠딸리뿟따성이나 강가강, 다야강, 짬빠성, 웃제니, 딱사쉴라 등 인도와 파키스탄 지형을 생생하게 묘사하고 있으며 마우리야왕국의 코끼리부대 같은 특별한 군사편제와 왕실의 왕자 수업, 전통감옥의 구조, 다양한 전통종교의 모습 등을 빈틈없이 재현하고 있다는 점이다. 이로써 아소까왕의 연대기에 근거한 역사적 사실의 고증이 보다 확실해지고 풍성해졌다. 이 소설의 큰 덕목이다.

　이러한 측면에서 나는 《아소까대왕》이 불교문학이라는 울타리를 넘어서는 한국문학의 자산이 되었다고 확신한다. 생명이 있는 모든 존재들을 사랑하고, 행복과 복지를 추구하고, 이웃나라와 평화적 공존을 모색한 아소까왕의 일대기인 《아소까대왕》이야말로 인류애를 지향한 문학의 보편성을 획득했기 때문이다.

3.

이 소설을 읽어보면 알 수 있겠지만 정찬주 작가는 《아소까대왕》에 모든 자료들을 형상화하고 있지는 않다. 소설의 흐름을 속도감 있게 전개하기 위해서 어떤 역사적 사실들은 취사선택 내지는 안배하는 절제를 보여주고 있다. 가령 석주의 예만 하더라도 룸비니 근처에 꼬나가마불 석주, 까꾸찬다불 석주가 있고, 그 밖에 또쁘라 석주, 알라하바드 석주, 아레라즈 석주, 난당가르 석주 등이 있는데 이는 아소까왕이 그곳을 순례했다는 증거이지만 소설에서는 다루지 않는다. 대표적인 삼보디 석주와 사르나트 석주, 룸비니 석주만 소설의 극적 전개를 위해 묘사하고 있는 것이다.

한편《아소까대왕》은 작가의 대하소설《이순신의 7년》과 흡사한 작법 경향을 띠고 있다는 점도 주목할 만하다. 거시적 관점보다는 미시적 관점의 글쓰기를 선호하는 성향이 그렇다. 수많은 인물들에 대한 리얼한 묘사, 당시 인도의 여러 종교와 풍속, 부처님 성지 풍광, 인도의 건기와 우기 날씨, 인도의 과일과 음식 묘사 등이 서술의 주요한 특성으로 부각된다. 그런 점에서 보면 정찬주 작가는 사건의 우여곡절을 드라마틱하게 보여주는 스토리텔러의 면모보다는 문체를 중시하는 스타일리스트로서의 장점을 더 많이 가진 작가이다.

아무튼 나는 이 소설이 정찬주 작가가 그동안 발간해 온 수많은 작품들의 결정판이라고 생각한다. 작가는 내일 쓴 작품이 대표작이라고 하겠지만 나는 이 소설이 한국문학과 불교문학의 복합적 습합성을 추구한 작가의 작품들 가운데 백미(白眉)라고 믿는다. 나는 앞에서 그것을 함축적으로 묘사한 바 있다.《아소까대왕》의 출간이 푸른 하늘과 붉은 꽃의 이미지로 보였고 태극 탄생의 진정한 순간이라고 말했다.

역사를 하나의 스토리로 엮어내는 일은 힘들고 어려운 작업인 동시에 보람 있는 일이기도 하다. 때로는 단 몇 줄밖에 남아 있지 않은 사료(史料)에서 스펙터클한 묘사를 이끌어내기도 하고, 보는 이들에게 영감을 주어 지향하는 삶의 관점을 바꾸어버릴 수도 있기 때문이다. 이 소설을 읽고서 끝내 머리에 남은 것이 있다면 생명 있는 모든 존재가 행복하기를 바랐던 아소까왕의 통치철학 내지는 담마에 의거한 리더십이다. 이 소설이 민들레 홀씨처럼 아소까왕의 선의지(善意志)가 널리 퍼뜨려지는 계기가 되기를 바란다.

아
소
까
대
왕
3

2023년 3월 21일 초판 1쇄 발행

지은이 정찬주
발행인 박상근(至弘) • 편집인 류지호 • 상무이사 김상기 • 편집이사 양동민
책임편집 양민호 • 편집 김재호, 김소영, 최호승, 하다해 • 디자인 쿠담디자인
제작 김명환 • 마케팅 김대현, 이선호 • 관리 윤정안 • 콘텐츠국 유권준, 정승채
펴낸 곳 불광출판사 (03169) 서울시 종로구 사직로10길 17 인왕빌딩 301호
　　　　대표전화 02) 420-3200 편집부 02) 420-3300 팩시밀리 02) 420-3400
　　　　출판등록 제300-2009-130호(1979. 10. 10.)

ISBN 979-11-92997-01-8 (04810) 세트
ISBN 979-11-92997-04-9 (04810)

값 18,000원